写日记
趁着同条血龙
好生奉诗
尽心尽责
免得将来留下遗憾
再写一些文字
当作也年的念想与追忆

席富

本书作者屈吕富先生（右一）和母亲

侍母记

陈庚建 题

屈吕富 著

百善孝为先

华文出版社
SINO-CULTURE PRESS

图书在版编目（CIP）数据

侍母记 / 屈吕富著. — 北京：华文出版社，2025.4（2025.5 重印）. — ISBN 978-7-5075-6055-8

Ⅰ．I267

中国国家版本馆CIP数据核字第2025GM9390号

侍母记

| 作　　者：屈吕富
| 策划编辑：杨艳丽
| 责任编辑：张慧君
| 助理编辑：朱晓奕
| 出版发行：华文出版社
| 地　　址：北京市西城区广外大街 305 号 8 区 2 号楼
| 邮政编码：100055
| 网　　址：http://www.hwcbs.cn
| 电　　话：总 编 室 010-58336239　发行部 010-58336212　58336230
| 　责任编辑 010-58336191
| 经　　销：新华书店
| 印　　刷：三河市龙大印装有限公司
| 开　　本：880×1230　1/32
| 印　　张：9
| 字　　数：242 千字
| 版　　次：2025 年 4 月第 1 版
| 印　　次：2025 年 5 月第 2 次印刷
| 标准书号：ISBN 978-7-5075-6055-8
| 定　　价：69.00 元

版权所有　侵权必究

《侍母记》序

吕新景

屈吕富先生是我家乡一位优秀的企业家,我与他相识于东滕镇文联成立大会上。我不久即读到了他写的一组散文,读后甚为动情,很久没有这样的感觉了。随后我便将这一组散文推荐给《台州文学》。文章刊登后,屈吕富先生告诉我,他已经写了多年散文,希望将来有一天将它们结集出版。我甚为赞赏。

屈吕富先生的文章,与其说是散文,不如说是日记更加确切。这几年,他不时将刚写完的日记发给我,我也陆陆续续读他的日记,好像不断触摸到他的心一样,随他紧张,随他难受,随他开心。直到2024年2月22日,他把《子欲养而母不待》发给我时,他的母亲刚病逝。这是他写母亲的最后一篇日记。读着他的文字,好像捧着一把泪,心也是沉沉的。

屈吕富从八年前他母亲八十五岁时开始写这本日记,所写的全是他与母亲生活中的点点滴滴,写母亲的吃,写母亲的衣,写母亲的乐,写母亲的病,写母亲的难受。作为人子,为母亲快乐健康的晚年生活,尽心尽力地侍奉了八年,记录了八年,实为难能可贵。

屈吕富先生对母亲的好,是旁人很难做到的。这个好,就是俗话说的孝。孝是中国人几千年的传统。早在甲骨文里孝字就有了,《尔雅·释训》："善父母为孝。"《诗经》里也有许多篇章涉及孝的内容。孝的理念有一个发展的过程，先秦早期的孝还是比较朴素的观念，以养为孝。到了孔子，把孝提升到社会的道德范畴。孔子思想的核心是仁，他认为孝是仁的根本。大多数人认为，孝就是奉养。孔子认为不够。孟懿子问孝："今之孝者，是谓能养，至于犬马，皆能有养。不敬，何以别乎？"孔子说："无违。"说的是不要违背周礼。子夏问孝，孔子说："色难。"说的是敬重父母，使父母愉悦，和颜悦色最难。曾子是孔子的得意门生之一，据说孔子向他传授《孝经》。后世许多大儒认为只有曾子才真正继承了孔子孝的思想，并且有所发挥。他认为："忠者，其孝之本与。"他首次将孝与忠君联系起来，只有善事父母，才能事好君主。这实际上已经把孝上升到治国理政的高度。然后他把孝的理念推广到无处不在的人与社会的关系，"故居处不庄，非孝也；事君不忠，非孝也；莅官不敬，非孝也；朋友不信，非孝也；战阵无勇，非孝也"（《礼记·祭义》）。曾子传道于孔子之孙子思，子思传道于孟子。孟子同样非常强调用孝悌来教化百姓，让社会形成尊老、敬老的风气，他有名言："老吾老，以及人之老。幼吾幼，以及人之幼。天下可运于掌。"到了汉朝董仲舒以后，十分强调以孝治国，选士举孝廉，以国家行政手段推行孝的理念。这以后孝增加了更多的政治色彩和宗教色彩。到了宋朝，经过二程等人的进一步推动，孝的观念更加固化。比如守孝三年制度，虽然汉朝就有，唐朝不怎么讲究，但到宋朝这是硬性规定。官员遇父母丧，必须辞官回家，丁忧三年。其间家族禁绝一切娱乐喜庆活动，甚至夫妇分居，丈夫要在墓前搭庐，守孝三年。毋庸讳言，孝的观念在中国长期的封建社会中确实产生了一定的负面作用，所以在五四新文化运动以后受到了批判与否定。

当一种理论被绝对化以后，往往掩盖了它的真实面，或者弱化了它本来具有的合理性内容。孝就是这样。从人的本性来说，你被父母生养而大，父母老了，奉养父母天经地义，人性使然。让父母快乐，也同样应该。孔子说"色难"，这是孔子窥见了人性不尽美的一面。孔子还说过，"父为子隐，子为父隐，直在其中也"。父有过，子不能举发，这是正直的行为。举报，则不孝。做到了孝，直也在其中了。同时，孔子还说，"父有争子，其身则不陷于不义"。父亲有错，做儿子的要劝诫，不使父亲陷于不义，这也是孝。

屈吕富先生的孝，让我们重新看到了人的本性回归，看到了人性美好的光彩。这里没有陈腐的成分，也没有大道理。他所写的全是日常。他关心最多的是母亲的吃饭穿衣，这非常容易理解，他原来家里贫穷，连吃饱都做不到，更遑论吃好。我记得小时候在农村，人们见面的第一句问话总是："你吃了吗？""问吃"成了见面语、口头语，说明吃何等重要！现在生活好了，但吕富的母亲却吃不动东西了。作为儿子，吕富多么希望母亲吃好一点，吃多一点，恨不得山珍海味都让娘尝个遍。为了照顾母亲，他们特地从城里的新家搬回老家住。他和妻子天天给母亲做饭送菜，变着法子做，做米饭，做豆腐粥、豆腐脑、做蚕豆、肉圆、鲜蛏、麦油脂，等等。只要老娘能吃下饭，就是最大的放心。"中午到家，妻已先给娘做好一碗豆腐脑、一小碗米饭，还有娘平时最爱吃的蚕豆。送去后，娘面色不错，还没等我开口，就抢先说：'早上的药真灵，吃一次就好多了。'她见送来是豆腐脑和蚕豆，尤其高兴，连说这两样好，这两样好！"中饭后，吕富又去看母亲："娘一脸高兴，连说好吃，说雪花的豆腐脑做得那么好吃，她都做不出来。娘还说：'中餐吃了好多，半碗米饭、小碗豆腐脑差不多吃完了，蚕豆也吃了很多。'说着说着娘就笑起来了，笑得好开心，好憨厚。见娘这般开心，我甚是欣慰。本来这几天担心娘，我心里似有一块石头悬着，见娘好多了，石头终于落了地。"

2020年正月，"下午女儿做了面包送去，娘吃前半个说挺好吃，后半个就不想吃了。晚饭时，妻特地做了红烧肉圆，还有娘平时喜欢吃的霉干菜，送去后，霉干菜勉强收了，娘说，肉圆实在吃不下，非要我端回去。……

"初八早上我过去，娘说她喝了半碗粥，身体好些了。中午妻烧了家常豆腐，叫我先送去，娘正准备吃饭，笑笑说：'这几天饭都没吃过，今天好些了，好想吃饭。'看我送来家常豆腐，娘没把握地说：'不知吃不吃得下？'我哄着娘：'尝尝看，吃不下就不吃。'娘总算答应了。"

为了能让母亲多吃点，屈吕富夫妻变着法子做娘以前喜欢吃的饭菜，比如南瓜饼，那是屈吕富小时候美好的记忆之一。看到母亲每餐仅喝点粥，就着豆腐乳，没有营养，他妻子特地买了南瓜，买了面粉，做了南瓜饼，让屈吕富送去。屈吕富记下了母亲吃南瓜饼的情景："娘见又送饭来，皱起眉头，甚是烦恼，不搭理我。我哄着，叫娘吃一口试试。娘拗不过我的面子，勉强地张开了嘴。我用筷子把南瓜饼分成细条，小口小口地喂着，娘慢慢地嚼着。"

还有喂娘吃葡萄的情景："放下葡萄，习惯性地，第一时间就想着剥给娘吃。刚开始，娘有点不好意思，我贴到娘的耳边，笑着对娘说：'妈，小时候你剥给我吃，现在你老了，我来剥给你吃，给我个机会嘛。'于是，娘笑了，再不推辞。"

"剥好葡萄，往娘嘴里塞，娘想伸手接，我不让。于是娘就像一个听话的孩子,每当我剥好一颗葡萄递过去,娘已早早张开了嘴。"

这样的情景我们常见于年轻的母亲喂幼儿,可是它出现在一个近六十岁的儿子喂九十一岁的老母亲身上。俗语云,老如小。这时候反哺父母,侍奉老人是儿子必须做的事。在屈吕富的日记中,随处可见他对母亲吃饭的细心、操心。老年人如果吃不下,吃不好,那是大问题。吃不仅仅是养,更关系到健康,关系到长寿。

除了吃,使吕富更操心的是他母亲的病。八年中,他无数次送母亲去医院看病,从开始看肠胃病,到后来的开刀手术,随着岁月的推移,母亲的病越来越频繁,越来越严重。开始一年去一两次医院,后来三四次,他母亲过了九十岁,每个月要住院一次。写的人痛苦,看的人也揪心。

"背着皮包骨头的娘上车,一路飞驰到医院,叫大姐先在车上抱着娘,我心急火燎地去住院窗口办手续。办好手续后,我回车上接娘。停车场到住院大楼有几百米路程,娘趴在我的背上呻吟着。我双手揽重一点,娘'哎哟、哎哟'叫着痛;揽轻一点,娘往下滑,轻轻往上托,娘又说难受。而我右腿损伤的半月板偏偏又不争气,又酸又疼,我几乎迈不动腿。""办好住院手续,接下来是繁多的检查。特别是抽血的时候,看得我胆战心惊,娘的两只手都被抽过了,还是抽不出血,最后医生只能从娘的肚皮上抽。一旁的大姐,心疼得呜呜地哭起来。"吕富的母亲很坚强,在这样的状态下熬过新冠出院了。九十一岁时,母亲因小腿血管堵塞,又一次住院,屈吕富在医院陪护。"娘一直叫着痛,止痛药、止痛贴、止痛针,凡是能用的药都用上了,还是不顶用。躺着不是,坐着不是,站着不是。我不停地抚摸着娘冰冷的双腿,想用自己温暖的手,减轻娘的痛苦,可一切都是徒劳。"

后面这几年,屈吕富几乎不在医院就在工厂,不在工厂就在母亲的家,就这样来回跑着。而他还要管理一个有三百名员工的工厂,忙碌与辛苦实难想象。读着这样的文字,似乎看到了一个孝子的心。

除吃饭与治病,对母亲身体健康的关护之外,屈吕富同样在意母亲的精神愉悦。他的日记里多次写到陪母亲游玩和买衣服。一个来自农村的母亲,可能从来没有想到去旅游,从没想过去买几身好的衣服,加上高龄,对这两样更没有需求。但屈吕富想到了,还变着法子让母亲去享受一下精神上的快乐。可是母亲总是找各种理由推托不去。在母亲八十八岁那年的秋天,屈吕富终于说动母亲去不远的一个小山村看看秋景。"慢慢扶着娘,走到廊桥边,娘说,这里原先是石板桥,每年发大水的时候,经常被冲毁,村里的人都出不来,想不到现在的桥造得那么好;走到溪边长廊上,娘说,这里好,要是夏天,黄昏早晚坐这里乘凉多好。"有了这一次的经验,不久,吕富又开车带母亲出去,"娘今天的兴致特别好,我牵着娘的左手,娘右手时不时摇着芭蕉扇,虽然步履蹒跚,颤颤巍巍,但亦优哉游哉。……于是我牵着娘的手边走边游,看到有好的景点,就停下请游人帮忙拍照……娘今天很开心,也很配合,拍了很多照片。累了,我们坐在溪边廊桥上小憩片刻。我贴在娘耳边同娘说说话。娘漫不经心地听着,手不紧不慢地摇着芭蕉扇,那个从容啊,俨然一副'老太君'的模样"。在游览中,屈吕富的母亲高兴,作为儿子的屈吕富更加高兴。

再如买衣服。开始是屈吕富妻子想带他母亲买衣服;后来是两个姐姐想给母亲买衣服,没有说动。再后来,姑嫂三人把母亲"骗"到集市上,一看是买衣服,他母亲立即生气了要回家。在左劝右劝下,看了几个店,一问价格,母亲坚持说太贵了,最后也没有买成。后来屈吕富哄母亲说自己想买衣服，叫母亲帮他参谋，才又说动母亲去了店里。他先装着挑自己的衣服，然后转着转着到了老人服装店。"我对娘说，娘，我帮你挑件衣服，难得一起出来，看看我的眼光，看看我为你选的衣服好不好。我这样说，娘自不好意思推却。"在他母亲试衣服时，屈吕富悄悄与店家说好，价格要说低，二百说五十，不然买不成，钱他照付。这样才给母亲买了一件衣服、一条裤子、一双鞋。哄娘说不到两百元。屈吕富最后写道："怕娘反悔，我赶紧拿手机扫码付款。……娘不知为儿买了多少衣服，添了多少寒衣，而今儿第一次陪娘买衣服，第一次给娘添寒衣，还要刻意编出这么个'谎言'来，我心头不禁五味杂陈，泪眼蒙眬……"

读屈吕富的日记，读的是一种赤子之心，一种发自内心的真情。他的真情是从心底流出来的，是与生俱来的，就像一块璞玉，生来如此。而这样的璞玉才是最珍贵的。平时与他交流，你会感到他对人、对朋友、对工作的一腔热情。他对母亲自然是全身心付出的，他是一个至孝之人。

读屈吕富的日记，读的是一种美。他的文字很朴实，没有任何雕饰，就像田野里自然生长的花，自有一种动人的美。他的文字蕴含着真情而朴素的美。这样的文字有一种返璞归真的美感，也最能打动人，直达人的内心。现在的许多文章文字华丽，其中却没有真情，读起来很虚空与茫然，感觉没有灵魂，那不是真正的美。散文与诗，首先要写真情实感。屈吕富虽然不是经常写文章的人，但他的文字却具有一种"天然去雕饰，清水出芙蓉"之美，因为这些文字是从他的心底流出来的。

读屈吕富的日记，对当下的社会有很好的现实意义。他对母亲的孝为社会树立了榜样。作为父亲，他养育大了女儿；作为儿子，他侍奉母亲颐养天年。人生的两端都需要有人照顾。中国有句古话叫"心肝都是上挂落"，人往往对儿女尽心，对父母则差一点。而吕富都尽心尽力做到了。中国这几十年的高速发展，社会也快速进入人口老龄化社会，老人如何健康快乐又有尊严地度过晚年，不仅是家庭问题，也成了社会问题。北宋晚年官方已经开办养老院，现在养老方式更加多元，养老院、颐养院与社区养老方式的出现虽然解决了许多问题，但仍然解决不了所有问题。中国传统文化的影响和生活的习惯使许多老人仍然选择居家养老，居家养老还是主流。以前中国的家庭往往是一大家庭，兄弟姐妹众多，可以轮流照顾，居家养老自然没有大问题。而现在社会生活变化，独生子女又将进入中年，老人希望居家养老与儿女无力照顾、无时间照顾必然成为突出的矛盾。许多家庭往往心有余而力不足。如何奉养父母，如何行孝遇到了前所未有的难题。屈吕富给社会交出了一份优秀的答卷。这就是《侍母记》的价值所在。

是为序。

2024年7月22日于西山寓所

目 录

回家	/ 001
这就是娘	/ 005
父已去,娘渐老	/ 007
背影	/ 009
永远的痛	/ 011
重阳节怀念父亲	/ 016
天伦乐	/ 017
冬至	/ 019
日月同辉	/ 021
第一次陪娘住院	/ 023
娘越来越吃不下了	/ 026
岁月的脚步	/ 028
娘喜我喜,娘忧我忧	/ 031

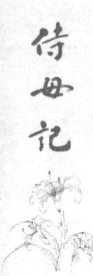

娘越来越老了 / 033

寝食难安 / 035

老娘病危 / 037

娘是人世间最美的一道风景 / 040

种菜 / 042

多事之年 / 044

游灵湖 / 047

赶集 / 049

苦命的娘 / 051

糟羹 / 053

春游 / 055

垂面 / 057

豆腐渣 / 059

慈母心 / 061

台风"利奇马" / 064

悲绪 / 070

七月半 / 072

兄弟情慈母泪 / 074

晚秋 / 076

慈母情 / 079

小女订婚 / 081

谁言寸草心 / 083

报得三春晖	/ 085
娘身体越来越差了	/ 087
多灾多难的娘	/ 089
打冻	/ 091
春节赶上母亲生病	/ 094
最大的心愿	/ 098
端午节	/ 100
异乡明月夜	/ 102
时光时光再慢些	/ 105
娘喜我喜	/ 107
侍母一日	/ 109
望断秋水	/ 111
中秋节	/ 113
父母本是在世佛	/ 115
岁岁重阳	/ 117
给娘添寒衣	/ 119
哄娘吃苹果	/ 122
看望姨妈	/ 124
悼念方妈妈	/ 127
红薯干	/ 129
给娘理发	/ 131
压岁钱	/ 133

谢年	/ 135
孝和遗憾	/ 138
莫名	/ 141
保姆	/ 143
葡萄熟了，娘老了	/ 145
秋雨	/ 147
辞退保姆	/ 149
南瓜	/ 151
视频会见	/ 153
寒冬里，娘皲裂的手	/ 156
九十寿辰	/ 159
侍母三日	/ 161
慌张茫然	/ 164
一个麦饼	/ 166
2022年第五次住院	/ 169
一篮土鸡蛋	/ 172
出院后的第一顿午餐	/ 174
陪娘住院	/ 176
枉为人子	/ 178
出院	/ 180
又陪娘住院	/ 182
往事依稀浑似梦	/ 184

守望	/ 187
长姐如母	/ 189
走山	/ 193
寒食	/ 196
清明节陪娘住院	/ 199
落红时节娘病危	/ 201
父亲一口茶，儿子痛一生	/ 204
娘活一百岁，犹忧八十儿	/ 206
高墙拜母	/ 210
草帽	/ 214
上梁	/ 217
但愿人长久	/ 219
南瓜饼	/ 222
那年那月那日	/ 224
司机阿牛	/ 228
看望二表哥	/ 233
小曾孙周岁礼	/ 235
最后一个故事	/ 237
子欲养而母不待	/ 240
霜冷长河	/ 243
同一个梦	/ 247
清明	/ 250

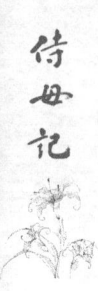

永远的爱 / 251
夜来幽梦忽还乡 / 256

附录 / 258
  万年青 / 258
  诗七首 / 260
  我的发小屈吕富 / 262
  于寻常处迸发的人性光芒 / 265

后记 / 267

回家

我有两个家,一个是乡下的家,另一个是城里的家。城里的家,是我和妻女的家,是生活的日常;乡下的家,是我和娘的家,是心头的牵挂!我的日子三点一线,每天奔忙于两个家一个公司之间。想娘时,回乡下住;想妻女时,去城里住。

可昨晚住在城里,我翻来覆去,不管怎样都睡不着。想着下午去看娘,娘的身体状况不大好,我越想越放心不下。到零时,几乎想独自一人开车回乡下去。可又想想,这时候去,娘也睡着了,只好作罢。

蒙蒙眬眬中,听见父亲在叫着我的乳名,我很是诧异。只见他老人家鹤发童颜,脚踏祥云,面带微笑,在离房顶一丈高的空中,对我说:"富儿,你娘含辛茹苦,拉扯你们兄弟姐妹六人长大不易,现在老了,生活越来越不便,你要好生照顾。"

父亲离去已有十来年了,现在竟然回来了,竟然回来了!而且一点都没变,一点都没变!我激动万分,欣喜若狂!刚想回答,父亲忽然不见了!我急急地追寻,可任凭我怎么寻,都寻不着。想叫回父亲,又喉头哽住,喊不出声来,急得用手拼命去掐自己的脖子,一阵剧痛后,我骤然醒来——原来是南柯一梦!

此刻已无半点睡意,看窗外,黑黑的,没有一点亮光,一旁的妻,酣睡声均匀。我悄悄起来,披了件外衣,一个人默默地坐在客厅里,想着父亲,想着娘,想着刚刚梦中的情景,诚惶诚恐,惭愧至极!我焦急地等着天明。

天刚蒙蒙亮的时候，我就急着叫醒妻，对她说："我们还是回乡下去住吧，娘年纪越来越大，身体也越来越差，我放心不下。"妻说："好，我也有同样的想法。"

于是我们稍事打理，匆匆开车回家。这时，车载的音响正好播放着世界名曲《回家》，那悦耳醉人的轻音乐，动人心弦，温暖如春，牵系着回家的情思，加快了回家的车轮。

今天是12月19日，天空下着绵绵细雨。到家看娘，是早上八点左右。

我说："妈，早饭吃了吗？"

娘说："吃了一点点粥，可就是咽不下。"

我说："妈，我带你去看医生吧？"

娘说："不用不用。该看都看过了，又没有什么大病。"

我说："妈，还是去看看吧，没有病更好。"

娘这才点了点头。

我扶着娘，感觉娘轻飘飘的，一副弱不禁风的样子，她走得很慢很吃力。

开车去诊所，医生说："你娘胃不好，开了三天的药。"回家倒好开水，我喂娘吃好药，并嘱咐娘，叫她不用做中饭，我会送来。

娘说："不用，我自己会做。你忙，快去公司。"

到公司处理了事务，心里惦记着娘，我打电话叫妻早点准备好娘的饭。十点半到家时，妻已给娘做好饭。于是我急忙给娘送去。

娘看见我送来饭菜，还没等我开口，顿时生起气来："叫你不要送，你偏送，你送来我又吃不下，我想吃自己会做，等会吃不下倒掉又浪费，雪花（我妻）带一个小外孙，那么辛苦那么忙，实在不想麻烦你们。"

我忙赔着笑脸道："妈，饭菜很香很好吃，你尝尝看，如果实在吃不下,少吃点好吗?"娘这才不吭声。

我想再待会儿,陪娘说说话,娘怕我回去迟饭菜凉了,一个劲地催我回去,说自己马上吃。

娘是怕拖累我才故意发脾气,希望我不要给她送饭。

白发苍苍的娘,自从父亲去后,就独自一人住着,叫她跟我一起住不肯,一起吃也不肯,平时给她送点饭菜又老觉得过意不去。娘操劳一生养我们长大,到老了,还自觉成这样,我心里酸酸的,很不是滋味。

吃过中饭,心里仍惦记着娘吃了没。回到娘的家里,娘坐在沙发上闭目养神。我问:"妈,饭菜好吃吗?药吃了吗?好些了吗?"

娘昏花的双眼一下子来了精神,说:"医生开的药真灵,吃了两次药好多了。这不,中饭吃了半碗,汤也喝了半碗,雪花的菜烧得真好吃。"

看娘一脸开心,我也高兴,对娘说:"晚饭不用做,我们煮面给你吃。"

娘急了,一脸的不高兴,说自己没事了,饭自己会做,老麻烦你们干什么?她再三叮嘱不要送晚饭。

妻早早做好晚饭。我送过去,娘正准备做饭。我说:"妈,面送来了,你吃一口试试,看好不好吃。"

娘一边说又麻烦你了,一边接过碗喝了一口汤,说真香真鲜,满脸喜悦。

我说:"妈,你慢慢吃,我先回去。"娘一边说好,一边送我到门口。

吃罢晚饭,我抱着三岁的小外孙去看娘。本该叫太婆婆的小外孙偏叫不来,平时听他妈妈叫奶奶,张开发音不全的童音,一个劲地"奶奶、奶奶"叫着。

娘也一个劲地"唉、唉、唉"应着。我几乎笑出眼泪。

一股暖流不由自主地涌上心头，上有老娘，下有小外孙，此情此景，那种幸福，那种喜悦，真是难以形容。

时光匆匆，如白驹过隙。不知不觉间，娘已是四代同堂。

本文写于 2015 年 12 月 19 日

这就是娘

今天是12月20日,天公依然不作美,跟昨天一样,下着毛毛细雨。

昨晚见娘身体好多了,心里踏实,因此睡得很好。今天起得比以往都早。想着娘可能没吃早饭,赶紧去买来,给娘送去。

娘有气无力地说:"怎么吃得下啊!昨天吃了胃药,胃没事了,饭也会吃了,可到下半夜却咳个不停。看看我这身体,不是生这个病就是生那个病。"

我说:"妈,你昨夜怎么不跟我说一声,我好送你去医院。"

娘说:"深更半夜的,麻烦你干什么,又不是什么大病。"

娘咳了半夜,居然还这样轻描淡写,连自己亲儿子都不想麻烦,我不禁一阵阵心酸,眼睛一下子湿润起来。

急急地送娘到诊所,医生说娘感冒了,开了80多元的药。我付钱时,娘颤巍巍地从衣袋里拿出钱,死活要自己付,说:"你每个月已经给了我那么多钱,什么事都要麻烦你,我心里过意不去!"

心一下子酸起来,鼻一下子热起来,娘这是在跟儿算养她老人家的账啊!而十月怀胎,一朝分娩,鬼门关走三遭,一把屎一把尿,一针一线缝寒衣,小米粥一口一口喂我们长大,操心一辈子,娘怎么不算一算啊!

回来路上,眼睛胀胀的。想着娘辛辛苦苦养我们长大,到老了,需要儿女们照顾时,儿女们仅仅为她做了一点点,居然连麻烦的话都说出来,甚至还算起账来。有时照顾她稍微多一点,细心了一点,娘就一百个不自在,一千个不自在,说出来的都是歉疚话,好像这辈子该想的，该照顾的，应该都是子女，好像这辈子就是为子女做牛做马来的，而享受照顾的，不该是娘自己。

这就是娘！这就是老一辈中国式母亲的善良与谦恭，无私和伟大！倘若要饿死时，她们会把最后一口饭留给子女；倘若要冻死时，会把唯一的一件御寒衣服留给子女；倘若疾病来临，恨不得扛下所有痛苦，把平安喜乐留给子女；倘若老虎来了，会奋力推开子女，宁愿自己葬身虎口……

这时候，泪水再也止不住了！

回到家，叫娘先喝点粥，这样吃药才不伤胃。娘勉强喝了一点点，说实在喝不下。而后喂娘吃了药，娘再三催我回公司，并说自己没事，叫我放心。

再三叮嘱娘不要自己做中饭，娘这才点点头。

到公司后，满脑子都是娘瘦弱的身影，心绪乱得很，也无心处理事务，忙打电话给妻，商量娘中饭吃什么。妻叫我别费心，她自有安排。

中午到家，妻已先给娘做好一碗豆腐脑、一小碗米饭，还有娘平时最爱吃的蚕豆。送去后，娘面色不错，还没等我开口，就抢先说："早上的药真灵，吃一次就好多了。"她见送来的是豆腐脑和蚕豆，尤其高兴，连说这两样好，这两样好！

我说："妈，好吃就多吃点。"娘连连说好，叫我回去吃饭。

匆匆吃罢中饭，我心里惦记娘中餐吃得怎样，又去娘的家。娘一脸高兴，连说好吃，说雪花的豆腐脑做得那么好吃，她都做不出来。娘还说："中餐吃了好多，半碗米饭、一碗豆腐脑差不多吃完了，蚕豆也吃了很多。"说着说着娘就笑了起来，笑得好开心，好憨厚。

见娘这般开心，我甚是欣慰。本来这几天担心娘，我心里似有一块石头悬着，见娘好多了，石头终于落了地。

本文写于 2015 年 12 月 20 日

父已去，娘渐老

记得小时候，父母忍饥挨冻，日夜操劳，为的是让儿女们吃饱穿暖。长大后，我自己有了家，方知世道艰难，养家不易。父母仍为我们操碎了心，帮我支撑着，而我却力不从心，自顾不暇，很少照顾父母。后来，通过几十年的打拼，日子好起来了，却蓦然发现，自己早已成了爷辈，而父母的青丝变成了满头白发！

于是，我总想让父母过得好点，以报答父母的养育之恩，平时给父母买吃买穿，给父母钱花，总以为这样就已尽孝道，常忙于自己的事业，很少陪父母。来看父母时，总是来去匆匆，每次来看，总察觉到父母日渐老去，而父母见我，几十年如一日，一样的笑容，一样的话语。

也许，我在父母眼里永远是一个长不大的孩子。

终于有一天，父亲一病不起，匆匆离去，我连报答的机会都没有。于是，我把所有的感恩之情、报答之心都倾注在娘身上，想把那份缺憾从娘身上补回来。却发现，娘由原来吃硬的吃干的，变成吃软的喝稀的。给她买好吃的说吃不下，给她买穿的说穿不了，给她钱又说花不了，甚至她吃药的钱远比吃饭的钱多得多。

前几天发生的一幕，深深刺痛着我的心，使我惭愧有加。

那天，我去看娘，见娘耷拉着脑袋，一副无精打采的样子。娘见我来，一下子来了精神，昏花的双眼马上变得炯炯有神，一下子进入了状态，打开了话匣子，从我少年一直讲到现在，神采飞扬，好像在讲一部史书。

　　我第一次发现娘那么会讲，第一次发现娘有那么多的话要对我讲。我诧异了！

　　娘讲得开心，我听得高兴。偏偏这时客户来了电话，娘催我回公司，边说边送我上车。车启动后，我不经意看了一下后视镜，见娘仍一个人怔怔地站在马路边，默默地注视我渐行渐远的汽车，久久不忍离去。

　　这一刻，我才发现，原来娘已八十有五。

　　这一刻，我才发现，娘是多么的孤单！

　　这一刻，我才后悔平时没有多陪陪娘！

　　这一刻，我眼泪止不住吧嗒吧嗒往下流！

　　原以为自己是个孝子，给父母买吃买穿，多给钱，物质上让父母过得好，就已尽孝道。

　　这一刻，我才明白，原来父母要的并不是物质上的富足，而是儿女们的陪伴、精神上的慰藉。

　　我见父母日渐老，父母见我如初。多么希望父母能长命百岁，让我有机会报答养育之恩，怎奈岁月不饶人，转眼间，父亲去了，娘又风烛残年，身衰体弱，白发苍苍！

　　　　　　　　　　　　　　　　　本文写于 2016 年 3 月 18 日

背影

　　娘这几年身体每况愈下，以前看她老人家自己烧点饭菜吃得还可以，我们也经常送点饭菜去，她都说好吃。近来，我看她老人家懒得烧，吃得也不好，我们平时送去她喜欢的饭菜也总说吃不下。我们现在各方面条件都很好，对于娘，多么想她老人家过得好点。

　　今早我跟妻说，娘这几天胃口很不好，做什么给她吃好？妻说知道娘喜欢吃什么，叫我只顾上班去，娘的饭不用我操心，她自会安排好。

　　妻很贤惠，对她自己父母好，对娘更好。

　　中午下班后，妻叫我把娘的饭菜送去，一小碗米饭和一碗玉米骨头汤，外加几样小菜。我送去后，娘开始说自己吃不下，我说是玉米骨头汤，娘点点头，我叫娘趁热吃。娘叫我回去，自己马上吃。

　　我知道每次送来饭菜，娘总不好意思当着我面吃，于是我答应了一声就先走了。走到楼下，我又偷偷折回，悄悄躲在门口，看着娘的背影，她津津有味地吃着，吃得很香。

　　回家后告诉妻，妻高兴我也高兴。

　　中午我午睡后开车去公司上班，远远看见娘的背影，她步履蹒跚，在马路边走；瘦得像深秋的枯草，在风雨中飘摇；走走停停，仿佛受到了惊吓，还时不时惊慌地回头张望。我不忍心多看，多看满眼都是辛酸泪！

　　我把车停在娘旁边，问娘干什么去，娘装作没事人一样，说随便走走，叫我别管她，顾自上班去。当时也没在意，只感觉娘脸色不大好。等到公司后一想不对，赶忙开车到诊所，果然看到娘瘦弱的背影！

娘蓦一回头，看见我来，说不出的慌张，恨不得找个地方躲了去。

娘惴惴地说："你怎么来了？你怎么来了？"仿佛做错了什么事似的。

我问医生，医生笑着说："你娘吩咐过，叫不要跟你讲，怕你担心。她中午吃玉米骨头汤，好吃多吃了点，结果吃坏了肚子。"

回来后我跟妻说，妻后悔我也后悔。

下午，我有点不放心，特地早点回家，远远看见娘的背影，踉踉跄跄在路边走，我赶忙停下车，小跑上去扶。

娘很是忧郁，说："坐久了腿脚麻木，头昏眼花，想出来走走，又浑身无力，轻飘飘地，脚像踏在空中一样。这几天老是梦见你父亲，梦见你外公外婆，梦见我小时候的家，怕是……来日……无多……"后面四字嗫嚅得几乎听不到。

这一刻，我一下子泪崩！

学生时代读《背影》，平平淡淡，品之无味；长大后再读《背影》，字里行间，读出了深情；后来，当我被岁月压弯了腰，两鬓斑白，皱纹悄悄爬满额头，娘进入耄耋之年，自己写背影，却是百感交集，泪眼婆娑！

人生不过百年，娘今年八十有五，于人生于子女都是匆匆过客了！娘年轻时艰难困苦，现在条件好了，我多想娘过得好一点，以尽孝道，没想到娘却无福消受。

想着风烛残年、体弱多病、弱不禁风的娘，想着早早逝去的父亲，想着娘瘦弱的背影，一阵阵忧伤涌上心头……

本文写于 2016 年 5 月 5 日

永远的痛
——怀念父亲

父亲离开我们已有十年了，十年，三千六百个日日夜夜，我无时无刻不思念着父亲。那种刻骨铭心的思念，随着时光的流逝与日俱增，以至于一想到父亲，我的心就会隐隐作痛，同时禁不住鼻酸眼胀，潸然泪下！

父亲这辈子拉扯我们兄妹六人长大实在不易。我们少年的生活，可以说是饥寒交迫。即便如此，父亲总是夜以继日地劳作，想方设法让我们吃饱穿暖。

少年不懂事时，总纳闷父母为什么不上桌吃饭。每当吃饭时，父亲总在一边默默地修理着农具，而母亲则坐在一张小板凳上编草帽。等我们狼吞虎咽地吃饱后，父母这才草草将就着用剩菜冷饭充饥，吃得饱吃不饱只有他们自己知道。

后来长大懂事了点，每当夜深人静，听到父母胃病发作时，吐着清水的痛苦呻吟，心有如被针刺样痛。想着父母的痛苦，自己又无能为力，只能用被子蒙着头，偷偷哭泣。

现在每次想到这些，就有一种莫名的痛！暗恨自己年少不懂事，只顾自己吃饱，都没想到多留一点给父母。同时，也懂得什么叫含辛茹苦，舐犊情深。

渐渐地，我们兄弟姐妹都长大了。

看着我们一个个成家立业，日子过得也好，父亲是笑在脸上，喜在心里。

父亲是多么地知足常乐,即使生活只有一分好,也会当有十分来快乐。

记得有一年岁晏,我从异乡谋生归来,放下行囊,第一时间去看父亲,顺便给他一些钱,父亲再三推辞,说我在外赚钱也不容易,并且要养家糊口,说自己钱够用就好,坚决不要。在我一再坚持下,总算收了。

到了晚上,父亲又来看我,慈祥地笑着,硬是把钱塞还给我,并谆谆告诫,叫我用钱要节省,不要乱花,有钱时更要想想没钱时。这件事当时我也没太在意,可现在想来,心里有一种说不出的酸楚。

最使我永生难忘的是1993年,那一年家里遭遇了一场变故,犹如天塌下来一般。我刚成家不久,女儿不到两岁,家里虽经营着一家小厂,可入不敷出,捉襟见肘,很多时候都是兜无半毛钱,家无隔夜米,穷困潦倒,贫病交加,生活如无边黑暗,夜色茫茫……

是父亲用瘦弱的身体、粗糙的双手,帮我挑着千斤重担,挡着凄风苦雨。没米下锅,父亲背过来;没钱买菜,父亲送过来;没油没肉,父亲送来他腌制的腊肉……

以至于父亲离去后很长一段时间里,每当我想到这段坎坷,心都有种撕心裂肺的痛,忍不住泪流满面!

父亲一生想的都是儿女,把爱给了我们,把一切都给了我们,可当儿女们想尽孝心时,却"吝啬"如此。父亲,儿子这辈子欠你太多太多!

流年似水,年轮暗换。我们兄弟姐妹也都成了父辈母辈,日子也越来越好。可父亲的乌黑青丝转眼间变成霜雪满头。

都说人生七十古来稀,不知不觉父亲已七十多岁。我们兄弟姐妹都想父亲过得好点,而父亲还是省吃俭用。我们兄弟姐妹都很心疼,常劝父亲不要太辛苦,我们有条件让他老人家过得好一点。可父亲总说劳动对身体有好处，仍坚持每天劳作。

看着父亲每天身体健朗，精神矍铄，我暗暗欣慰没让父亲白辛苦，总算让父亲有一个康乐的晚年。尤其是双休日和节假日，一大群孙儿孙女围着老人家问长问短，看着孙儿欢笑，孙女撒娇，父亲仿佛一下子年轻了许多，像是喝了陈年的酒，陶醉了！

父亲生逢乱世，经历了改朝换代，祖父母没能力养，少小送作他人儿。年少时怕自己长不大，长大了怕自己成不了家，成家后怕养不大儿女。好不容易熬到苦尽甜来，却一病不起，一去匆匆！以至于儿女们连报答的机会都没有。

父亲一生沉默寡言，生活中的酸甜苦辣很少在人前流露，哪怕再苦再累都独自一人承受。有条件时，父亲喜欢喝点小酒，但从不贪杯，在我印象里，从没见他喝醉过。浊酒一杯，小菜几碟，在父亲看来，就是天堂般的生活。

记得有一天我去看父亲，父亲正喝着母亲给烫过的黄酒，说他近几年硬的东西吃不下，但酒照样能喝，身体也还可以。我说："要不带你去医院检查一下？"父亲说："不用，又没什么病，大概老了的缘故，岁月不饶人啊！"言下有一种淡淡的伤感。

当时，我也没在意，真以为父亲老了。自我懂事起，父亲身体真是好极了，从没见父亲生过病吃过药。我曾欣慰地对女儿说，你爷爷身体那么好，肯定能长命百岁。没想到我的欣慰却成了一种疏忽，致使父亲的病没有及早被发现。我永远不能原谅自己，我愧对父亲。

永远不会忘记十年前的那个初夏的晚上，我辗转反侧，老感觉有一种不安的因素在涌动，刚迷迷糊糊睡去，就听到母亲在门外叫我，说父亲肚子痛得厉害。我赶忙起床，和弟弟十万火急开车送父亲去医院。

在路上，父亲尽管痛得脸色铁青，却依然安慰我们，叫我们不要担心，说自己没事，可能是吃坏了肚子，还特地吩咐去附近的小医院看看就好，这样省钱些。

我当时已有一种不祥的预感。父亲毕竟是七十五岁高龄。听别人说过，身体好的人，不生病则已，一生病就是重病。

我和弟弟把父亲送到最好的医院，当检查结果出来时，犹如晴天霹雳，医生说父亲得的是绝症。我当时几乎用哀求的语气哭着求医生：不管花多少钱，只要能医好父亲的病，倾家荡产我们也愿意。

可病魔无情，华佗乏术。我眼睁睁看着父亲被病魔苦苦折磨，却又无能为力，既不能为父亲分担痛苦，又想不出好的话语来安慰父亲。怕增加父亲的痛苦，更无勇气跟父亲作最后的话别！实在忍不住时，不敢当着父亲的面，只能偷偷地跑出病房大哭一场，回来时仍擦干眼泪，小心宽慰着父亲。

那时那种无助，那种绝望，犹如天崩地裂，万箭穿心。真枉为人子！

两天后，父亲带着对儿女们的无限爱恋，带着对生的不舍，更多的则是带着痛苦，伴着儿女们的苦苦哀哭，与世长辞。

父亲是一片天，父亲是一座山，父亲去了，天塌了，山也崩了。都说人生如梦，而今梦未醒，父亲却永远地去了！

在父亲弥留之际，本来是风和日丽，可当父亲谢世时，顷刻电闪雷鸣，大雨倾盆。翌日，为父亲筑墓时，又是暴风骤雨。我曾沮丧地对大姐说，父亲的命为什么那么苦，生时，为养儿育女，为了家，苦如黄连，去时，又凄风苦雨。大姐说，父亲好人一生，上天垂怜，普天同哭！到下午出殡时，又奇迹般的艳阳高照。

父亲一生平凡，不识一个字，到老连自己的名字都不会写，却教会子女们做人做事，教会子女们吃苦耐劳、勤俭持家，教会子女们宽厚待人、博爱众生。父亲把爱留给了我们，把一切留给了我们，而唯一没留给我们的是报答的机会。

留下的,是无尽的伤感,还有永远的痛!

十年生死两茫茫,不思量,自难忘!十年了,父亲的音容笑貌仿佛还在眼前,还在耳边,而时光却不知不觉过去了十年。十年,三千六百个思念,三千六百个梦,三千六百个痛!多少次梦见父亲,梦见父亲熟悉的身影,慈祥的容颜,可醒后却是泪眼模糊,倍添惆怅!

父亲,是我一生的思念!父亲,是我永远的痛!假如有来世,还是您做父亲我为儿,生生世世报父恩!

本文写于 2016 年 6 月 1 日

重阳节怀念父亲

一年一度又重阳，

陌上黄花分外香；

忆得当时团聚日，

宛如昨日断柔肠；

茫茫生死阴阳隔，

夜夜梦魂暗自伤；

故父坟前开野菊，

家慈白发映残阳。

  重阳节下午去野外散步，路过父亲的墓园，默然驻足，思念倍切。墓前黄草铺地，周边开满了野菊花。父亲的音容笑貌宛在眼前和耳畔，而时光已倏忽十年。回来后已是夕阳西下，看见娘坐在门前，白发苍苍，映着夕阳。向晚，柔肠百转，感慨万千，赋得小诗，缅怀父亲！

本文写于 2016 年 10 月 9 日

天伦乐

今天是12月21日,早晨起来,雨停了,田野上布满了灰蒙蒙的阴霾。习惯了,只要在家,上班前,脚步总不由自主地往娘的家里迈。

刚一进门,就听到呼呼的哮喘声,而且还挺厉害的样子,我知道娘老毛病又犯了。这是娘年轻时落下的病根,那时候家里穷,娘的气管炎没钱医治,就这样积劳成疾,几十年下来,总不见好。为此,娘去年下半年住了半个月的院,但还是老样子。近几年,无论春夏秋冬,娘总一日三餐吃着药,从未间断过。

见此情景,我赶忙上前,一只手扶住娘,一另只手轻轻拍着娘的背:"妈,是不是哮喘病又犯了?"

娘说:"是啊,前几天吃胃药和感冒药,我想药吃多了不好,因此哮喘片没吃,这不,老毛病又犯了,刚才已吃了药,等会儿应该就没事了。"

接着,娘又催我赶快去公司,并再三说她没事,叫我不用担心,叫我不要老是来看她,不要因为她耽误事。

我说:"妈,中午想吃啥,我叫雪花做。"

见我如此说,娘马上拉下脸:"叫你不要送,你还送,我想吃什么,自己会烧,真的不要送。"到后来,娘几乎用哀求的语气跟我说话。

回到家,我跟妻一说,妻说:"你傻呀,娘是全天下最自觉的人,你问她吃什么,她怎么会说呢,娘的饭你不要操心,等中午我早些做好你送去就是。"妻说得我好惭愧。

写到这里,我得感谢自己有位好妻子,她平时任劳任怨,不但细致入微地照顾娘，连娘的喜怒哀乐、饮食口味她都知道得一清二楚。

中午十一点回到家，妻给娘的饭已做好。我怕娘自己做饭，赶紧端去，还好娘还没做。

见我送饭来，娘马上过来接，喃喃地说："又送来了！又送来了！"言下似有千百个过意不去。

我说："妈，你千万不要这么说，只要你喜欢，不管什么，我们都做给你吃，只要你吃得下，我们比什么都高兴。"

娘也不再说什么，连说我吃我吃，并稍稍低下头，用手轻轻擦了一下眼角，我见娘眼里分明含着泪花。不知这回又勾起了娘的什么往事，怕娘伤心，我暂且告退。

晚饭后，妻说："我们去陪娘说说话，看看电视，聊聊天。"

去后，娘独自坐在沙发上，昏昏欲睡。怕吵醒娘，我和妻都嘘了一声。可三岁的小外孙童真无忌，一下子扑到娘的怀里，一个劲地"奶奶、奶奶"叫个不停，娘一下子醒来，来了精神，昏花的双眼满是光芒，"唉、唉"地应个不停。

小外孙见娘身边放满了药，一边拿小手指着垃圾桶，一边"啊凄、啊凄"（本地方言，不干净的意思）地说着，又拿小手指着娘桌上的碗，"奶奶，饭饭、饭饭"地叫着。

我和妻都没听懂啥意思，娘呵呵笑开了："你看这小曾孙多聪明，意思叫我不要吃药，扔到垃圾桶里，叫我吃饭饭。"

听娘一说，我和妻都哈哈大笑。

回来路上，妻笑着跟我说："看来娘能长命百岁。"我问："何以见得？"妻说："你看娘多聪明，把小外孙的意思讲得多么精彩，你能吗？"听得我哈哈大笑。

本文写于 2016 年 12 月 21 日

冬至

今天是 12 月 22 日，冬至到了。

民间有谚云：冬至甜圆，清明苦馁。

冬至是团圆的日子，冬至是甜蜜的佳节，冬至过去，就意味着新年的到来。冬至跟过年一样，民间的习俗还要拜天地、祭祖先。而清明苦馁，意为清明过后，春耕开始了，农民越来越忙，越来越辛苦。

本来打算冬至推迟几天过，原因是小女儿在省城读书，过几天才能回家。可妻说娘节日里要想家人的，于是我们想了一个两全其美的办法，先做点冬至圆和扁食给娘吃，等小女儿回来再拜天地、祭祖先。

早上起来，我去告诉娘，娘很是高兴。中午汤圆扁食做好后，我又犹豫起来。冬至日主要是吃冬至圆，扁食次之，冬至圆是糯米做的，娘胃不好，糯米粉吃了容易积食。最后还是妻的办法好，叫娘先吃扁食，后吃汤圆。

临近中午的时候，冬至圆和扁食做好后，我每样各送了一小碗，特地嘱咐娘先吃扁食后吃汤圆。没想到等我吃好回转看娘时，娘将一小碗汤圆吃个精光，而扁食已吃不下了。

我笑着问娘："叫你先吃扁食再吃汤圆，怎么把汤圆吃光了呢？"

娘有点不好意思地说："汤圆太好吃了，忍不住，什么时候吃光的也不知道了。"说着嘿嘿地笑起来。

吃晚饭的时候，妻叫我给娘送饭去，我一看是一碗米饭和一碗咸菜肉丝汤，素素的只见一点点油光。我用眼看着妻子，一脸惊讶，还没等我开口，妻就先开口了："是不是看我做咸菜汤给娘吃？是不是想着我给娘吃得这么差？等会儿送去就知道了。"

平时诚实的妻子这回却卖着关子，眼里带着点狡黠眨了眨，冲我笑笑。

送去后，未等我开口，娘就急起来："你总怕我没的吃，吃不好，没营养，每天好菜好饭送来，现在我看到油腻的东西都想吐了。"

我惴惴地说："不是，只是一碗咸菜汤。"我有点不好意思，一脸愧疚。没想到娘见是咸菜肉丝汤，一下子高兴起来，接过去，马上喝了一口，说："嗯，好鲜！"接着娘就迫不及待地喝起来，喝得津津有味，还边喝边说："晚上的汤真好喝，喝得浑身舒服。"

回到家，我把经过说了一遍，妻露出了一个胜利的微笑："娘喜欢吃什么我还不知道？娘年轻时就很挑食，不管是什么牛羊鸡鸭、海鲜鱼肉，都不爱吃，更何况现在年纪大了，你餐餐都想给娘吃好的，老人家怎么吸收得了呢。你连这点都不知道？"说得我哑口无言。

我太爱娘了，一心想娘吃得好一些，过得好一点，恨不得山珍海味都想让娘吃个遍，没想到弄巧成拙。

都说冬至阳生，前程灿烂，我不求前程灿烂，只求娘健康长寿！

本文写于 2016 年 12 月 22 日

日月同辉

今天是12月30日,离新年只有两天了。

早晨起来,晴空万里,西边的皓月还挂在天宇,东边的旭日就一副等不及的样子,早早地爬上了山。阴阳交错,日月同辉,田野芳草萋萋,薄雾轻烟,玉露晶莹,仿佛有了早春的气息。

娘今天起得比往日都早,我下楼后就看见娘坐在门前晒着太阳。习惯性地走到娘身边,娘见我来,笑容满面,忙搬了一把小板凳,叫我坐。

暖暖的一庭艳阳,难得的温和冬日,是该多陪陪娘。于是我坐在娘的身边,娘儿俩聊开了。

娘兴致特好,忆往昔,话今朝,天南海北,街坊趣事,说得眉飞色舞。我在一旁兴致勃勃地听着,尽量不插嘴,让娘多讲。聊着聊着,大姐二姐,还有她们的儿媳妇,带着一大群玄孙辈,都来看娘,把娘围成一圈,一个个问长问短。临走时他们个个都拿着手机,争着和娘拍照,娘是多么的开心,一直笑个不停。那满是皱纹的脸庞,像春三月绽放的花,像夕阳余晖映天边。

下午,小女儿从省城回来,晚上又做冬至,娘越发高兴了。大女儿和大外孙也从城里来了。两个女儿两个外孙,一齐围着娘,一声声叫着奶奶,叫得娘心花怒放,都快应不过来。一旁的妻忍不住笑了:"乱套了,乱套了!"妻还说:"圣恩(五岁的大外孙),你应该叫太婆婆的。快叫一声太婆婆。"可大外孙不管怎么教都不叫。

娘见大外孙一脸没趣,拉着大外孙的手说:"圣恩乖,不叫太婆婆,跟你妈妈一样,就叫奶奶。"在一旁的小外孙这时冷不丁地冒了出来,似鹦鹉学舌:"太婆婆不叫,叫奶奶,太婆婆不叫,叫奶奶。"

娘再次被逗笑了,全家都笑了!

这时候,妻将祭祖的菜也做好了。

摆上佳肴,倒上酒浆,点上红烛,插上高香,只见娘有条不紊地进行着仪式。等一切都准备好,又见娘点上三炷香,走出门外,虔诚地朝拜天地,口里念念有词:"上拜天,下拜地,保佑我全家'脚手年健'(娘的口语),大吉又大利。"

拜完天地,接着又拜祖宗:"列祖列宗在上,多管顾我全家平平安安,健健康康,小孩聪明伶俐,读书快进,全家一年到头顺风顺水……"

轮到我们拜时,都只有一个共同的心愿:祈求天祈求地,祈求列祖列宗保佑娘健康长寿。

今年冬至就这样温馨地度过了,我们一家团圆了,不知明年的明年,后年的后年,娘是否还能像今日一样健健康康、快快乐乐地陪伴着我们?

但愿!但愿!……

本文写于 2016 年 12 月 30 日

第一次陪娘住院

今晚写《侍母记》已近零点，在病房里，我第一次陪娘住院。

娘输着液，刚睡去，我在旁边陪护着。看着娘憔悴的容颜，听着娘轻轻的鼾声，百感交集，思绪万千……

九点的时候，妻子、女儿、女婿，还有两个小外孙都来看娘，我卖着关子说今天做了五个"第一"，叫他们猜猜看，他们都摇头说猜不着。

今天早上七点，一个员工打来电话，说娘病了，现在坐在门口，叫我送她去医院。

娘的性格，向来是报喜不报忧的，如果不是病得很厉害，断不会这样。

我急忙起来，顾不得洗脸刷牙，心急火燎地背娘下楼，开车送娘去医院。

娘今年八十六岁了，这是我平生第一次背娘，而且是在娘生病的时候。

背着骨瘦如柴、轻飘飘的娘，一阵阵鼻酸眼胀！

等一切都安排好后，看着娘一头乱蓬蓬的白发，我去买来梳子帮娘梳头。刚梳了几下，娘就不好意思，要自己梳，才拿好梳子，手想往上举，可一点劲儿都没有，举了几次都没举上去。我轻轻从娘手里接过梳子，轻轻帮娘梳着头。

第一次帮娘梳头，看着娘的白发一根一根往下掉，我泪水也一滴一滴往下滴……

接着，护士送来病服，叫我给娘换上，并叫我把娘的指甲也剪一下。剪手指甲的时候还算自然，当剪脚指甲的时候，娘是多么不自在呀，好几次都把脚缩回去。

这是我平生第一次帮娘剪指甲。

中餐的时候，一开始我主动喂娘，刚喂了几口，娘坚持要自己吃，只好由她。可当娘双手端上饭碗时，双手颤抖，端不稳。我从娘的手中接过碗，慢慢地一小口一小口喂着。

这是我平生第一次喂娘。

晚上九点半左右，我打好温水，帮娘洗了一下脸，接着想帮娘擦身子，起初娘死活不肯，可娘自己的手又不利索，后来在我一再坚持下，娘总算肯了。当我给娘洗脚的时候，她也说什么都不肯，几次想弯下身子来自己洗，可试了几次都弯不下来。当我用手轻轻抚摸着娘的双脚时，娘几次都想缩回去，感觉是多么不自在啊！

这是我平生第一次帮娘洗脸、洗脚、擦身子。

而今娘已是耄耋之年，我自己也早已年过半百，多少往事历历在目！

记不清小时候娘背了我多少次。

记不清小时候娘喂了我多少次饭。

记不清小时候娘为我梳了多少次头。

记不清小时候娘为我剪了多少次指甲。

更记不清小时候娘为我洗了多少次澡！

而今做儿子的仅仅为娘做了一次，娘就一百个不自在，一千个不自在啊！

写到这里，我禁不住悲从中来，这是平生为娘做得最多的一次，偏又在病房里，在娘生病的时候，我惭愧啊！！！

这时候，忽然好想仔细看看熟睡中的娘，可越是想看，眼前越是模糊，越是模糊，越是想看……原来自己的泪水顺着脸庞，一滴一滴，滴到娘盖的被子上……

熟睡中的老娘，是多么的慈祥啊！

本文写于 2017 年 3 月 20 日

娘越来越吃不下了

娘这几天身体状况很差,本来前些日子老犯哮喘,双脚关节也痛,随着天气转暖,已渐渐好转。可近来娘胃病又复发了,胃口很不好,每餐只吃一点点,好点的东西都吃不下,每天净吃些白粥淡饭,看着让人心疼!

快到清明了,这个季节应是鲜蛏最肥最好吃的时候。想到娘有可能会想吃,我特地去菜场买了一些。要知道这可是娘唯一愿意吃的海鲜了。

临近中午,我特地早些下班,并亲自下厨。妻在旁看着我烧,用怀疑的口气跟我说:"娘这几天身体那么差,给她吃鲜蛏,会不会吃坏肚子?"

妻这么一说,我犹豫起来,但最终还是抱着试试看的心态送去了。

送去后,娘说,又送来什么了?我说,是蛏子,娘说,能不能吃啊?

娘一边说一边看着香喷喷的蛏子。我知道娘是想吃,又怕吃坏肚子。

我对娘说:"先少吃一点试试看,如果肚子感觉不舒服,就不要吃,确定没事再吃,好吗?"娘点了点头。

吃罢中饭,再去看娘,娘说鲜蛏挺好吃。我急切地问:"现在感觉怎样?"娘说没事,我这才放心。看娘状态不错,我同娘聊了一会儿,娘示意我回去。

下午下班后，我先去看娘，刚到门口就隐隐听到娘痛苦的呻吟声。娘说，下午三四点钟的时候，感觉有点饿，胃有点痛，煮了一点面汤，并放了几只蛏子，吃后半小时就肚子痛，可能又吃坏了肚子。

　　是我好心办坏事害了娘！我不由得暗暗地叫了一声苦。急忙送娘去诊所，医生检查后，当即拿来一包肠胃康，用开水冲开，叫娘喝下，并叫娘先坐一会儿，说等会儿不痛就没事了，如果还痛就得去大医院。

　　大约坐了半小时，娘就感觉肚子不痛了。

　　娘真是苦命，年轻时家里穷，供我们吃饱，自己却挨着饿；后来能吃饱饭了，给我们吃好的，自己吃差的；再后来，娘老了，我们兄弟姐妹条件好了，想给娘吃好一点，娘却吃不下了！

　　娘啊！这辈子儿女们欠你真是太多太多，想报答又报答不了，有时候想想真是寝食难安啊！

本文写于 2017 年 3 月 28 日

岁月的脚步

今天是12月31日,离新年只有一天了。光阴荏苒,日月如梭,岁月的脚步好快啊!

跟昨天一样,今天依然是个阳光明媚的日子,暖暖的,又是一个温和的冬日。

早上起得有点晚,太阳已升得老高了。按说娘这时候应该坐在门前的小板凳上晒太阳,怎么不见人影呢?我四面寻找着,心里开始忐忑起来。

我快步走到娘的房间,只见娘上气不接下气,用手压着小腹,呻吟着,看样子很难受。

我心里"咯噔"了一下,昨天明明好好的,今天怎么会这样?

"妈,怎么啦?身体又不舒服?生病啦?"我焦急地问。

娘一副有气无力的样子,断断续续地说:"昨晚在你家吃了麦油脂(临海的一种小吃,也叫食饼筒),回来后就一直肚子痛,可能积食了。已吃了消食片,刚刚又吃了一次,还是没用。"

我赶紧开车去诊所,叫医生重新配了药,喂娘吃下。娘吃后,又催我快去公司,说我忙,说她等会儿应该就没事了,叫我不要担心。

怎么能不担心呵!看着娘的身体一日不如一日,每餐吃那么一点点,净吃些没有营养的东西,稍好一点的都吃不下,即使硬吃下,又要积食。

看着娘身体时好时坏,日渐憔悴,骨瘦如柴,一阵阵悲绪涌上心头。

莫非娘真的离大去之日不远了？我已从手里弄丢了父亲，莫非要再弄丢娘？我心头发慌，再也不敢往下想……

中午下班回来，远远看见娘坐在门前晒着太阳，看见我，立即起身朝我走来。

那一幕仿佛小时候，在家盼着娘回来，远远看见娘的身影，就飞也似的扑向娘的怀抱。而眼前的一幕，却是娘，蹒跚地、缓慢地向我走来。

我快步上前扶住娘。

还没等我开口，娘就一副似有什么好消息急着要告诉我的样子，说道："已经好了，没事了，没事了。"

那模样，仿佛我小时候，从学校回来，考了好成绩，急着要把内心的喜悦告诉娘，想给娘一个惊喜。

还没等我缓过神来，娘又接着说："早上吃了药还是没用，后来喝了一大杯开水，吐了，现在一点事都没有。我真的老了，不中用了，怎么一吃就积食。想想后生时，上山砍柴，田里干活回来，饿了，吃剩菜冷饭，吃糠粉野菜，渴了，就喝冷水，不管吃什么都没事，就是吃块石头也能消化。现在真的没用了。"

说到年轻时，娘开心起来，还带有一点点腼腆。

接着，娘用商量的口气，郑重其事地跟我说："儿子，妈知道你对我好，想让我吃好一点，都怪我没福气，没体格吃。你先让我自己做几天饭，我想吃点粥饭，清淡一点，等妈身体好了，再做给我吃好吗？"

说完，用十分期待的眼神看着我，等着我答应。

娘都已说到这个份上，我还能说什么呢。

我把娘的话一五一十告诉妻，妻说知道了。

侍母记

我问妻知道什么,妻笑笑,说知道就是知道。
晚饭时,妻又叫我给娘送饭。我不解地问:"不是说好先不送吗?"
妻一把揭开锅盖,故意问:"送还是不送?"
我惊奇地问:"这大冬天的,哪儿来的?"
妻说:"知道娘喜欢吃,上天入地变的。"
我呵呵大笑,赶紧给娘送去。

本文写于 2017 年 12 月 31 日

娘喜我喜，娘忧我忧

年过了，春天来了，气候温和了，百花盛开了。

本来每年到这个季节，娘的身体都会慢慢地好起来，可今年总不见好，反反复复，真令人忧心！

今天是个好天气，春光明媚，艳阳高照，野地草青花香。

早晨起来，见娘独自一人坐在门前晒着太阳，一副郁郁寡欢的样子。我走到娘的身边，问娘早餐吃了没，娘说，吃了几个饺子，实在吃不下。

我说："你的胃不好，要少吃多餐。"娘有气无力地点点头。

我关心地对娘说："难得今天天气这么好，不要老坐着，应该多走走，适当运动运动，这样气血会循环，对身体有好处，要不我扶着你走会儿？"

娘轻轻地叹了一声，情绪很是低落，说："我也想多走走，可是走不动啊！稍微多走几步，腿就感觉麻木没劲，怕跌倒，不敢多走，万一不小心摔倒，你又得操心死。"

我听后一阵阵心酸，看着娘的身体一日不如一日，空有万般忧伤，可又能如何？看来娘真的老了！

记得去年这个时候，娘总跟我"打游击"，背着我偷偷去田里劳作。

东园种瓜，西园摘果，晨沐朝阳，暮映晚霞，整日忙个不停。

有时不巧碰到我，娘就不好意思地"嘿嘿"笑着。每天早上，总有洗得干干净净的新鲜蔬菜放在我家门口。

　　为娘劳动一事,我还同娘生了好几回气。现在想想,要是娘还能像去年那样该有多好啊!

　　想着娘这几天胃口很不好,不管什么菜都说吃不下,临近中午的时候,我特地去饭店里订了一份娘平时喜欢吃的红烧狮子头,再叫妻炒了几样小菜。菜送去后,娘看都没看,就连说不要,说吃不下又送来干什么。一脸的不耐烦。

　　我忙赔着小心,对娘说,这是饭店里做的红烧狮子头,很好吃很有名,并哄着娘尝尝看。我说,吃不下不吃就是了,娘这才不吭声。

　　吃过中饭后,又去看娘。我问娘中午的红烧狮子头好吃不?娘不好意思地笑笑说,以为不好吃,没想到这么好吃,中午吃了一个,饭也吃了半碗。说着说着不由自主地笑起来。

　　娘喜我喜,娘忧我忧,看娘稍好一些,我终于长长舒了一口气。

本文写于2018年3月1日

娘越来越老了

早上七点半起床,我洗漱毕,吃过早餐,而后去看娘。

奇怪,平日这时娘都已起床,今天怎么门还关着,我的心开始不安起来。

于是我推门进去,只见娘坐在床上,哮喘得很厉害。娘看见我来,勉强冲我笑笑,颇吃力地断断续续说,她早上想起床,可爬了好几次都爬不起来,一点力气都没有。

我扶起娘到软椅上坐下,倒好温水帮娘洗了脸,煮了粥叫娘吃,喂娘吃了药,再烧了壶开水。娘一个劲地催我去公司,说她没事。

中午特地早点下班,妻子已做好红烧肉圆,还有一小碟咸菜笋丝,叫我赶紧送去。

娘见我送饭来,马上急起来:"我跟你说了多少遍了,我吃不下,送来干什么?"她还说等会儿想吃什么她自己会做,叫我把饭菜端回去。娘语气里带点命令的意思,心情很是烦躁,哮喘更加厉害了。

见我不走,娘急了:"你倒是端回去呀!真吃不下!"

见娘心情那么不好,我只好端回饭菜。

妻见我端回饭菜,知是不合娘胃口,马上又烧了几样小菜,叫我再送去。

送去后,娘低着头趴在椅子的靠背上,低低地呻吟着……

我盛了点粥,拿上筷子,轻轻地说:"妈,这几样蔬菜你尝尝看。"

娘看都没看,烦躁地说:"吃不下!"

我又赔着小心地问娘："想吃什么，回去再叫雪花烧。"

这回娘顾自低着头趴在椅子靠背上，任凭我怎么问都不搭理。

我怔怔地待在娘旁边，眼泪像断了线的珍珠，一个劲地往下淌。

不是伤心娘烦我，而是看到娘被病魔折磨得那么痛苦，忍不住悲从中来。

过了一会儿，大概意识到自己失态了，娘强忍着痛苦，细声地安慰我，叫我不要担心，说她已吃了药，等会儿应该就没事了，叫我回去。

出了娘的门，努力想调整情绪，可眼泪不管怎样都止不住，我怕回去妻看到伤心，独自一人坐在车里，想平复一下心情。

这时，妻见我那么长时间未回，打电话催我吃饭。到家后，妻问娘吃了没，我摇了摇头，妻轻轻叹了一声："娘的胃口那么差，给她吃的饭，真不好做。"妻让我先吃，她去去就回，也未说干什么去。

我刚吃好饭，妻就回来了，买来了几个南瓜馒头，说娘有可能会吃。她也顾不上吃饭，马上放到锅里蒸好，叫我再送去。

娘坐在软椅上，大概已好些了，看到我又送饭来，再也不好意思推了。我说，这是南瓜馒头，叫娘吃吃看，娘接过咬了一口，我赶忙问："好吃吗？"娘说好吃。我这才放下心来。

午餐娘总算吃了，晚餐呢？明天呢？后天呢？不知娘想吃什么，我和妻子不知道，有可能娘自己也不知道。

小时候，娘天天担心儿吃不饱，而儿还是犹如春天的野草，一天天长大起来；而今轮到儿天天担心娘吃不饱了……

娘越来越老了，越来越吃不下了！怎生是好？

本文写于2018年5月20日

寝食难安

这几天娘的身体状况很不好,我每天心头总像悬着一块石头,时时刻刻担心着,牵挂着——真是寝食难安啊!

早上七点起床,第一时间去看娘,我一推门进去,就听到吁吁的哮喘声,急忙快步走到娘的床前。

娘斜躺在床上,呼吸急促,想必是一夜过后,药效过去,哮喘又发作了,我赶紧拿来床头备用的氧气面罩给娘戴上。娘吸了半小时左右的氧,呼吸明显顺畅多了。接着,我倒好温水,帮娘洗了脸,拿梳子帮娘梳好头。

见娘好了些,我俯下身贴着娘的耳边,问娘早餐想吃什么。娘说想吃豆腐粥。我一边叫娘再吸会儿氧,一边赶紧叫妻给娘煮粥,不一会儿,粥煮好了。我扶娘坐起来,把粥端给娘,说:"娘,你慢慢吃,我先去吃饭,等会儿再来。"娘点了点头。

八点一刻,妻已做好早餐,我赶紧回去洗漱一下,匆忙吃过。床上三岁的小外孙也醒了,一个劲地叫着"外公外公",并伸出小手,撒着娇要我抱抱。

我过去摸着小外孙的头说:"圣熙乖,太婆婆生病了,外公要去陪太婆婆,没时间陪你。"

乖巧的小外孙一个劲地挥着小手,叫着"外公,拜拜,拜拜"。

我再去看娘,见一小碗豆腐粥已吃光了。

接着,我倒来开水喂娘吃好药,时间已过九点。

娘问:"公司放假了?"我说:"没放。"娘说:"那你还在这里干什么?"忙催我去公司,叫我不要老是为了她耽误事。

我又帮娘戴好氧气面罩,叮嘱娘再吸会儿氧,同娘沟通好中餐。到公司将近十点。

十一点准时下班,我回到家,先去看娘,刚好妻煮了面条端过来。本来医生说娘的胃不好,最好吃粥饭,不宜面食。可娘说,这段时间每天吃粥饭,厌了,想吃点面条调下胃口。我们希望娘胃口好些,又担心娘吃了面积食。还好,等我吃过饭再去,娘一点事都没有。于是我接着带娘去诊所挂针。

下午五点半下班,远远看见娘坐在门口,我一下车,娘就起身朝我走来,我赶忙上去扶,叫娘坐下。娘一脸高兴,冲我笑笑,说自己下午输了液好多了。说着说着不由自主地走起来给我看。走过后又冲我笑笑,那模样仿佛我小时候,蹒跚学步,刚学会时,就急着跌跌撞撞要走给娘看,想把内心的喜悦告诉娘。

晚饭娘吃了一小碗米饭,还吃了些骨头煮土豆和小菜拼盘。我去后,娘很是高兴,说她晚饭吃得很饱。我拉过一把椅子,坐在娘身边,陪娘说了一会儿话。娘几次叫我回去,说她没事。我只好暂且回家。

大约到十点,我放心不下,又悄悄地推门进去,见娘睡着了,这才放下心来。

本文写于 2018 年 6 月 12 日

老娘病危

2018年6月16日，阴雨连绵。

娘又住院了，离上次住院仅隔了二十来天。

不同的是，娘上次住普通病房，各方面检查结果都还可以。而这次住重症监护室，检查结果糟透了。医生说，四五种病加在一起，娘这次进重症监护室，能不能出得来，还未可知。每句话都令我心惊肉跳，像拿钢刀割着我的心！

本来娘下午就要住进重症监护室，我跟医生沟通好晚上再住进去。想着娘这回能不能挺得过去都未可知，于是我拿出手机告知亲朋好友，来见见娘。

当电话打通后，我如鲠在喉，潸然泪下，说不出话来，忙将手机递给一旁的妻子，妻子同样也泣不成声，又将手机递给一旁的大姐……

此刻，那种无助，那种痛苦，犹如山崩地裂，整个人都要崩溃了！

大姐和二姐一边一个拉着娘冰凉的手，泪如雨下，但忍着不哭出声来。

妻子只叫了一声娘，女儿只叫了一声奶奶，就已泣不成声。

我和弟弟围在娘的身边，百般宽慰着，怕影响娘的情绪，努力想忍住不哭，实在忍不住时，便冲出病房，掩面大哭一阵，擦干眼泪，回来后仍小心安慰着娘……

倒是娘看到两个姐姐在哭，反过来安慰着："囡啊！娘这么老了，就是死了也没事，膝下子孙满堂，娘高兴了！囡，别哭别哭！"

两个姐姐再也控制不住，跑出病房，失声痛哭！

十年前的这个季节，也是在这个医院，仅两天时间，父亲就一病不起，永远离开了我们，留下了永远的痛！

十年后的今天，同样是这个季节，娘又病重住进了这个医院。

难道？……

写到这里，已是子夜时分，窗外淅淅沥沥下起了雨。我求天，我求地！可漫漫长夜，天地无声。淅淅沥沥的雨，滴滴答答敲着窗户，也敲着我支离破碎的心。

一旁的妻被我的哭泣声惊醒，看我一边哭一边写，一边写一边哭，她也跟着哭……

眼睛越来越模糊了，泪水也越来越多，再也写不下去了！……

6月20日，阴。

娘住重症监护室已经第四天了，本来前两天稍好了些，但我下午去探望，景况堪忧。早餐还好，吃了一小碗粥，中餐送去的粥，娘一口都没吃。昨天她还有说有笑，今天却神志模糊，说她浑身不舒服。我想同娘说说话，她气若游丝，连说话的力气也没有，微闭着双眼，眼角时不时流着泪水。

医生把我叫到一边，神情凝重地说："目前病情还不稳定，到底能恢复到什么程度还未可知，只能看你娘自己的造化了。"

探望时间只有一个小时，我们兄弟姐妹穿着医院发的无菌病服，依次去看娘，一人十来分钟，时间很快就到了。当离开病房时，心头好像压着一块沉重的石头，压得我喘不过气来。双腿重如千斤，几乎迈不动。

我欲哭无泪，仰天长叹！

就在昨天，我们兄弟姐妹还信心满满地商量着，等娘这次出院后，如何如何照顾好娘，让娘多活几年。现在看来，希望是多么的渺茫啊！……

6月30日，晴。

在重症监护室住了一个星期，而后转到普通病房住了十天，娘终于出院了。真是谢天谢地！

只是一场大病过后，娘越发苍老了，越发憔悴了。娘本来就一米五不到，微驼着背，病后背更驼了，头发更白了，看起来更瘦小了！

今天是出院的第五天，娘的身体仍很虚弱，每天躺在床上，生活起居由我们兄弟姐妹二十四小时轮流护理着。由于大病初愈，娘的肠胃不好，医生吩咐要少吃多餐，以软食为主。早上六点一餐，九点一餐，十一点半一餐，下午三点一餐，晚上六点一餐，九点半一餐，凌晨两点一餐，一天要吃七餐。这几天可苦了两个姐姐，没日没夜地陪护着娘，几乎没睡过一个安稳觉。

娘出院后的五天来，每到晚上，我们兄弟姐妹六人，都不约而同地汇聚到娘这里，一边陪着娘，一边叙着旧，说说小时候的事情，回忆回忆以前那个"家"的情景，那一幕幕往事既遥远又亲近。

树大分枝，儿大分家。本来兄弟姐妹六人六个家，各为各家，各自奔忙，手足之情渐渐疏远，变成了亲戚。现在为了娘，兄弟姐妹又不约而同地汇聚在一起，仿佛又回到了从前，又找回了原来那个"家"的感觉，找回了少年时纯真的亲情，又从亲戚变成了兄弟姐妹。娘在，家在。

本文写于2018年6月30日

娘是人世间最美的一道风景

早晨起来
或帮娘洗洗脸
或帮娘梳梳头
娘是人世间最美的一道风景

中午的时候
或帮娘做点饭
或给娘送点菜
娘是人世间最美的一道风景

每当夕阳西下
缓缓地推着轮椅
那夕阳的余晖
映着白发熠熠发光
娘是人世间最美的一道风景

晚饭后
或帮娘洗洗碗
或陪娘聊聊天
或陪娘看看电视

娘是人世间最美的一道风景

而今娘卧病在床
我眼含泪水
一口一口喂着饭
日日夜夜守护着
娘依然是人世间最美的一道风景

    本文写于 2018 年 7 月 10 日

种菜

娘出院后,身体恢复得很好,每天身健意舒,衣食住行都能自理,我很是欣慰,也少了许多操心。因此,有一段时间没写《侍母记》了。

今天早上,七点一刻起床,我吃罢早餐,准备去公司上班,刚一开门,只见一小篮又鲜又嫩、洗得干干净净的小青菜放在门外。

我诧异了!

是谁送来的呢?我一时想不出个所以然。

妻见我诧异,用肯定的语气告诉我:"没第二个人选,肯定是娘。"

我说:"这就怪了,我几乎每天都能见到娘,从没有看见过娘种菜,哪儿来的青菜?"

妻反问:"你上班去了,娘偷偷地种,你能知道?"说得我哑口无言。

中午的时候,吃罢饭,我迷迷糊糊地午休。这是几十年来的习惯——午睡,雷打不动。

可刚睡着不久,就被一阵电话声吵醒。是谁这么不知趣?明知我有午睡习惯,还打电话来?我有点不快,但还是接起电话。

"兄弟,我刚游泳回来,路过你门口,看见你娘在门前的菜地里种菜,高兴极了,上半年生病那么厉害,没想到半年时间,竟恢复得那么好。我父母去得早,看见你老娘还健在,兄弟真为你高兴!因此忍不住拿出手机,吵你睡觉。兄弟,娘健康是你的福分哪!"

真不愧是好兄弟,句句暖心话,说到我心坎里。

原来是这样！原来菜是娘趁我去上班的时候，背着我种的。

下午，下班开车回家，远远看见娘拿着锄头在菜地里翻地，我悄悄走过去，娘抬头看见我来，一下子放下锄头，怔住了，手都不知道往哪儿放，说不出的慌张。

我冲娘微微一笑："妈，种菜呢？"

娘答非所问："没有，这菜是你弟弟种的。"

我知道娘说谎了，弟弟和我一样，从不事农桑。但我不说破。

我说："妈，你如果觉得可以，不要紧的，就当锻炼身体，但要注意一点，不要太吃力。"娘这才自在起来。

我拿起锄头，想帮娘翻地，娘却死活不让，从我手里夺去锄头，说她自己来，叫我回去。我知再在这里，娘只会不自在，只好由她。

去年的这个时候，娘的身体硬朗，整天在菜地里种菜。这么大年纪了，我总担心娘有个闪失，多次劝她，为此惹得娘不快。很多时候娘都偷偷背着我干农活。今年三四月的时候，娘接连生病，几乎在生死边缘，我曾在《侍母记》里写道，要是娘能像去年那样，每天身体健康，能种菜干农活，该有多好！现在娘恢复得这么好，居然还能下地种菜，我高兴都来不及，怎么会反对呢？

一辈子勤劳的娘，能干农活绝对是健康的风向标。娘能干农活，说明健康着。种菜给儿女吃，娘高兴着。

娘每天送来蔬菜，我们都要着意夸赞一番，说娘种的菜好吃。得到夸赞后，娘开心极了！

行将九十的老娘，能得以年年如此吗？

本文写于2018年10月20日

多事之年

这段时间是我人生中的至暗时刻,晚上总是睡不着,怕白天没精神,每晚都要吃安眠药,并告诫自己要坚如铁石,身上有千斤重担压着,千万不能倒下!

屋漏偏逢连夜雨,一边是娘身体不好,反反复复,经常生病住院;一边小弟又出事,我在尽力处理好方方面面难题的同时,还要妥善安顿好小弟的妻女,照顾好她们的生活;加上公司近来出了一些事情,还要疲于应对许多无由头的公案。

一桩桩一件件,一件棘手一件难。

每一件都够我焦头烂额!

每一件都使我心力交瘁!

每一件都让我彻夜难眠!

男儿有泪无处流,有苦无处诉,真是个多事之年啊!

昨晚在公司值班,今早起得早,六点半开车路过诊所,看见二弟的车停在那里,这么早,一定是娘生病了!我停下车连忙进去,见娘用手按着小肚子,呻吟着:"哎哟,哎哟,肚子痛死了!"她脸色发青,嘴唇发黑,叫声很是凄惨,并伴随着阵阵呕吐。

二弟在用手轻轻拍着娘的背,以缓解娘的痛苦。我焦急地问,娘断断续续地回答,说她又吃坏了肚子,昨天痛了一个晚上,以为她要死了。

又是我害了娘!我后悔死了,一心想给娘吃好一点,结果反倒害了娘。

前几天连续输了几天液，娘明显好多了，饭也吃得好，很高兴。昨天早饭后，我问娘中餐吃什么，娘说，随便什么都行。妻想到娘这段时间都没吃过好点的菜，于是问娘想不想吃红烧肉，娘说，少吃一点可以。

午饭妻子特地做了软软的红烧肉，一盅香肠蒸蛋，一小碗青菜汤，半碗很软的米饭，我送去后，特地叮嘱娘，红烧肉少吃一点。没想到娘还是吃坏了肚子。

在诊所陪娘输好液，回到家已是十一点，妻煮好粥送来，娘勉强吃了半碗，就说吃不下，很累想睡会儿，于是我搀扶娘去床上躺下。娘无力再说话，朝我挥挥手，示意我回去。

吃午饭的时候，我想着纷繁复杂的一大堆事，心乱如麻，桌上放着什么菜都不知道，明明一口米饭下去，却感觉有股咸咸的味道，同时双眼也开始模糊起来，原来是一滴滴泪水滴到米饭上。

这时妻忽然冒出了一句，说我一生都是劳碌命，大事小事倒霉事，无论什么事都要摊上。妻轻柔的话语，却无意中触动到我脆弱的神经。这时，我再也控制不住自己，连忙放下碗筷，把自己一人关在洗手间，打开水龙头，双手捧着自来水，一个劲地洗着脸上的泪水……

近来，心头总似有一种很迫切的感觉，就是什么事情都不想做，只想一门心思分分秒秒陪在娘身边，一离开娘，就心头发慌没个着落，怕娘有个好歹。前几天跟友人说起，他说，这种现象恐怕不是好兆头。下午去外面处理了一些事务回来，已近五点，急着去看娘，房间悄无声息，我悄悄开门进去，见娘已经睡着了。

我一个人默默站在娘的床前，万般心痛地望着娘，端详着娘的苍苍白发，浮肿的脸庞，骨瘦如柴的双手……

这时，娘微微睁开双眼，见我独自一人站在床前，在偷偷地流泪，用微弱而沙哑的声音宽慰我，叫我不要担心，说她好多了。

娘说完似想坐起，却又起不来。

我挽扶娘起来，本想控制住自己的情绪，可实在控制不住，怕娘看到伤心，忙转身离去，失声痛哭！

本文写于2019年3月2日

游灵湖

娘出院的那一天,等办好手续,已是中午,于是我带着娘还有大姐,一起去吃中餐。娘看起来还不错,米饭吃了小半碗,菜也吃了一点。吃过后,我对娘说:"难得今天天气那么好,正好大姐也在,我们一起去灵湖玩一下。"

娘说她刚出院,没力气不想去。我对娘说,从医院回家正好路过灵湖,稍微歇一歇,再顺便玩一下,这样会好一些。大姐怕娘不同意,急忙接过话头,连连说好,娘勉强点了点头。

从医院到灵湖,十几分钟的车程,很快就到了。大姐扶娘下车,我弯下身来想背娘,娘说别人看到会笑话,说她自己可以慢慢走。可走了几步,娘就气喘吁吁,走不动,说她不想玩了,要回去。我和大姐都说:"难得今天天气那么好,既然来了,玩一会儿再回去,好吗?"娘依然气喘吁吁,未置可否。

我说:"妈,前面柳树下就有椅子,要不我背你,去那里坐一会儿再回去,好吗?"娘总算点了点头。

我弯下身来小心翼翼地背着娘,娘趴在我的背上,像个听话的孩子,大姐从后面扶着我俩。旁边的游人,都用敬重的眼光看着我们。

一位老者特地走到我身边,竖起大拇指夸我和大姐待娘好。说我有娘背真好,他都没娘背啰!

这一刻,那种身为人子的骄傲和幸福真是难以言表!

眼下是早春二月,温和的阳光,荡漾的春风,盛开的百花,风景如画。柳树下的椅子上,娘居中而坐,我和大姐一边一个搀着。面前是碧波荡漾的湖水,白鹭翩翩,鱼儿跳跃,燕子斜飞。那绿柳好像一把大伞,为我们遮着正午的暖阳,好不惬意。于是娘儿仨就聊开了,娘看起来脸色也不错,话也很多,加上有大姐在,聊得兴致勃勃。

　　我提议:"娘难得来灵湖,这里风景那么好,不玩就回去,太可惜了,要不,去叫一辆观光车来,我们环湖绕一圈。"

　　还没等娘开口,大姐忙连声说好,娘也点头表示同意。

　　时值正午,游客不是很多,观光车上就我们仨。观光车的司机古道热肠,服务很好,车开得很慢很稳,还额外绕了很多景点,他边开边讲解,很是热情。

　　大概是太累了,而且这几天在医院里晚上一直睡不好,再加上慢悠悠的观光车坐着舒服,不一会儿,娘就眯着眼睛想睡。大姐不停同娘说着话,叫娘多看看风景,不要睡,并在途中下来好几次,叫司机帮忙拍照片。一开始娘不想拍,说刚生过病,太憔悴,拍了不好看。大姐连说没事没事,好看好看,百般哄着,娘这才勉强配合拍了几张。就这样一路同娘不停说着话,帮娘解着困,我们总算环湖游了一圈。

　　灵湖,风光秀丽,是国家4A级景区,临海明珠。其实,我城里的家就在灵湖边,以前住在城里时,多次请娘来玩,娘都以晕车为由推辞,今天总算了却了一桩心愿,只是想不到是在娘大病初愈的时候,回家途中顺路一游,我真是惭愧啊!

本文写于 2019 年 3 月 18 日

赶集

娘年纪越来越大了，越来越少走动了。

今天开车去公司上班，远远地看见娘和几个邻居在村口公交车站有说有笑。

于是我停下车问娘干什么去，娘说："同邻居们一起去赶集。"

我说："妈，我送你。"

娘说："不用，邻居们一起去，没事的。"

我说："公交车太挤，你年纪那么大，不安全。"

娘说："要送邻居们一起送，送我一个人不去。"

我连忙说："没事，一起送，一起送。"

娘这才答应，招呼邻居们上车。等他们都坐稳了，自己才上车。

到集市的时候，娘又吩咐我，叫我十点半的时候，准时到老地方接。

邻居们怕麻烦，难为情，不好意思，都说不用了。

娘连连摆手，说没事，没事的。

十点半的时候，娘同邻居们都买好了东西，左一篮右一篮提着，已在老地方等了。我停下车，打开后备箱，依次摆放好邻居们的物品。

本来是举手之劳的小事，可邻居们纯朴，都异口同声地横一个不好意思，竖一个不好意思，左一声谢谢，右一声谢谢，说这么大年纪了，从没坐过这么好的车。

到后来，反倒是我不好意思起来。

这时候，娘满脸的自豪，说："没事的，没事的，都是乡里乡亲，客气什么，下次赶集还叫我儿送。"

我连连说好。

随着环境的不同，职业的不同，集体生活越来越少，原来的左邻右舍也很少碰面，邻里之间也渐渐疏远起来。

都说远亲不如近邻，娘是在为我们广结人缘，维系邻里之间的朴实关系，在为我们加分点赞！

本文写于 2019 年 4 月 6 日

苦命的娘

娘前年生病住院，去年生病住院，今年又生病住院了！

娘这次住院，开始四五天反反复复发着低烧，总不见好，全身都检查了个遍，就是查不出病因来。娘也开始烦躁起来，说她都这么大年纪了，而且膝下儿孙满堂，就是死了也无憾，想放弃治疗。我们兄弟姐妹都坚决不同意，劝娘继续住院。

到第八天的时候，主治医生才说疑似肺结核，不过还要送血液去省城化验，叫娘先出院，过一个星期就会有结果。

一个星期后结果出来，确诊为肺结核，医生说要吃九个月的药。开始两个月，娘身体各方面都还可以，到第四个月的时候，医生说，这次的药吃了身上有可能要痒。

今天早上，吃过早饭，我去看娘，见娘一个人呆呆地坐在椅子上，双目暗淡无光，脸面浮肿，情绪低落。

我着急地问："妈，怎么啦？生病了吗？"

娘说，这段时间吃药后，全身发痒，昨晚痒得一夜都睡不着。

过了一会儿，娘忐忑不安地对我说，这次药就不吃算了，痒得受不了，说她横竖都这么老了……接着，还想说点什么，却欲言又止。

我俯下身贴着娘的耳边，叫娘坚持一下，药一定要吃，不然病不会断根。娘流着泪，微微点了点头。

我拉起娘的衣服，只见娘身上被抓得红一块，紫一块，还隐隐带着血丝，全身体无完肤。

侍母记

　　娘赶紧拉下衣服，不让我看，连说没事，说她忍忍就过去了，叫我别担心，她保证按时吃药。
　　此情此景，我眼睁睁看着娘受苦，又不能分担丝毫，唯有泪眼酸楚，暗自长叹！
　　我苦命的娘啊！……

本文写于2019年4月20日

糟羹

在我们台州一带，至今流行着一种小吃——糟羹。羹起源于何时，已无从查考，但在我很小的时候就有了。

羹另外还有两个大名，一名撒尿羹，一名讨饭羹。在以前，吃羹是为了活命，为度过饥荒。那时候羹的主料米浆、芥菜、芋头，条件好的人家会放点腊肉。我家穷，很少有腊肉，就连米浆都很少。

羹的具体做法就是把米磨成浆。我家做羹，往往是娘亲手把持着石磨，或是父亲、哥哥、姐姐帮着推磨，那时候我还小，帮不上忙。

米浆磨好了，把芥菜切细，芋头切成黄豆般大小，将水烧开，再将米浆、芥菜、芋头倒在锅里，搅拌均匀烧开，煮成糊状即成。

这个过程用我们台州的方言叫作"渗羹"。

一锅热腾腾的羹渗好后，往往是娘拿来碗筷，照例从我们兄弟姐妹中最小的分起，而父亲是倒数第二，娘自己是最后一个。那时候我虽然小，仍然能吃完一大碗，吃完感觉饱饱的，可过一会儿，撒泡尿，就又觉得饿了，因此羹就有了"撒尿羹"的大名。

我们台州一带有个习俗，每年正月十四，家家户户都要渗羹。

在我很小的时候，父母就叫我十四的晚上去讨羹，说喝百家羹长大的孩子聪明。

于是我就约上小伙伴，手提杉木桶，走东家串西家。不管到哪一家，乡邻们都会笑呵呵地给我盛上一碗热腾腾的羹。

这种风俗在我小时候很是盛行，于是就有了"讨饭羹"的由来。

侍母记

后来长大了，才慢慢领悟到个中因由，原来父母从我们小时就暗里教我们生存之道，教我们碰到饥荒时，能放下脸面，活命要紧。只不过他们不明说而已。

而现在，羹在我们台州一带可是一种家喻户晓的美食。

近几年娘年事已高，胃口很差，硬的干的是吃不下了。平常喜欢吃软的喝稀的，而且往往都是吃一样厌一样。看着娘的身体一日不如一日，我又是心痛又是心酸，常常夜不能眠，妻看在眼里，痛在心里。

而娘对于羹，却情有独钟。

妻是一个典型的贤妻良母，她上孝敬父母，下善待女儿，中间又挚爱着我。知道娘喜欢吃羹，于是她隔三岔五地渗羹给娘吃。

妻的羹渗得超好吃，主料也专门挑娘喜欢的，米浆、芥菜、芋头是必不可少的，再加上鲜肉、腊肉、蘑菇、冬笋、豆腐等配料。一锅热腾腾、香喷喷的羹渗好后，妻都会第一时间盛第一碗给娘吃，娘吃在嘴里，高兴在心里。

小小一碗羹，有妻子的孝心，有娘的喜悦，有儿子的感恩。

小小一碗羹，有可能使娘多一些开心，多一些健康。

小小一碗羹，有着一家人最纯真、最朴实、最温暖的亲情。

本文写于 2019 年 4 月 22 日

春游

阳春三月,草青花香,天气渐暖,娘的身体也渐渐地好起来了。

今天是个好天气,春光明媚,冷暖适宜。想到娘这段时间身体尚好,何不趁春暖花开,带娘出去走走。

娘晕车,加上年事已高,远的地方去不了。这几年娘年年生病,九死一生。每每想带娘出去旅游,她都说身体不好又晕车,没有一次答应去的。

下午恰巧失散二十五年的弟媳、侄女到来。

由于一言难尽的原因,她们流落在塞北二十多年,去年才回老家定居。我也有意带她们出去玩,因此尝试着问娘:"下午一起出去玩好不?"没想到娘爽快地答应了。其中有弟媳、侄女的面子原因。

离老家不远,有一古村落,四面环山,风景秀丽。随着城镇化进程的加快,一批批年轻人相继走出大山,古村只剩下一些孤寡老人,和一些心怀穷家难舍、热土难离的人,居住在祖祖辈辈留下的、破败不堪的老屋,守着几亩薄田,过着日出而作、日落而息的农耕生活。青藤爬满了石墙,青苔长满了庭院,错落于青山绿水间,掩映在蓝天白云下,诉说着曾经的过往,印证着悠远的历史。原来的层层梯田,被人承包了,种成了片片桃园。

眼下正是春三月,云淡风轻,莺歌燕舞,十里桃源,十里嫣红。漫山遍野的桃花红遍了半边天。一家四代人,九旬老娘,五十儿郎,二十孙女,五岁玄孙,徜徉在田间小径,桃源深处,呢喃细语,温情脉脉。右手牵老娘,左手携童稚,踏着陌上青青草,品着遍地野花香。这一刻我忽然觉得好幸福。什么人世间的荣华富贵都不重要了——只要有娘在就好!

娘今儿个看起来心情不错,有说有笑,说这里风景好美,如果明年这个时候,自己身体好的话,还来玩,不知有多开心。

岁月无痕,不知不觉间,娘行将九十了。

但愿明年的这个时候,后年的这个时候,大后年的这个时候,娘依然身体健朗,精神矍铄,再来游这十里桃源。

本文写于 2019 年 4 月 25 日

垂面

岳母生病住院，妻去陪护。小女儿也去大女儿家蹭饭去了。

中午一个人做饭，想到娘喜欢吃垂面，所以中餐决定烧垂面，同娘一起吃。

临近中午的时候，去娘那里，跟娘说烧垂面给她吃，娘先是说不用，怕我麻烦，叫我烧来自己吃就好。我说不麻烦，反正我要吃，不如烧来一起吃。娘用怀疑的眼神看着我："你从来没烧过，会烧啊？"我说会的，娘点头说好。

小时候，每到秋冬季节，家家户户都要做垂面。娘头天晚上和好面，面粉里还要放盐和菜油，以增加韧性。第二天早上，天蒙蒙亮，娘就忙开了，将木盆里的面粉搓成细长条，绕在两根长五十厘米左右、手指般粗细的细竹上，中间隔一定间距，绕好后，将一根细竹插在面架上，另一根拿在左手里。娘左手缓缓牵拉着，右手拿着一根如教鞭般的小木棒，来回不停地揉搓着，只见面越来越长、越来越细，不一会儿就长度适中、粗细均匀了，娘再将左手里的那根竹棒，也插到面架上，那细如银针的面条有齐人高，往下垂，随风摇摆，这大概就是"垂面"名称的由来。面条再经太阳晒干，到夕阳西下近黄昏时，收起来折成一根半筷子长短的一段段，装到角箩里就算成了。

记忆中，娘的垂面不但做得好，烧得也特好吃，但也只有节日里，有客人来时才舍得烧，平时是舍不得吃的。现在每当想起小时候娘烧的垂面的味道，就会忍不住流口水。

以前，由于缺少化肥农药，粮食亩产很低。二十世纪六十年代，我们大队是个先进村，干部们为了争先进，年年虚报产量，结果产量报高了，公粮自然也要多交，交完公粮后，剩下的粮食根本不够村民吃，青黄不接的时候，还要靠挖野菜充饥。

每季农忙后，生产队都要组织一次"打牙祭"活动，犒劳那些参加生产队劳动的劳力。"打牙祭"就是在大锅上烧猪肉垂面。烧好后，每人舀上一大碗，父亲和娘分到后，都舍不得吃，会把碗捧回家，分给我们兄弟姐妹吃。那半小碗不到的猪肉垂面，又香又鲜，三两口下肚后，回味无穷，可以说是我整个少年时代最好的美味了。

烧垂面，有几样传统的配料是必不可少的，第一是萝卜丝，第二是鲜大蒜，第三是腊肉。此外，我临时发挥，将冬笋切成丝，将豆腐皮泡水后切成条，还将精肉剁成肉末。当我把这些配料都备齐后，就模仿着小时候娘的烧法，不一会儿，一锅热腾腾香喷喷的垂面就烧好了。

赶紧盛好给娘送去。娘看到我送面来，很是高兴，说："这么快就烧好了。"我说："妈你尝尝看，好不好吃。"娘接过碗，喝了一口汤，连说好吃。

待我回家吃过后，再过去，娘已将一碗面吃得光光的。看到我来，笑着说："想不到你面烧得那么好吃，那么一大碗我都吃光了，吃得好饱，我还以为你不会烧呢！"

我低下头将嘴贴在娘的耳边："妈，你说好吃，过几天我再烧给你吃。"娘连声说好。

这是一生中唯一的一次，亲手烧面给娘吃，惭愧啊！

本文写于 2019 年 5 月 28 日

豆腐渣

年过了,娘年纪越来越大了,越来越没胃口了。正愁娘没什么好吃的吃时,二姐送来了一袋豆腐渣。

小时家里穷,只有逢年过节才做豆腐,而过年是必定要做的。那时候家家户户都自己做豆腐,不像现在去菜市场买。豆是自家种的,做法也是纯手工的,在我家,往往是娘把持着石磨,用竹勺把浸泡好的黄豆往磨心里添,父亲或哥哥姐姐推着石磨,那石磨嘤嘤嗡嗡地响着,咕噜咕噜地转着,雪白的豆浆奇迹般流了出来,很是好玩。年少的我,每每忍不住想去推几下石磨,却又跟不上节奏,直到现在,全家一起做豆腐的场景仍是童年最美好的记忆。

到晚饭时,透着阵阵豆香的豆腐总算做好了,娘烧好豆腐羹,看着一家人美滋滋地吃着年夜饭,娘笑了,父亲也笑了。

爆竹声中一岁除,春风送暖入屠苏。千门万户曈曈日,总把新桃换旧符。

在一家人的欢声笑语中,娘调好糨糊,在两扇柴门上,端端正正贴上一对骑着高头大马、威风凛凛的门神,而父亲则手拿两个双响的爆竹,在院子里放起关门炮,寓意辞旧迎新。我们兄弟姐妹看着燃放的爆竹,拍着小手,欢呼雀跃,不知不觉中,又长了一岁。

少年不识愁滋味,贫穷但快乐着。

正月初一休息一天,正月初二父母又要忙了。那时,条件好点的人家,豆腐渣是用来喂猪的,条件差点的,加工成豆腐渣团自己吃。

在我的记忆里，往往是父亲烧着柴灶，娘在大锅里翻炒着豆腐渣，等炒到豆腐渣有点发黄、透出焦香味时，就算好了。接下来将炒好的豆腐渣，趁热捏成拳头大的团子，放进缸里冷藏发酵。半个月后，豆腐渣团长满绒毛，发酵成熟，就可吃了。不过，现在这种传统美食几乎要失传了。

今天下午去看娘，刚进门，娘就一脸喜悦，急不可耐地对我说："你二姐送来了一袋豆腐渣。"看娘的样子，高兴极了。娘说她老了，做不了啦，没想到我二姐还会做，叫我赶紧拿去烧。她还说了好几次豆腐渣好吃，夸二姐手艺好。

妻子的厨艺没话说，放点菜油，放点生姜，把豆腐渣团切成薄片，放进热锅里煎，待煎得两面焦黄后，喷些料酒，放点酱油，加水煮熟，再撒上葱花，就可出锅了。我赶紧拿筷子尝了尝，香、鲜、美，比起山珍海味，绝对有过之而无不及。

尝过后赶紧送去，娘连忙拿来筷子，一边吃，一边夸二姐的豆腐渣做得好，夸妻烧得好。那满是皱纹的脸庞，笑起来真好看，像春天的花儿一样。

本文写于 2019 年 6 月 3 日

慈母心

早上七点半,我送去一碗豆浆和一小碗土豆烧南瓜给娘。娘已起来,坐在椅子上,一副无精打采的样子。见我送来早餐,叫我先放下,说待会儿吃,并说她感冒了,头有点烫。

我问娘要不要紧,娘说:"刚吃过感冒药,等会儿应该就没事了。"我说:"那就好,要是一会儿还不舒服,我就带你去看医生。"娘说好。于是我出门上班去了。

过几天要出差,我惦记着娘的药,于是去药店买了一些娘平时吃的药。

中午的时候,妻准备了一份小菜拼盘,上面放了几小块红烧肉,叫我给娘送去。娘坐在椅子上,看到我送菜过来,一副不耐烦的样子:"又送什么来了?"

我笑了笑,说:"给你送好吃的,你放心,不好吃的不会给你吃。"当看到我另一只手还提着一袋东西,娘又急着问:"这一袋又是什么?"我说是药,娘马上接过,说:"买那么多干什么,每次都花你那么多钱。"言下很是过意不去。

当看到碗里的红烧肉时,娘马上急起来,说:"端走端走,我吃不下肉,看着就要犯恶心。"一边说一边推我端着菜的手,不让我放下。

我赶紧拿筷子把肉夹走,娘才作罢。

就在十多天前,我还送来一小碗红烧猪脚,娘虽不是很喜欢,但还是勉强分几次吃了。相隔才这么十几天,娘的态度变化就那么大。

娘真的越来越老，越来越吃不下了。

吃过中餐，我切了几片西瓜送去，娘坐在椅子上睡着了，刚刚送去的小菜丝毫未动。悄悄放下西瓜，我看着熟睡中骨瘦如柴的娘，心痛如刀割。

吃罢晚饭，再去看娘。娘指了指椅子，示意我坐下。娘大概意识到中午有点过意不去，还没等我开口，就先说起来，叫我这段时间菜先不要送，说她吃不下，特别是看到肉就恶心想吐。

我叫娘仔细想一想，有没有什么想吃的，娘说什么都不要，她每餐一小碗粥，配着咸菜、花梗就好了。

说到花梗，娘马上开心起来，说："今年你大哥种的花梗又嫩又好，自己腌得也好，'清清凌凌'（娘的口语）的，一日三餐，每餐吃，怎么吃都吃不厌。"

我说："娘你这样吃没营养。"

娘轻叹了一声："吃不下有什么办法呢，我越来越没用了，今天吃了这样，明天就不想吃了，吃一样厌一样。"说着说着娘就忧伤起来……

过了一会儿，娘欲言又止……

又过了一会儿，娘又欲言又止……

再过了一会儿，她才忧伤地对我说："我百年之后，你弟弟能在四五年内出来的话，骨灰先不要出（殡），等他回来送我一程。要是时间长，就不要等了。弟弟出来后，你要好生照顾，还有你大哥，从小没读什么书，不懂做人做事，有些不明事理的地方，你要多多包容，若以后他家日子不好过，你也力所能及照顾一下。"娘一句一句地说着，仿佛在交代后事。

我的心一下子沉起来，鼻子一下子酸起来，但还是尽力克制着："妈，你放心，不管几年，都一定让小弟送你。"

说完，再也忍不住，我怕娘看到伤心，转过脸，急忙走出房间，泪水一下子流了下来……

　　小弟，父亲去了没送着，若他年娘去，不管多久，一定等你回来。虽没养老，但一定让你送终！

本文写于 2019 年 6 月 9 日

台风"利奇马"

2019 年 8 月 9 日

这几天电视、微信、短信,还有当地主流媒体,都传播着台风"利奇马"的新闻,据气象部门预报,这是新中国成立以来最强的一次台风。台风将在台州、温州、宁波一带登陆,并正面袭击我市,最大风力达18级,登陆时有12级,降雨量达到400毫米。

娘住院已经4天了,今天二姐在陪护。由于公司各种事务繁忙,我昨天早上去看了娘,今天没去,很是惦记。晚饭前跟二姐通了电话,询问了一下娘的病情,二姐说还好,并说风雨那么大,叫我不要来。

吃罢晚饭,坐立不安,心里纠结着,忐忑着。

看着窗外,暴风骤雨。

想着骨瘦如柴、弱不禁风的娘,我心里慌慌的,七上八下没个着落,好想去看看娘,哪怕看一眼,陪娘说一句话!

又看了一下窗外,风雨似乎比之前小多了。我急忙跟妻子说:"我们去看看娘吧。"妻表明自己也有此意,说晚上不去看,明天台风登陆就更加去不了了。

于是冒着风雨,我急急地开车载着妻到医院。

娘看到我和妻子,既高兴又嗔怪。

她高兴在于自己今天好多了,估计再挂几天针就可以出院了。

她嗔怪在于风雨那么大,叫我不要来还来,怪我不听话。

刚说了一会儿话,娘和二姐就一个劲地催我们回去。她们再三叮嘱，风雨那么大，路上开车小心！

从医院回家，我们走的是平时不易积水的路。然而，去的时候路上明明好好的，想不到回来的时候路过一个村庄，上游的洪水从一个路口直冲而下，轮胎差不多全被淹没了，车子一下熄了火。

我急忙报案，保险公司说市区很多低洼地带都被淹没了，一片汪洋，救援拖车无法派出，已无能为力。

150多万元的奔驰车，买了才半年，就被淹了，我很是心疼。

妻宽慰着我："没事的，金钱是身外之物，生不带来，死不带去。为了娘，别说一辆车，再多我们也无怨无悔！只要娘身体健康，家人平安无事，比什么都好。再说，娘那么老了，看一次少一次，像父亲，就是花再多的金钱也看不到了。"

妻没文化，一位平凡的女性，每每到大是大非上，说话却总是那么通情达理。

这时候，风越来越大，雨越来越猛，看着浑身湿透的妻子，我既感动又心疼！想着病中的老娘，一阵阵忧伤涌上心头！

8月10日

这是新中国成立七十年来，古城最苦难深重的一天，首先是台风"利奇马"正面袭击我市，局部大到暴雨，括苍山地区降雨量甚至达到800多毫米，最大风力达到18级。

继而又受天文大潮影响，海水倒灌，上游天台、仙居两个城市承受不了压力，紧急泄洪，灵江流域遭遇有史以来最大的一次洪峰。临海全城被淹，望江门、紫阳街一带积水有四米多深，水位都在二层楼以上，整个城市淹没在一片汪洋大海之中。

气象部门发出红色警报，晚上8点到10点，灵江洪水将达到有史以来最高峰，到时水位还要上涨。

这可怎么办啊！

娘生病住院第5天了，市区已经进不去出不来。几次三番打二姐电话，都打不通。听说市区停电又停水，生活物资运不进去，全城瘫痪。

不知娘现在怎样了？病好些了吗？能吃上饭吗？揪心啊！……

8月11日

这次超强台风对临海的破坏程度超乎想象，重创了这座令我们为之自豪的千年古城。据气象部门统计，灵江流域自有水文记载以来，这次是水位最高的一次，百年一遇。

台风过后，据官方统计，直接经济损失达20多亿元，而民间估计高达200多亿元。整个台州死亡32人，失踪17人。

这几天车被水淹一事，弄得我焦头烂额。台风过后已是第三天了，打电话给保险公司没人接，又叫不来拖车。水淹的车刚好停在村中的三岔口，路口小车勉强可过，大车就过不了，给当地交通带来很大的不便。联系了4S店，工作人员每天都说来，每天都没来，电话回复得很好，全都是敷衍。

但仔细想想，也可以理解。据平安保险公司统计，光投保它们公司的水淹车就达2万多辆，整个台州更是高达6万多辆。公司根本拖不过来，只好从四面八方调集拖车。

下午又有村民打电话来催，叫我赶快把车拖走，说大车出不来进不去，很是着急。实在没办法，我只好亲自赶到奔驰4S店，求奶奶告菩萨，总算拖车司机帮忙把车拖走了。

20千米的路程，来回一个多小时，要是在平时，保险公司免费拖，即使付钱，500元也够了。可这次光拖车费就要3000元，铲车费要1000元。还得跟拖车司机赔着小心，说着好话。

而城市到处都是解放军、武警官兵、公安干警，还有来自四面八方的民间救援队。几天几夜，他们都未曾合眼，未曾吃得一口热饭。累了，就在湿漉漉的马路边躺一会儿；饿了，就啃几口干面包；渴了，就喝口矿泉水。灾难面前，他们是最可敬可爱的人。

住院一个星期，娘下午出院了，是弟弟去接的。

下午，拖车司机把车拖到4S店后，我立即去看娘。妻、大姐、二姐、弟媳都在。娘很虚弱，看到我来，微微一笑。我问娘，吃了什么没有，娘说，刚刚雪花煮了粥送过来，还有霉干菜、红烧肉圆，她喝了半碗粥，肉吃不下。

接着，娘问我："车被水淹了，现在怎么样？要不要紧？修理要多少钱？"

我撒谎说不要紧。娘说二姐都告诉她了，我还瞒她。

说着说着，娘就流下了泪水，边哭边自责："都是因为我，都是因为我！"

我小心劝慰着娘，说，没事的，保险公司会赔的，损失不了多少钱，叫娘好好养病，不要多想。娘这才宽下心来。

晚饭后，大女儿、大女婿，带着两个小外孙一起来看娘。两个小外孙一边一个拉着娘的手，一声声叫着"太婆婆""太婆婆"，娘很是高兴。

说了一会儿话，娘说自己累了。我搀扶娘到床上躺下，暂且让娘休息。

我同妻去外面散了一个多小时的步回来，再悄悄去看娘。娘睡着了，房间开着空调，看娘没盖被子，怕她受凉，我给她轻轻盖上薄被。娘睁开惺忪的双眼，弱弱地问我做什么，不等我回答，她就又睡去了，似在梦呓。

默默地坐在娘的床沿，万般深情凝望着瘦弱的娘，我不禁悲从中来……

8月12日

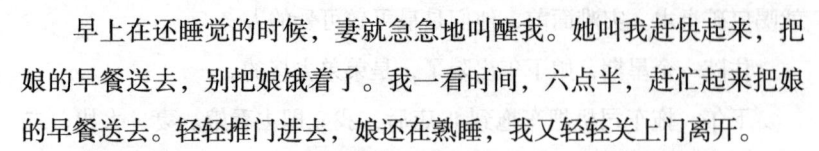

早上在还睡觉的时候，妻就急急地叫醒我。她叫我赶快起来，把娘的早餐送去，别把娘饿着了。我一看时间，六点半，赶忙起来把娘的早餐送去。轻轻推门进去，娘还在熟睡，我又轻轻关上门离开。

等我洗漱罢，吃好早餐再过去，娘还没醒。到底叫醒娘呢，还是不叫呢，我犹豫了一会儿，最后还是决定叫娘起床，不然早餐凉了。

拉着娘的手，我俯下身，嘴贴在娘的耳边：妈、妈、妈……娘微微睁开惺忪的双眼，问我干什么。

我说，早饭送来了，起来吃好吗？娘说好。她想坐起来，可又起不来。

轻轻扶娘起来，帮娘洗了脸，擦了手，再扶娘到桌边坐下。娘拿起碗筷，双手颤抖着，碗里的粥差点洒了出来。

我想喂，娘不让，并弱弱地说："你去上班啊……"

过了一会儿，看看我还没走，娘又催我，这回声音微弱到沙哑："你快去上班啊……"

这时候，我的泪水一下子夺眶而出！

为响应政府的号召，公司决定派十多人组成的小分队去参加灾后救援。到公司后，我把小分队召集来开了一个会，叮嘱他们要一不怕苦，二不怕累，为政府分忧，为百姓解难，为公司争光，为古城添彩。我还特地安排大女婿带队，叫他多买些矿泉水、方便面、面包等物资，分发给有需要的困难群众。送他们出发后，我马上叫来兄弟姐妹商量如何照顾娘。

很快，他们都来了，我将昨天晚上和今天早上娘的情境一说，兄弟姐妹哭成一团！

考虑到娘年事已高，身体又不好，请保姆不放心。最后，我们决定兄弟姐妹轮流照顾娘,轮到的二十四小时全程陪护。把结果告诉娘时,娘死活不肯,说她能走,能做饭,不麻烦我们。说等她走不动了,做不了饭,躺在床上动不了了,我们兄弟姐妹再轮流照顾。

这就是我的娘,一辈子只想着别人,想着儿女。已是这样虚弱了,还要好强,不想麻烦儿女。

本文写于 2019 年 8 月 15 日

悲绪

娘出院已经第五天了，身体仍然很虚弱。最大的问题就是吃不下。一日三餐喝点薄粥，就着花梗、腌冬瓜、霉干菜、咸菜，吃得一点营养都没有。

吃的饭越来越少，吃的药却越来越多。饭当药吃，药当饭吃，这就是我苦命的娘。

治胃病的药有两种，早晨起来，空腹各服用一次，饭后再各服用一次；治哮喘的药有两种，都是一日三次，饭后服用；治心脏的药有四种，饭前服用一种，饭后服用两种，隔半小时再服用一种；治肺病的药有两种，一种一日一次，另一种三日一次；治动脉硬化的药有三种，都是一日两次；娘偶尔还要吃治高血压的药。

这些林林总总的药，延续了娘的生命，却也损伤了娘的胃口，本来就挑食的娘，食欲越来越差，瘦骨嶙峋，弱不禁风，看着让人心疼！

大姐哄着娘，像哄小孩似的："妈，你想想看，什么东西想吃，我好去给你做。"

妻每天都在愁着娘的饮食，送去的饭菜，很多时候都原封不动端回。送多了，娘甚至还要"恼"，冲我们发脾气。

中午的时候，大女儿送去饭菜，娘算是很给面子，没有让她端回来，要是我送去，就很难说。但娘仍对大女儿千叮咛万嘱咐："不要再送菜了，回去一定要告诉你爸妈，我实在吃不下，每次送来都倒掉，浪费。"

大女儿回来后，眼泪汪汪，说："这样下去怎么办啊！奶奶要活活饿死！"

给娘送晚饭的时候，正好侄儿也送饭来，娘一律都不让放下，要我们都端回去，说自己喝点粥就好。

我跟娘说："我的饭菜可以端回去，孙子那么有心，既然送来，就多少吃一点，千万不要拂他的面子。"可娘依然不肯。

晚饭后，大姐打来电话，说下午去看娘，娘千叮咛万嘱咐，叫大姐跟我说一声，说她讲我都不听，每天好菜好饭送来，她实在吃不下，叫我这段时间先不要送了。

电话那头，大姐哽咽着，说老娘这样下去如何是好，如何是好？……

我挂断电话，眼泪在眼眶里打转，大脑一片空白。

想着骨瘦如柴的娘，心如乱麻，一阵阵悲绪袭上心头！

本文写于 2019 年 8 月 21 日

七月半

　　早上还在睡梦中,就隐约听到妻的低泣声,蓦然惊醒,只见妻泪流满面。我关切地问着缘由,妻说:"昨晚梦见父亲了,跟当年在家时一模一样,白发银须,慈祥和蔼,好清晰。想着父亲待我们的好,因此忧伤。"

　　我安慰着妻,说日有所思,夜有所梦,叫妻别多想。

　　妻说,早不梦晚不梦,今天恰好是七月半,想必是父亲在天有灵,托梦来了。传说这一天祖先会返回家中探望子孙,冥冥中保佑家人一年四季平平安安。妻自言自语着,仿佛还沉浸在忧伤中。

　　七月半慎终追远,怀古思亲,是一种纪念祖先的传统文化。家乡一带,七月半祭祖先的文化氛围尤为浓厚。民间千百年来流传着一句谚语:"七月半,划糕腩。"("糕腩"是家乡的一种糕点)

　　小时候,每逢七月半的时候,娘都要"划糕腩"。

　　娘的糕腩划得特好吃。米是自家种的,米粉也是自家磨的,糖的原材料是父亲种的甘蔗,父亲亲手熬的红糖。

　　贤惠的娘将米粉和红糖按比例拌均匀,放入杉木做的糕腩蒸笼里,再将米粉拍实,用小刀将拍实的米粉横竖各划一刀,以便蒸熟后掰开吃。特别是在蒸的时候,糯米粉夹杂着红糖的香味,伴着袅袅炊烟四散开,弥漫在整个小木屋。

　　那种农家的味道,属于娘的味道,至今让我记忆犹新。为此,我还闹过一个笑话。

记得高中毕业那一年，过七月半，我跟同学们说，最喜欢娘七月半用小麦粉做的糕腩，惹得同学们哄堂大笑，我这才知道糕腩原来是糯米粉做的。

尽管现在过七月半依旧盛行，但糕腩已经很少有人做了。大多数人家都会选择去店里买，图个省心，已无属于娘的味道了。

自小到现在，每逢重大节日都是娘主持。娘出院没几天，身体还很虚弱，是叫娘来主持祭祖，还是自己来，我和妻犹豫着，最后决定抱着试试看的态度同娘说。没想到娘听后很高兴："怎么又到七月半了，这么快啊，我生病都病糊涂了。"

说罢，她从椅子上站起来，一手拄着拐杖（娘这么老了，还是第一次见到她拄拐杖），我扶着娘的另一只手，慢慢走出房间。

点亮红烛，燃起高香，朝拜天地。娘神色凝重，默默祈祷着，祈祷祖先保佑子孙后代平平安安，健健康康！

仅半年时间，娘就生病住了两次医院。

祈求列祖列宗多多保佑，保佑娘健康长寿。

这是我们一家上下最大的一个心愿。

本文写于 2019 年 8 月 25 日

兄弟情慈母泪

时间过得飞快，过了一个月，到了秋天，又到了探望小弟的日子。

去年的秋景犹在眼前，转眼间又见秋风起秋草长，萧萧落叶满地黄。我是多么希望时间过得快点、再快点，巴不得一天就是一月，一月就是一年，好快些让我们兄弟团圆、母子团圆。

可人有悲欢离合，月有阴晴圆缺，此事古难全啊！

自上次在看守所，娘与小弟见了一面后，到现在将近两年了，这期间，娘好几次提出想去看看小弟，可一来怕娘伤心，二来娘一直生病，所以我都没安排。

近来娘身体很是不错，前几天她又流露出想看看小弟的想法，我就答应了，而且同娘说，去探望可以，见面时不要哭哭啼啼，免得小弟伤心，娘都一一答应。

娘今天起得很早，早已在我的车边等候。家里离监狱很近，二十来分钟就到了。取号、登记、排队、安检，经过两道铁门，穿过地下通道，再经过一道铁门，终于到了会见大厅，远远地看见小弟在向我招手。

怕事情突然，小弟没心理准备，等会儿母子见面激动，叫娘先在后面等，我先去跟小弟打个招呼。拨通会见电话后，我告诉小弟，今天娘也来看他了，等会儿要尽量克制，不要激动，千万不能哭，免得娘伤心。

透过玻璃，我看见小弟是多么的惊喜，连说嗯、嗯、嗯……

我招了招手叫娘过来，娘拿起话筒，只听电话那头，小弟连声地叫着"妈",就泪如雨下,泣不成声……娘也老泪纵横,一边哭,一边安慰小弟别哭、别哭、别哭,可自己早已哭成了泪人……

  过了一会儿,娘和小弟稍稍平静了些,接着,小弟急切地问娘,身体好不好,各方面怎样,娘告诉小弟:"家里各方面都很好,你哥哥姐姐对我都很好。"娘叫小弟安心在里面改造,听领导话,好好表现,注意身体,争取减刑,早日回家。而小弟也叫娘保重身体,照顾好自己,等他出来后,再好好侍养……

  半小时的会见时间很快就到了,当放下话筒的那一刻,母子挥手作别,隔着玻璃墙相视而哭。我怕再待下去娘和小弟的情绪会失控,决定搀扶娘先走,娘一步三回头,边走边哭,而小弟则扑在玻璃墙上号啕大哭。

  九旬老娘,五十儿郎。

  这边是自由人间,那边是高墙深院。

  这边时间过得飞快,那边度日如年。

  而中间隔的,仅仅是一层薄薄的玻璃墙!

  一个是生不能侍养,一个是母子相见时难!

  那么多家属,多少次会见,从没见过九十娘来看儿的。

  来时只是薄阴,回时却烟雨蒙蒙。我轻轻搀扶着娘,冷冷的秋雨打在脸上,打在娘的白发上,再混着娘的泪水,一滴滴往下淌,说不出的凄凉。

  小弟年轻时冲动犯错的教训太惨痛了!代价太大了!

  在这里告诫后辈们,一定要遵纪守法,不管遇到什么事情都要冷静,冲动是魔鬼,退一步海阔天空,切不可与人相争。为人要诚实守信,博爱包容。

本文写于 2019 年 10 月 23 日

晚秋

不知不觉，娘出院已经一个多月了，又到了晚秋。时间过得好快啊！

秋深了，金灿灿的水稻熟了，挂满枝头的橘子黄了，枫叶红了。

在江南，秋天是一年四季最美好的季节，是丰收的季节，硕果累累，秋高气爽，冷暖适宜。

秋天过去，再过冬天，娘就八十八岁了，身体是一年不如一年了。

今年以来，娘接连生了两场病，加上村里跟娘同龄的老人，仙逝了好几位，背地里，越来越有种紧迫感压在心头，压得我喘不过气来！

娘来趟人世间不易，受尽了千辛万苦。趁着娘还在，趁着娘的身体还撑得住，好想带她出去多走走、多逛逛，再多尽一些人子之情，让娘多看看人世间的好山好水。

春天来了，百花开了，我说："妈，外面风景那么好，我带你出去玩一下。"

娘说："儿子，妈身体不好，加上晕车，不去了。"

夏天呢，天气太热，又不行。

秋天到了，天气不冷又不热，我劝娘："妈，现在天气那么好，我带你出去旅游，就去附近的风景区。"

娘推辞："晚些吧，出院没多久，感觉身体还不是很好。"

中秋了，我又问娘："妈，现在身体怎么样，带你出去玩一下好吗?"

娘仍然推辞:"迟一些吧,再迟一些,等妈身体再好一些。"

晚秋了,如果再不去,马上到冬天了。每年一到冬天,娘的身体就会变坏,更加没有机会了。

"妈,现在身体怎么样呢?今天天气那么好,我带你出去走走,就在附近的风景区。"

娘犹豫了一会儿,看样子是想去,但又怕身体吃不消,忐忑地问:"要坐车吗?远吗?"

"妈,我们就在附近玩,等会儿上车后,你要是感觉不舒服就回来。"

娘终于勉强答应了。

开了二十来分钟的车,到了一个小山村,我搀扶娘下车。

眼前的风物把娘惊呆了,说这个村她年轻时来过,想不到变化那么大,建设得那么好。原先这个村都是破屋,现在都是新房,成了旅游景区。

我慢慢扶着娘,走到廊桥边,娘说,这里原先是石板桥,每年发大水的时候,经常被冲毁,村里的人都出不来,想不到现在的桥造得那么好;走到溪边长廊上,娘说,这里好,要是夏天,黄昏早晚坐这里乘凉多好。

走到稻田边,看到金黄的稻谷,娘情不自禁地感叹起来,说她都病糊涂了,稻黄了都不知道。看到橙黄的橘子,又惋惜起她年轻时种下的橘子树,说她老了,没力气打理了,我们又不去打理,都杂草丛生了。

言下颇多不舍。

玩了不多一会儿,娘就说她走不动了,不想玩了,要回去。我说,难得出来,要不我背她,再玩会儿。娘不让,说背着别人看到会笑话。

我说，要不去那边回廊，休息一下。娘点了点头，未置可否，一言不发，一脸茫然……

见娘这样，我百感交集。本想带娘出来好好玩，反而惹得娘不开心。想同娘说说话，千言万语涌上心头，可又如鲠在喉，一个字都说不出来。

深情凝望着娘，双眼不由自主地酸胀起来……

秋深了，金灿灿的水稻熟了，橘子黄了，枫叶红了，娘越发老了！……

本文写于 2019 年 10 月 28 日

慈母情

这几天最纠结的莫过于娘了，原因是国家造铁路征用了一点我家的田地，补偿了一些钱，我们兄弟姐妹事先说好都给娘。

下午到家，娘看到我车停下，就走过来，手里拿着一沓钱往我手里塞，说是造铁路补偿的土地款。

我说："妈，不是事先说好给你用吗？"

我不要，娘非得硬塞过来。我接过钱，塞进娘的衣袋里。

娘急起来，一边将钱取出来往我手里塞，一边生气地说："你们平时给了那么多钱，而且菜都是你们烧好送过来，衣服也是你们买好，我真用不了什么钱。"

我说："妈，不管你用得了用不了，先将钱放好，你随便给谁都行，反正我不要。"

说着，我接过钱往娘衣袋里放好，娘这才勉强收了，但样子很是不安，仿佛做错了什么事似的。

回到家，我将刚才的情景，跟妻和女儿一说，她们都说，娘给过她们了，兄弟姐妹都给遍了，就是给不出去。听小女儿说，奶奶碰到她，就将钱往她手里塞，甚至还骗她说这是你爸让转交的，小女儿知道奶奶在"说谎"，坚持不要，结果娘的钱还是没给出去。

第二天一大早，我还在睡觉，隐隐听到敲门声，起来去开门，只见娘提着一大刀猪肉，气喘吁吁地说："你们都不要钱，我只好买点肉，给你们一家一家地送，害得我多费气力。"

侍母记

言下，娘似乎生气了！

光阴似箭，而今娘行将九十了。以前家里穷，娘想吃没得吃，想穿没得穿，想用没得用，而今条件好了，娘却还为区区几千元钱纠结着。

早饭后，我跟娘说："这几天有点事，你自己照顾好自己。"

娘说："没事，你放心，有什么事尽管去好了。"并问我有什么事。

我说漏了嘴，说去医院一下。

娘问我，去医院做什么，我撒谎说没事，就此打住。

小弟蒙难，弟媳生病住院，要动手术，我们兄弟姐妹都去看望。手术是早上八点开始，等手术结束，弟媳苏醒出来已是中午十二点，晚上妻陪护，我到家将近晚上十一点。

远远地，我看见一个人影在家门口徘徊，走近一看是娘。奇怪，娘历来都是早睡早起的，晚上怎么还没睡，莫非……

还没等我缓过神来，娘着急地问："是不是谁生病了？到底怎么样了？要不要紧？"

娘焦急的样子简直难以形容，都快哭了。

我瞒着娘，哄她说："谁也没生病，都好好的。"并叫她老人家放心。

娘看看我身后，看看我的车，见只有我一个人，焦急地问："那雪花怎么没来，她人呢？"

我说，她今晚住女儿家。娘这才放心地说："没事就好，之前已来过好几次了，看你家连个人影都没有，你又说去医院，我还以为谁生病了呢，幸亏你回来，不然我晚上担心，睡不着。"

这时先贤的名句，不由自主在我脑海回荡——娘活一百岁，犹忧八十儿！

我一边搀扶娘回房休息，一边细细品味着重如千斤的十个字，双眸不受控制地湿润起来！

本文写于 2019 年 10 月 30 日

小女订婚

今天小女订婚,亲家安排得非常周到,晚上亲戚朋友欢聚一堂,共享这欢乐难忘的时光。

细心的妻子,从头到脚,给娘买了衣服、裤子、鞋袜,把娘打扮得焕然一新,娘高兴得无法用语言来形容。

下午我去接娘,娘正在梳妆打扮,穿上妻子给买的新衣,洗头、洗脸、洗手,并不好意思地笑笑,说她脸和手都洗了三遍了,还是洗不干净,这样晚上过去吃饭,会给我丢脸。问我有什么办法,能把手洗干净一些。

我说:"妈,狗不嫌家贫,儿不嫌母丑,哪有丢脸的道理,我们现在都是一家人,没事的,没事的。"我安慰着娘。

说着我拉起娘的手,笑着说:"妈,这不是挺好、挺干净的吗?"

看着娘粗糙干瘪、树皮一样的手,心顿时痛起来!

每年一到冬天,西北风一吹,娘那历经岁月沧桑的手,就会皲裂开。

那一条条沟,一道道血痕,仿佛就是一本本养儿育女的辛酸账啊!

晚上吃饭,亲家非常客气,美酒佳肴,山珍海味,可娘什么都吃不下。我怕娘吃不饱,几次三番地问,娘说:"晚上太高兴了,那么多菜,还有点心,吃得饱,吃得饱。"

席间,亲家的挚友趁着酒兴,在T台上唱着关于父亲母亲的歌,有的还演起了小品，把整个晚宴推向高潮。

醉意蒙眬中，我动情地搀扶娘上了T台，台上的大哥刚好唱道"是不是我们都不长大，你们就不会变老；是不是我们再撒撒娇，你们还能把我举高高；是不是这辈子不放手，下辈子我们还能遇到"，我不禁热泪盈眶，紧紧搂抱着娘。

正在这时，唱歌的大哥恭恭敬敬地给娘献上了一朵玫瑰花，娘左手拿着玫瑰花，右手挽着我的腰，我俯下身，娘依偎在我的身旁，台下的亲朋好友都在拿手机狂拍，娘和我像明星般。姐姐、弟弟还有好些亲戚朋友在擦着眼角，感动得落泪。

歌罢，扶娘回到席上，却不见了亲家公。过了一会儿，亲家母来告诉我，说你亲家公每次听到别人唱关于母亲的歌，都会忍不住想哭，怀念早早逝去的母亲，这回又一个人忍不住躲在洗手间痛哭。

男儿有泪不轻弹，只是未到伤心处。多愁善感的我，每每想起逝去的父亲，就会暗自落泪。想不到亲家公也如此柔情，思母之情如此深切！

敬长辈，敬亲朋，将进酒，杯莫停。酒量不佳的我，醉了，亲家醉了，女婿也醉了，一家人都醉了。

正在这时，醉意中似有人拉我衣角，我一看，是娘，她正在嗔怪地看着我，说我平时不喝酒，晚上喝了那么多酒，伤身子，别喝了，语气里颇带着命令的意思。

我都是快奔六十的人了，还有近九十岁老娘呵护着，心里一下子暖起来，幸福得无以复加，有娘在，真的好！

本文写于 2019 年 11 月 20 日

谁言寸草心

这段时间心情最忧伤的莫过于妻子，最操心的莫过于娘了。

天有不测风云，人有旦夕祸福。

妻被车撞了，右脚踝多处骨折，打着石膏，医生说两个月才能落地，要休息半年。妻生活起居拄着拐杖，很是不便。妻是个勤劳的人，这样一天天闲着，心情很是低落。

今天一大早，我就听到敲门声，开门一看，娘气喘吁吁地提着一大只猪脚，说她特地早点买来，给雪花补身子。

妻说："娘！你年纪这么大了，还买给我吃，我实在过意不去。"

娘说："有什么过意不去，一年到头都是你给我做饭吃，我买给你吃是应该的呀。"

娘安慰着妻子，叫她好好养病，不要心焦。

中午，我特地早些下班，准备做饭。娘已在我家，把中午要做的菜洗得干干净净。看见我来后，起身要走。我想留娘一起吃，娘不肯，说她在这里会增加我的麻烦，非要回去自己做饭。

下午我下班回来，娘又把晚上要做的菜洗得干干净净的，放在灶台上，并坐在妻的身旁，陪妻聊天解闷。

妻说："娘天天都来陪我，寸步不离，每天都来帮我们洗菜做家务。"

晚上，妻悄悄地对我说："本来这几天心情很差，看着娘这么大年纪了，还整天整天地陪着，心里暖暖的。娘实在太好了，这样的婆婆天下难找。只是娘这么老了，连路都快走不动了，还要她老人家这样操心，实在愧疚啊！"

妻一边说一边眼泪汪汪。

本文写于 2019 年 11 月 28 日

报得三春晖

离老家五里地,有一座小山村。那里四面环山,一年四季山花烂漫,风景如画。一条小溪从村前流过,游鱼细石,清澈可见。国家重视"三农",振兴乡村,小山村也巧借东风,开发乡村旅游。为了提高人气,增加知名度,最近村里举办了一场盛大的美食节。

以往美食节都在城里,乡村很难办得起来。想到娘这么老了,美食节也没去过,尽管知道娘不会吃什么东西。我还是想下午带娘去凑个热闹,让娘高兴高兴。

以前想带娘去旅游,娘都以晕车为由推辞掉,很难请得动。没想到这次娘很爽快地答应了。可能是路近,也可能是天气渐暖,娘的身体渐渐好起来的缘故。

开着车,欣欣然带着娘,窗外凉风习习,林木葱茏,蓝天白云倒映水中,好一派田园风光。一点点路程,很快就到了。

娘今天的兴致特别好,我牵着娘的左手,娘右手时不时摇着芭蕉扇,虽然步履蹒跚,颤颤巍巍,但亦优哉游哉。美食节人山人海,好不热闹。我有心想买点小吃让娘尝尝,可问了个遍,娘却什么都不要,让我好生失望。

好在小山村风景优美,小桥流水,廊桥画舫,亭榭精美,曲径通幽,玩处颇多。于是我牵着娘的手边走边游,看到有好的景点,就停下请游人帮忙拍照:我和娘牵着手、挽着肩、搂着腰,还有夕阳下,一高一低的背影……

侍母记

娘今天很开心,也很配合,拍了很多照片。累了,我们坐在溪边廊桥上小憩片刻,我贴在娘的耳边同娘说说话。娘漫不经心地听着,手不紧不慢地摇着芭蕉扇,那个从容啊,俨然一副"老太君"的模样。还眼观六路,耳听八方,时不时跟熟悉的乡邻打招呼,娘古道热肠,人缘特好。

每每碰到熟人,娘就主动站起来套近乎,拉家常,很有话题。那种亲切,仿佛在遥远的异乡,见到老乡一般。每当这时候,娘把我晾在一边,自顾自聊天,好像我不存在似的。

振兴乡村,搞特色旅游,慈孝文化更是小村庄的一张名片。这里好多墙上绘满了慈孝文化的宣传画,写满了慈孝文化的标语。此情此景,感受着浓浓的慈孝氛围,我牵着娘的手漫步,尤为暖心。

当走到一幅壁画下,我不由自主驻足观看,左边写着几行字。首语是:百善孝为先。后面四句是:"父母乃人之本,人乃以孝为先;孝为德行之门,德为成事之本。"我看后很有感触。娘也在专注地看着,我问娘:"右边壁画,画的啥意思?"娘说:"壁上的画,画着古代的时候,娘生病躺在床上,旁边的儿子在给娘端水喂饭,表达他服侍娘,待娘好的意思。"

娘虽没读过书,但人生道理,忠孝礼仪,比谁都懂。画的旁边还有一行字:报得三春晖。可惜娘不识字。

我说妈,这幅壁画好,我们以此为背景,拍张照片,娘连连说好。正要找人帮忙拍照,恰巧弟弟来了,他听说娘在这里,就立马赶了过来。于是我牵着娘的手,站在壁画下,弟弟按下快门;然后弟弟牵着娘的手,站在壁画下,我按下快门。

——时间永远定格在这一天,这时娘八十八岁,我五十八岁,弟弟五十五岁,这是个永远值得纪念的日子!

本文写于 2019 年 12 月 3 日

娘身体越来越差了

据气象部门预报，今年的冬季是新中国成立七十年以来，最长的一次"烂冬"，绵绵阴雨，将持续一个多月，这几天冷空气又将来临，气温预计要骤降。

昨夜一觉醒来，白茫茫一片，迎来了2019年的第一场雪。

中午的时候，我给娘送午饭，看娘坐在椅子上睡着了，本不想打扰，又怕饭菜凉了，只好叫醒娘。

娘醒来就咳嗽，声音沙哑，说话都很困难。她说她感冒了，刚吃了感冒灵，等会儿应该就没事了。我不放心，马上搀扶着娘，送去诊所。医生检查后说，是感冒引起的肺炎，老人家年纪毕竟那么大了，建议我最好送城里的大医院住院治疗。

娘耳背，我把医生说的话对娘重复了一遍，娘不想去住院，说先吃点药，明天再说。

我和娘从诊所回到娘的家，妻煮了一小碗粥送来，娘勉强喝了半碗，说自己先休息一下，叫我回去。

我下午参加市里的一个会议，晚上公司年夜饭，回来得迟了些，小女儿已把娘接来。我特地坐在娘的旁边，专挑娘平时喜欢吃的菜往她碗里夹，可娘什么都吃不下，只喝了一点点粥，还叫我别管她，去照顾好员工，说他们来自五湖四海，出门打工不容易，一年辛苦到头，吃了年夜饭，明天都要回老家去，千万不要怠慢他们。

年夜饭结束后，我送娘回到家，倒好开水，喂娘吃了药。回到家后,心里不踏实,又去娘的家,一到门口,就听到娘急促的咳嗽声,上气不接下气,咳又咳不出来。

我赶紧过去,轻轻拍着娘的背说:"妈,晚上还是去医院吧,去医院检查一下,住几天。"

娘摆摆手说:"先休息一个晚上,明天再说。你回去,不要担心。"

过了一会儿,娘看我还不走,催着我,又过了一会儿,看我还不走,就急躁起来,又催着我回去……

我回到家,将娘的情况跟妻子说了,妻用坚定的语气说:"这样不行,我们一起送娘去医院。"

和妻子过去后,我们一起劝娘去住院,娘还是坚持不肯去,非要等明天再说。

没办法,我只好打电话给大姐,正好年夜饭后二姐在大姐那里,不一会儿,大姐二姐三弟都来了,都一齐劝娘住院。

开始娘还是不肯去,后来经不起我们兄弟姐妹一起劝说,总算同意了。

这几年娘年年生病,年年住院,不知这一次又会怎样,我们很是忧心。

再过半个月就到春节了,又到了传统的中国年。一年一年地过去,冬去春来,时间过得好快啊。

娘越来越老了,身体越来越差了!怎生是好?!

本文写于 2019 年 12 月 19 日

多灾多难的娘

磕磕碰碰,跌跌撞撞,勉勉强强,娘的身体好了近半年(距离上次生病住院),又生病住院了!

这次做骨科检查,结果出来,娘患有颈椎病、肩周炎。难怪这段时间娘老说右肩酸痛。等住院手续办好,输上液已近上午十点。

想到娘还没吃早饭,我去买了一碗馄饨,喂娘吃。

娘开始说吃不下,我和大姐哄着娘,说吃一口试试,实在吃不下就不吃。

娘总算点头答应。

大姐拿勺子一口一口地喂着,吃了三四个馄饨,娘就说咽不下了。

我和大姐一起哄着,再吃一口,再吃一口,可娘还是吃不下,喂到嘴里嚼了嚼,还是吐了出来。

小时候,娘多喂我们一口,盼我们快快长大。如今,我们想让娘多吃一口,已是千难万难。

扎针时,娘痛得受不了,"哎哟、哎哟!"地呻吟着。

大姐心痛得眼泪直流,一边小声安慰着娘,一边不停按摩着娘的肩膀和右手。

等一小瓶液输完了,总算止住了疼痛。由于昨晚上没睡好,娘迷迷糊糊地睡着了。

挂了三瓶药水,已是下午两点。下午还好,到晚上七点左右,大概止痛药的药效过去了,娘又痛起来,而且双脚还抽筋。娘痛得脸色铁青，豆大的汗珠从脸上冒出来，很是痛苦，大姐心痛得忍不住大哭。我急忙去叫来医生护士，医生赶紧开出止抽筋的药，再挂上针。

大约过了半小时，娘的病情总算稳定下来。等输好液已是晚上十点半。

娘微微睁开双眼，看我还站在床前，就叫我回去，说她现在不痛了，这里有大姐陪就可以了。我说晚上同大姐一起陪，娘不让，说有大姐陪就好。过了一会儿，看我还不走，一个劲催着我回去，几乎要生气了。

看娘那么坚决，只好由她。

当告别娘，走出病房的那一刻，我眼泪一下子止不住地流！

回到家洗漱好将近晚上十二点，躺在床上，我牵挂着娘，翻来覆去，半醒半睡到天明。

早上我起得很早，急忙打电话给大姐，询问娘的病情。

大姐说，娘一夜未曾合眼，上半夜还好，到下半夜又痛起来了，双腿还时不时地抽筋。电话那头传来大姐低低的哭泣声，说老娘一辈子善良，却为何如此多灾多难？

顾不得洗脸刷牙吃早餐，我急忙赶到医院，找到主治医生，询问娘的病情，并再三恳求医生，要用最好的方法治疗，尽量减少娘的痛苦。医生看着我红红的双眼，点头表示理解，并说马上调整治疗，尽一切可能减少老人家的痛苦。

挂完五瓶药水，已是下午四点，娘的病情总算稳定下来，手不痛了，腿抽筋也少了。晚饭喝了一碗粥，吃了半碗馄饨，娘有说有笑，心情也可以。

我终于长长地松了一口气。

本文写于 2019 年 12 月 22 日

打冻

女儿提着大包小包,还没到家门口就叫着爸妈。

小外孙一边蹦蹦跳跳,一边一声声喊着:"外公外婆、外公外婆,快出来迎我呀,快出来迎我呀!"

大外孙一进门,就扑到我怀里,并急着用方言,且颇带成就感地朗诵着新学的民谣:廿四掸蓬壅,廿五赶长工,廿六克赶市,廿七捣麻糍,廿八裹粽,廿九打冻,大年三十谢大年……

时间的脚步好快啊,不知不觉间,忙忙碌碌中,雨雪霏霏里,又是一年!

今天是腊月二十九,按民间的习俗,是打冻的日子。现在城里很少有人打冻,而乡下依然盛行。早在半个月前,妻就买了一只大猪脚。今天,妻拿出腌好的猪脚洗净,放入高压锅里炖,她知道娘不大爱吃猪肉,但喜欢吃猪脚冻。和以前不同的是现在打冻用煤气灶、高压锅,不用柴火灶了,已无乡村的气息了。

记忆中小时候的岁末打冻,那才叫农家的味道,娘的味道。不管日子如何难过,娘总想方设法买来猪头,早早腌好。到腊月二十九,从中午开始,就将洗净的猪头劈成两半放在大锅里煮,盖好杉木做的锅盖,我们则一边帮娘烧着柴灶,一边"扑哧扑哧"地拉着风箱,让炉火烧得通红。

慢慢地,炊烟蒸腾,杉木锅盖的香味,锅中咸猪头肉的香味,扑鼻而来,弥漫了整个木屋。娘还时不时地揭开锅盖,拿竹筷戳锅里的肉，检查是否熟了。我们兄弟姐妹个个都围着灶台，眼睛直勾勾地看着锅里香喷喷的肉，咕噜咕噜馋得咽口水，可个个都很懂事，没向娘要吃的。

倒是娘，看透了我们个个似"饿狼"的心思，拿筷子夹着细碎的肉末，一点点依次喂我们。喂到谁，谁就像嗷嗷待哺的雏燕，早早张开小嘴。而娘自己则一丁点都舍不得吃，父亲也一样。

到吃晚饭的时候，娘将熟透的猪头肉捞出锅，放在杉木桶里，再把浸泡好的黄豆倒入锅中煮。娘凭借多年的经验，判断锅里猪头冻老嫩，烧好后盛至粥甑里，过一夜，就冻起来。早餐的时候，娘会打上一小碟，那咸猪头冻不老不嫩，又香又鲜，又咸又滑，夹上一点点，就可就着喝下半碗粥，真是美味。

到吃年夜饭的时候，娘切上一小盆猪头肉，烧一大碗青菜豆面羹，再煮一锅米饭。父亲和娘把肉往我们兄弟姐妹面前推，叫我们吃，而他们自己只象征性地动动筷子，舍不得吃。这点肉，得留到正月里招待亲戚用。

一小盆猪头肉，我们兄弟姐妹六个，一下子就吃光了。而且吃的时候，个个都心中有数，自己能吃上几块。饭也一样，自己能吃到多少心里有数，哪怕没吃饱，也绝不多吃。

我们的少年时代，一年到头，真正能吃饱饭、吃上肉的，就是过年的时候，而父母即使过年也吃不上肉，吃不饱饭。

小时候，正月里走亲戚很是盛行，叫作"拜岁"。那个年代，家家户户兄弟姐妹众多，四五个、七八个，甚至十几个的都有。我是一九六三年生，属兔，是历史上出生率最高的年份。

正月里拜岁是孩子们最期待的，至少去亲戚家能吃饱饭，吃上肉，吃点好吃的。可家里那么多孩子，总不能都去呀。父母还得挑长相标致，乖巧的，这样去亲戚家后不会讨人嫌。

我自小懂事，长得也算周正，邻居们都戏称我是家里的"出客儿"，因此，兄弟姐妹中走亲戚、拜岁、喝喜酒，还有家里揭不开锅时，去亲戚家讨米，我是去得最多的。当时年小不懂事，没想那么多，长大后才觉父母"偏心"。

拜岁是不能空着手的，或是提五六条带鱼，或是提七八斤面条，也有富裕一些的人家，会提上一小刀腊肉，这算是顶级的拜岁礼了。

亲戚之间收到拜岁礼后，都舍不得吃，舅舅家的，转送到姑姑家，姑姑家的，转送到娘姨家，娘姨家的，又转送到外婆家……转来转去，亲戚之间相互转个遍，面条腊肉还好，带鱼转到最后，鱼头都烂掉了。

就这样回忆着遥远的往昔，想着当下的幸福，我不由自主地笑了起来。

这时，妻将猪脚烧好了，冻也打好了，盛在大碗里，先放冰箱一晚，待明天冻起来再送给娘。今天先将猪脚和豆面羹等小菜送去，娘已在等了。

看见我来，娘笑着说，再过两天自己就八十八岁了，要是在过去，恐怕早已不在人世，现在条件真是太好了。

我贴到娘的耳边说："妈，您能活一百岁！"

娘听后笑得前仰后合，别提有多开心！

本文写于 2020 年 1 月 22 日

春节赶上母亲生病

这个春节，是有生以来最惨淡的。

生意难做，账难要，讨账讨到大年三十下午。吃了年夜饭，陪了一会儿娘。

平时忙，本来有个习惯，春节一家老小一起出去旅游。今年由于新型冠状病毒肆虐，规定两天每家只能出去一个人，买生活必需品，除此以外哪儿也去不了。不过，这样也好，我每天可以多陪陪娘。

初六那天，娘忽然感冒了。大部分药店都关门，感冒药没地方买。后来到卫生院，一听说买感冒药，医生如临大敌，说是上头规定这种药不能卖，一定得到上级医院里买。我好说歹说，说娘年事已高，行动不便，医生总算答应卖给我，但前提是要我签字，登记身份证号码、手机号码。

药买来后，我喂娘吃下，问娘吃什么，娘说她什么都不想吃，等会儿喝点粥就好。

下午弟弟从城里出来，经过了好多道检查买了好多菜给娘，结果娘什么都不要，他只好全部拿了回去。

翌日，大姐包了水饺送来，娘依然不要，结果大姐又拿了回去。下午女儿做了面包送去，娘吃前半个说挺好吃，后半个就不想吃了。晚饭时，妻特地做了红烧肉圆，还有娘平时喜欢吃的霉干菜，送去后，霉干菜勉强收了，娘说肉圆实在吃不下，非要我端回去。

晚上，再去看娘，娘说，她体温正常了，但感冒药药效太猛，娘一点力气都没有,有时双眼还冒着金星,看地上白茫茫的,好像霜雪一样。娘还说,她一向眼睛很亮,平时针都穿得进去,这几天到底怎么啦。言下很是伤感。

初八早上我过去,娘说,她喝了半碗粥,身体好些了。中午妻烧了家常豆腐,叫我先送去,娘正准备吃饭,笑笑说:"这几天饭都没吃过,今天好些了,好想吃饭。"看我送来家常豆腐,娘没把握地说:"不知吃不吃得下?"我哄着娘:"尝尝看,吃不下就不吃。"娘总算答应了。

我说:"妈,晚上做手打面给你吃。娘说她吃不下。"我说:"妈,你身体不好,一个人做饭又麻烦,待会儿我少送点,实在吃不下不吃就是。"娘才勉强答应。妻做好饭后,我第一时间送去,待我回家吃好再过去,娘把一碗面全吃光了,并笑着说,她身体没事了,晚上的面好好吃,这几天都没今天吃得多。

这下,我终于长长舒了一口气。

初九晚上,我去看娘,娘正在喝豆腐粥,看见我来,笑笑说她实在想不出吃什么,因想到去年重阳节,邻家婶子在老年协会烧的豆腐粥好吃,加上中午送来的豆腐还没吃,就想着煮点豆腐粥,看好不好吃。

我急忙问:"吃得下不?好不好吃?"娘说好吃。

于是我趁机说:"妈,你爱吃豆腐粥,明天我去给你买点豆腐。你还要别的什么菜吗?"娘说,其他什么菜都不要,就买点豆腐就好,并再三叮嘱,少买点,多了吃不完。

我又试着问:"烧盐猪肝要不要?"娘颇犹豫了下:"不知道吃不吃得下?以前是吃得下,要不你少买点。"

我又试着问:"黄鱼干呢?你以前不是喜欢吃吗?"娘又犹豫了一下:"不知道现在吃不吃得下?言下挺无把握。"

我说:"妈,明天先买点,做来试试看,吃不下就不吃。"娘终于点了点头。

初十早上,妻去菜场买来豆腐、猪肝、黄鱼干,中午早早做好送去,娘又后悔了,说她现在不想吃了,叫我先放下,等会儿吃。

午饭后,再去看娘,娘靠在椅子上睡着了。烧盐猪肝、黄鱼干,看样子只动了动筷子。

看着皮包骨头、面黄肌瘦的娘,我心如刀割!

转眼间元宵节到了。元宵节应该是正月十五,唯独我们台州一带,尤其临海,元宵节是正月十四。一个说法是跟元末农民起义军领袖方国珍有关,另一个说法跟民族英雄戚继光有关。

家乡的习俗,十四晚上,家家户户要灯火通明,间间亮,还要渗糟羹。

上午,二姐打电话来,叫我不要准备渗羹的米浆,等会儿姐夫送来。结果,送到大姐村时,卡点不让进。大姐夫去卡点接来,送到我们村时,卡点又不让进,我又到卡点接。说起来有点滑稽,一点点米浆要通过三四个卡点,接力赛一样。

不过,非常时期,非常之举,我们理解。

晚上羹渗好后,第一时间送去给娘吃,恰巧大姐打电话来,说她很长时间没去看娘了。她询问娘的身体状况,并说这段时间娘千万别生病,要是生病如何是好。

我告知娘平安无事,大姐才放下心来。

晚饭后,我陪娘聊了会儿天,看娘气色还不错,就回转家,一宿无话。

正月二十,早上去看娘,娘脸色很不好,一开始,我问怎么啦,娘说老毛病,没什么,叫我别担心。在我再三追问下,才说她这几天不管吃什么,老是肚胀肚痛,恶心想吐。我说带她去医院,开始她说不想去,在我再三坚持下,总算答应去医院。

非常时期，生病去医院还得找村里开证明，开路条。这几年娘年年都得住院一两次，我和弟弟都有思想准备，送娘去医院做全面检查，打算住院好好治疗一段时间。

当打电话告诉两个姐姐，她俩都争着要来陪护，我告诉她们，先送娘去医院检查一下，等检查结果出来再定，要是不住院更好，住院再接她们，两个姐姐这才没有异议。

到医院后，我陪着娘挂号、抽血、拍片、检查，上午到下午，各项指标几乎检查个遍。检查结果出来，说娘有胃病，还有肺炎，医生说先吃点药，如果好了就没事，不好再来住院。现在非常时期，医院是最危险的地方，最好不要住院。

从医院回到家，已是晚饭时分，两个姐姐早已在家等候多时，妻煮好粥送过来，叫娘先喝点粥。大约过了一刻钟，我喂娘吃了药，再过了会儿，送两个姐姐回去。

等我晚饭后再去看娘，娘说自己肚子不痛了，好多了。陪娘说了会儿话，娘说自己累了想早点睡，叫我回去。我搀扶娘到床上，看娘安详地睡去，这才放心回家。

本文写于2020年2月10日

最大的心愿

已近三个月了,妻的脚仍不见好。每次经过一夜休息,早上起来好一点,过一会儿又肿起来。今早带妻去医院复查,检查结果出来,骨折愈合了,肿的原因是腿伤引起的血栓。医生说先开一个月药,如果药吃完还不见好,再来检查。

从医院回到家,大女儿已做好晚饭,我问,奶奶的菜送去没,女儿说已经送去了,并说奶奶又胃疼。

心急火燎地吃罢饭,我忙去看娘,娘说,已吃了药,好些了。

娘说:"早上你姐送来青团,当时我就跟你姐说,胃病不能吃糯米,你姐说少吃一点没事,结果吃了就肚子痛,我喝了两包午时茶,又吃了胃药,现在好些了,应该没事,你不要担心。"娘再三吩咐,叫我这几天什么菜都不要送,实在吃不下。

我贴在娘的耳边,叫娘想一想,想一想,再想一想——有什么想吃的菜?

结果任凭怎么问,娘都说不要,说粥还有咸菜就好,叫我不要操心。虽说是娘实在吃不下,我到底是于心不忍哪!

晚上同妻一起去看娘,娘拉了拉身边的椅子,示意我坐下。聊了一会儿,我试探着问娘吃什么东西,叫娘想一想,明天好去买。可任凭我怎么问,娘都说不要。

想来想去也想不出娘想吃什么,于是我又抱着试试看的意思问娘:"想不想吃豆腐渣?你已经很长时间没吃过了。"

没想到娘一下子就答应了：要。回答得从未有过的干脆。在得到娘的肯定后，我着实高兴。

终于，娘的菜有了着落了。

第二天一早，我就去菜场，店家说，现在谁还吃豆腐渣？偏那店家认得我，用狐疑的眼光看着我（大意是：大老板还吃这个？），笑着说，豆腐渣现在都没人要了，你还兴吃这个？

当我说明来意后，并说豆腐渣里最好还要多加些豆浆才好，店家这才恍然大悟，爽快地答应明天一定带来。

过了一天，我去菜场买来豆腐渣。娘喜欢咸些的口味，要多放点腊肉和鲜大蒜，这样烧出来才香。妻的厨艺棒，烧得也很用心，不一会儿就烧好了。我赶紧给娘送去，娘高兴极了。

等我饭后再去看，娘越发高兴了。说中午的豆腐渣烧得又香又好吃，光豆腐渣她就吃了半碗，中午吃得好饱。说完，娘有点不好意思地笑起来，并说自己现在吃得下饭，身体已没事了，叫我放一百个心。

这几天从没有见娘如此高兴过，欣慰之情油然而生。

余生，我最大的心愿就是希望娘身体健康，高高兴兴，长命百岁，没有什么比这个更重要的了！

本文写于 2020 年 5 月 16 日

端午节

今天是2020年的端午节,一大早打开手机,铺天盖地都是祝福语。邻里街坊,炊烟袅袅,粽子飘香。

家乡的端午节,颇具地方特色。每年一到端午节,家家户户的门窗上都交错斜挂着菖蒲剑和艾草,还要在居家四周喷洒雄黄酒。传说菖蒲剑能镇妖除魔,艾草能避邪驱瘴,雄黄酒能使百虫莫入。

小时候的端午节,父亲总手捧一碗雄黄酒,先含在嘴里,再鼓足劲往门前、屋后和墙角四周喷,那雄黄酒的香味四处弥漫,很是好闻,让我至今难忘。喷好后,父亲还要在我的额头、脸上、手上、脚上抹点雄黄酒,说能防夏天蚊子叮咬。雄黄酒年年抹,蚊子照样年年叮。父亲却还是年复一年照样抹,直到我高中毕业外出打工抹不到为止。

夏秋季节是蚊子最多的时候。"七月半,蚊虫如打钻"这句俗语,就是蚊子毒辣的写照。假期时帮父亲干农活,那蚊子好像认人一样,专来叮我(后来才知道自己的血型是蚊子最喜欢的那种)。我浑身上下被叮得肿起无数个包,不挠难受,挠完又痒又痛,挠得满身都是血印。

父亲看到后,心痛得直叹气,说:"吕富,你不是种田的命,你生在我家是投错了胎,进错了门。爸无能,给不了你好的生活,以后人生的道路只能靠你自己走。在学校一定要好好读书,将来用知识改变自己的命运……"

往事如烟,似梦非梦,萦绕在我的心头,好想念天国的父亲!

吃过早饭后,我到楼下,只见扇扇门窗上都挂着菖蒲剑和艾草,端端正正，还是小时候的模样。只见娘正在专注地往墙角喷洒雄黄酒，认认真真，仔仔细细，生怕有一点点遗漏。我想去帮忙，娘不让，说我不会。尽管她累得气喘吁吁，还是坚持着。

对于传统习俗，娘非常重视，在娘心中，这关系到子孙后代的兴旺发达、平安健康，马虎不得。因此，一年四季每逢重大节日，娘总放心不下，非要自己主持才觉得妥帖。

家乡的端午节还有晚辈送长辈的风俗，一到端午节，儿女们和晚辈们大包小包地往长辈这里送。我们家兄弟姐妹多，人丁兴旺，端午节这天，娘这里是最热闹的，你来我往，送钱送物。娘整天忙着招待，高兴得合不拢嘴。

端午节粽子是必吃的。超市里包装精美的粽子，娘不喜欢，娘喜欢自己包的白粽。青青的粽叶包着雪白糯米，用棕榈叶扎紧，再放锅里煮熟。前几年娘还能包好分给我们，这几年娘老了，包不动了。妻知道娘喜欢吃自己包的白粽，每年都早早包好给娘送去，娘不知有多开心。

本文写于 2020 年 6 月 25 日

异乡明月夜

今晚月儿特别圆,可是不在故乡,而在异乡!

来新疆旅游第八天,晚上很是挂念娘。虽说小别才数日,可内心总感觉空落落的,跟少了什么似的。

记得出发的那天早上,我去向娘告别,娘说她现在没事,能自己做饭给自己吃,叫我好好在外,不必牵挂。

当我说这次去新疆旅游,整个行程要十多天时,娘不由自主地"啊"了一声,并用一种很特别的眼神看着我。不过,这种眼神一闪而过,娘马上就说没事没事,装作轻松地站起身来,说要送送我。

我搀扶着娘,一起到楼下。

上车后,放下车窗,向娘挥手告别,娘站在路边,怔怔看着我,久久不忍离去。

都说父母在,不远游。我顿生悔意,内心不安。

今晚住在独库公路旁的奎屯,边上是那拉提大草原。已是晚上十点半了,太阳才刚刚从天山下去,圆圆的满月,早已静悄悄挂在蓝蓝的天宇中。天山顶峰的积雪,千年不化的冰川,在月光下熠熠生辉。

这次旅游,我们一行四人,我和妻子,还有两位博士朋友。晚餐罢,我们来到草原上散步,天南海北地聊着,博士朋友渊深的学识,令我肃然起敬。

踏着软绵绵的草地,沐着如水的月光,我们流连忘返,陶醉在边疆的风光里。

聊着聊着，忽然聊到昨天在喀纳斯湖旅游时，看到的一个感人场景：四个儿子抬着轮椅上的老娘，行色匆匆，后面跟着两个女儿提着行装，老人家年龄很大了，看样子都快九十岁了，斜躺在轮椅上。喀纳斯湖的天气有点凉，气温只有十来度，四个儿子却抬得满头大汗。

面对这突如其来的场景，所有游客都震惊了，不由自主地齐刷刷退到两旁，并以最敬佩的目光目送这一家人，让他们先过。有的还举起双手，竖起大拇指，由衷地点赞。

当时，我们感动极了，平生第一次碰到这种震撼的场景。本想拍几张照片，又怕打扰他们。

后来，我们调侃说，要是当时能拍下来，发到网上，没准能感动一代人也说不定。

现在想起来非常遗憾。

而后话题不约而同地聊到了父母，都说我们这代人的父母实在太苦了，以前条件差，想吃没的吃，更别说旅游了。现在条件好了，儿女想带他们旅游，他们却已经走不动了。言下，我们都十分愧疚。

月光下，朦胧中，每个人的双眸都似有晶莹泪花。

恰在这时，手机响起，接通后，听到是娘的声音。她急切问我在外怎么样，好不好？她说她好担心，并叮嘱我在外小心，不安全的话早点回来。

我告诉娘在外一切安好。娘这才放下心来。

由于连日旅途劳顿，到宾馆洗漱罢，一躺到床上，就迷迷糊糊进入了梦乡。我梦见自己背着娘，在茫茫大草原上漫步，看着雪山草原，遍地牛羊，娘是多么地快乐开心。可又想到，这次带娘出来旅游，新疆离家几千公里，娘年纪那么大，又会晕车，回去路上可怎么办啊？

吓出一身冷汗，我骤然惊醒，原来是一场梦。

明月上天山，苍茫云海间。

此时，离家几千里，异乡明月夜，想着晚间娘来电话的殷切情景，想着"儿行千里母担忧"，想着刚刚的夜半惊梦，看着窗外的天山夜月，浓浓的别绪才下眉头却上心头！

本文写于 2020 年 7 月 10 日

时光时光再慢些

挨过了春天，挨过了夏天，转眼到了秋天。娘的身体并没有好一点点。

今年以来，娘吃的饭越来越少，吃的药却越来越多。

瘦骨嶙峋，弱不禁风，有时我甚至不忍多看，不忍多写。多看几眼，多写几行，都有种酸涩想哭的感觉。

今早去看娘，送了一碗绿豆粥过去，娘也刚刚起来，见我送的是绿豆粥，还算高兴。

我问娘，这几天身体怎样，娘说，坐着没事，但一想起来走动，就感觉双腿麻木，好像踩在空中一样，不抬头还好，一抬头就天昏地暗，头晕目眩，好像要跌倒。

我想带娘去医院，娘说，她没病，前几天镇卫生院来村里体检过了，血压正常，B超检查也没事，大概是老了的缘故。

我知道娘是太虚弱了，这段时间好点的东西吃不下，每餐半碗米粥，配着咸菜，唯一有营养点的，就是每天一瓶纯牛奶。

妻贴在娘的耳边，叫娘想一想，再想一想，想吃什么菜，她好去给娘做。娘一个劲地摇着头。

中午下班回家，妻叫我给娘送菜吃，菜是烧得软软的红烧猪蹄，和几样小菜。妻说，娘的身体太虚弱了，吃点有营养的，也许会好一点。

我说，不知道娘吃不吃得下。妻说，先送去再说。

送去后，娘先是说吃不下，要我端回。我再三央求，叫娘硬吃也要吃点下去，不然身体好不了。语气里带了点命令的味道。

娘说，她也想吃，可是吃不下啊，有什么办法呢。

看着娘这么吃不下，我急昏了头，冲着娘大声说："妈，这个你说吃不下，那个又说吃不下，叫我们怎么给你做饭，你到底想吃什么啊？"

娘惊恐了，嗫嚅地说："儿子，妈不是嫌你的饭菜做得不好吃，是真的吃不下啊！"说后，像做错了什么事似的，一脸不安地看着我，又马上低下了头。

出了娘的门口，心猛然一惊——我向来在娘面前和颜悦色，说话轻声细语，处处赔着小心，这回怎么会这样？怎么可以对娘大声嚷嚷？

我肠子都悔青了！

第二天下午，大姐来到我办公室，说："早上去看娘，娘同我讲，你每天好菜好饭地送过来，可她就是吃不下，叫你端回又不肯，倒掉又浪费。她说，昨天看你好像有些不高兴了。叫我同你讲一声，她真的不是"嫌吃嫌饭"（娘的口语，指嫌饭菜不好），是真的吃不下，叫你别生气，说她对不起你。"

我听后只一声长叹两行泪，无言以对……

时光时光再慢些吧，不要再让娘变老！假如能够，我愿用我的一切，换娘长命百岁！

本文写于 2020 年 8 月 3 日

娘喜我喜

一大早妻就叫醒我，说娘这几天身体不是很好，腿脚又不便，叫我赶紧起来去看看，别有什么闪失。她还说，八宝粥烧好了，赶紧送去，别把娘饿着了。

我一骨碌爬起来，没洗脸没刷牙，赶紧给娘送去。

推门进去，娘睡得正香。粥放下，人退出。

等我吃好早餐再过去，娘已在吃了。看到我来，笑了笑："就知道八宝粥是你送的。"

我急着问："妈，昨晚睡得好吗？身体好一点了吗？"

娘说："昨晚睡得很好，身体也稍好一点了。雪花烧的八宝粥好好吃，一碗都快吃光了。"

娘有说有笑，看样子还可以。

我说："妈，身体好了就没事，如果不好，还是带你去医院全面检查一下。"

娘说："过几天再看看，好了就不去，不好再跟你说。"

我说："午饭做手打面，妈你不要自己做饭。"娘先说不用，在我再三央求下，终于答应了，并叫我多带点汤，煮软和点，少送一点。我一一答应，并转告妻。

中午妻煮好送去后，娘挺高兴，我饭后再去看，娘一碗面都吃光了，并说她胃口好了，身体也好一些了，应该没事了。

晚饭的时候，送了一小碗红烧萝卜过去，娘也刚吃上饭。她笑笑说:"有差不多一个月没吃过米饭了,想到你昨天送来的猪脚,抱着试试看的想法,用电饭煲炖了一下,将猪脚汤浇到米饭上,没想到那么好吃,肉也吃了一块。"

说着说着,娘就开心地笑了起来。

晚上八点的时候,小女儿、小女婿打电话来,说奶奶身体不好,他们要来看看。

娘有早睡的习惯,怕娘睡去,我同妻一起陪娘聊天,等着他们来。

当听说他俩特地从椒江(台州市市辖区)赶来时,娘马上拉下脸,责怪我不该答应让他们来。

当看到小女儿、小女婿送的是铁皮石斛时,娘说我以前买给她吃过,挺贵的。约略一算,加起来要几千元,娘心疼得不得了,又埋怨起我来。

当小女儿、小女婿说,奶奶你身体弱,铁皮石斛吃了提高免疫力,对身体有好处时,她马上又高兴起来。

说着说着,娘就从椅子上站起来,要走给我们看,我想过去扶,娘不让,在客厅里走了好几个来回。那模样有如我小时候蹒跚学步,在等着娘的夸赞。而现在却是娘,期待着儿孙们的夸赞。

走过后,娘又反复说,她今天吃也吃得下了,睡也睡得香了,脚也走得稳了,头也不昏了,身体好了,喜悦之情溢于言表。

本来这几天我很是担心,现在终于可以稍稍放下心来——娘喜我喜!

本文写于 2020 年 8 月 28 日

侍母一日

去年七月半，娘大病初愈，可还是硬撑着，帮我们主持祭祖。

今年七月半，娘实在撑不住了，住进了医院里。

早上起来去看娘，告诉娘晚上做七月半的祭祖仪式，叫娘来主持，娘说好，但样子郁郁寡欢，像霜打了一样。

我问娘，身体有没有不舒服，娘吞吞吐吐，想说又不想说。在我再三追问下，娘这才说她昨晚睡到半夜的时候双脚麻木、抽筋，而且还胃疼，浑身不舒服，半宿未眠。

我说："妈，我马上送你去医院。"娘说："要不今天先不去，等过了七月半，明天再去，我怕你们做不来仪式。"

娘是怕自己不在，祭祖大事，我们做不妥帖，她放心不下。

我把娘的情况跟妻一说，妻说："娘的病要紧，耽误不得，你赶紧送娘去医院。祭祖仪式我们自己来，娘终有老去的时候，迟早都要自己来的。"

于是我同妻一起劝娘马上去医院。娘犹豫了一下，说："我去医院，下午祭祖你们不会怎么办？"话里话外，娘依然不放心。

妻说："都那么多年了，都跟你学会了，你放心去医院看病，我们会的。"娘这才答应去医院。

我同弟弟一起，送娘到医院，等办好住院手续，已到吃午饭的时候，问娘中餐吃什么，娘说随便。娘很挑食，一句随便，倒使我犯了难。想到娘胃不好，我试着问娘，馄饨行吗？娘说好。

买来馄饨，我想喂娘，娘不让，于是我坐在一旁看着。娘要我们也去吃饭，说她吃得慢，不知道要吃到什么时候，叫我们不要等。

当我们吃完饭回转病房时，娘一碗馄饨也吃光了。她说，中午馄饨好好吃，吃得很饱，看样子状态不错。

下午两点，主治医生上班后，我去跟他沟通，要用最好的方法治疗，做全面检查。

检查完，已是下午四点，医生说，娘的病很多，气管炎、肺炎、心脏病、血栓，毕竟老人家年纪大了，也是没办法的事情。

接着，医生开好药，护士给娘输液。娘输液的时候，我一边陪娘说话，一边剥葡萄给娘吃。娘不好意思，说等输完液她自己来。我坚持要喂，娘顾及我的面子，像一个听话的孩子，张开嘴，一颗一颗吃着我剥好的葡萄。

这一刻，情怀暖暖，欣慰满满。那一颗颗甜甜的葡萄，仿佛就是眷眷赤子之心。这一刻，我内心才觉有些许安慰，才觉有报娘恩之万一。

输完液已是下午六点，我问娘，晚餐吃什么？娘说，输完液已经好多了，想吃米饭。我问：吃什么菜？娘说，买点咸菜就好。

买了一盒饭，一盒菜。菜是双拼，一半咸菜，一半是骨头烧黄豆。饭店的饭是蒸出来的，有点硬，我担心娘吃不下，没想到娘说挺好吃。娘晚餐吃了半盒饭半盒菜，剩下的我收起来想倒掉，娘不让，说她等会儿还想吃一点。

到晚上八点左右，二姐来了，说晚上让她陪娘。又过了一会儿，陆续来了很多儿辈、孙辈、玄孙辈来看老人家，娘越发高兴了。

这几年娘年年生病，年年住院，唯独这次是最有惊无险的。

侍母一日，分分秒秒待在娘身旁，偏偏是在娘生病的时候，在病房里。

惭愧呀！

本文写于 2020 年 9 月 2 日

望断秋水

早上起得很早，妻知道我一定是惦记着娘，睡不着。

我说："今天去陪娘，让二姐回来，她身体也不好，别累坏了。"

妻争着要去陪，叫我把她送去，接回二姐。

到医院后，娘刚吃了早餐，说吃了满满的一碗粥，吃得好饱，说她身体好了，叫我跟医生说一声，让她出院回家。

我跟医生一说，医生说，再输两天液，观察一下，没事就出院。我把医生的话告诉娘，娘说也好。

晚上我本想陪娘，妻争着要陪，于是我告别娘，送二姐回家。

第二天中午，我刚吃饭，妻打电话来，说娘一定要叫她打电话，告诉我，娘中餐吃得很多，说我知道会高兴的。娘又怕她忘记，重复说了好几遍。她都打过电话了，娘还问打了没。

知子莫若娘，再也没有什么比娘身体好更令我高兴的了，再也没有什么比娘吃得饱更令我高兴的了！

医院住了5天，娘今天出院了。

刚刚坐上车，娘就跟我说："趁着这次出院身体还好，脚能走，想去看一下你小弟。"

受疫情防控影响，监狱里暂停了会见，我已有半年多没见到小弟了，而娘更是两年多没见了，每每惦念，身体总是不允许。虽然监狱离家近在咫尺，但高墙内高墙外，却像两个世界，遥不可及。

我对娘说，现在还不能会见，等能会见的时候一定安排。娘好生失望，自言自语道："等能会见了，又不知我身体好不好？走得动走不动？还能不能见得着？"

娘还问我，小弟明年能不能出来，如果一两年内能出来的话，也许她还能等得到，时间长了，恐怕……

说完，长叹一声，拿手擦着泪水！

这几年娘年年生病，九死一生，唯一支撑的信念，就是盼小弟早日出来，一家团圆。

可一年一年地过去，春望到夏，夏望到秋，秋望到冬，慈母柔情，望断秋水，望白了头，独不见儿子归来……

之前，我瞒着娘，说小弟刑期只有四五年，娘算了算，到今年已经四年了，明年他应该就可以出来了。到明年的时候，不见小弟出来，娘会怎样想？我又如何面对？

此刻，我无言以对，不知说什么好，心情跌到了冰点。

有母难见，有家难回！这就是年轻时冲动的代价！

本文写于 2020 年 9 月 21 日

中秋节

今天是2020年国庆节,又是中秋节。国庆节撞到中秋节,双节交叠,实属罕见。

昨天,小弟打电话来,说现在疫情有所缓解,家属会见逐步放开,不过名额有限,要表现好的才可争取,说自己申请到一个名额,特想见见娘。我说,这样最好,正好娘也很想去看看你。小弟说现在规定只能妻子、女儿、娘可以见,兄弟姐妹暂时还不可以。

挂断电话后,我马上去告诉娘。娘说,她也很想去看看小弟,就怕要走那么多路,她走不动。她犹豫了一下,说还是不去了。

我说,小弟特地打电话来,最好去一下,不去的话,小弟会失望,到时候走不动我来背。娘这才答应。

娘今天起得很早,我下楼后,娘穿着崭新的衣裳已在车边等着了,白发梳得光亮,开开心心,精神矍铄。

到监狱后,排队、查身份证、测体温。

我向民警提出恳求,说娘年纪大了,腿脚不便,需要照顾,能不能通融一下,让我背进去,结果还是不行。于是交代弟媳还有侄女,如果奶奶实在走不动,就背一下。

进监狱大门后,懂事的侄女蹲下身来想背娘,娘不让。于是,弟媳和侄女一边一个扶着。

看着步履蹒跚、弱不禁风的老娘,想着高墙内的小弟,不知等会儿母子相见又是何等模样?此刻,心都碎了!

晚上，我们一家都到屋顶赏月吃月饼，特地去把娘请来。娘说她不爱吃月饼，两个孙女一边一个，一声声叫着奶奶，哄着想娘吃月饼，可是娘不管怎么哄都不吃，说她去年月饼吃多了，吃腻了，现在看到月饼就恶心。使我好生失望。

记得小时候的中秋节，娘赶集卖草帽回来，买来三个小广式月饼，每个切成两半，分给我们兄弟姐妹六人吃。哥哥姐姐们懂事，把自己分到手的半个，再切成两块，递给娘，娘摇头说她不爱吃月饼。递给父亲，父亲也摇头说不爱吃。分到我的半个，还未品尝出啥味道，就被我狼吞虎咽地三两口下肚了。

晚上，娘叫我迟些睡，去外面赏月，说中秋夜如果头上能滴到"月华水"，就能长生不老。娘的话我自是深信不疑。于是，我约上小伙伴，躺在溪边软绵绵的草地上，看着天上圆圆的月亮，数着满天星星，想着天上到底有没有神仙，月宫里嫦娥姐姐长得啥模样，盼着"月华水"能滴到我的头上……

少年贫穷的岁月，虽然灰暗，却也留下了许多故事。那一幕幕遥远的往事，像一枚枚刻在心头的烙印，惹人回味，惹人追寻……

娘陪我们坐了会儿，说了一会儿话，就说她想回去，而且心情很低落。我知道，娘还沉浸在白天会见的忧伤中。

中秋的满月，如玉盘静静挂在深蓝的天宇中，清辉普照着神州大地。静谧的夜，星星点点，时气新凉，秋虫唧唧。三三两两的流萤，扑闪扑闪地飞着。门前的桂花树，飘来一阵阵甜甜的暗香。

醉人的秋夜啊！

在这万家团圆的中秋夜，又有多少个家庭离散？不知高墙内的小弟是否也像我们一样有月赏、有月饼吃，此刻是否也像娘一样沉浸在悲伤中？

——我好惦念命运多舛的小弟！

本文写于 2020 年 10 月 1 日

父母本是在世佛

应供应商之邀，我去江苏一带出差。

出发前告别娘，说这次出差要五天左右，叫娘照顾好自己。娘说她现在身体好着呢，叫我放心去，并再三叮咛，说眼下正是秋冬交替季节，古人讲"三（月）八（月）生意实难做，一头行李一头货"，叫我多带点衣服，黄昏早晚凉（娘的口语），别感冒了。

近六十岁的人，商场滚爬几十年，出门无数次，可我每次出门，娘都不忘叮嘱一番，仿佛只有这样才放心。

我15日出发，20日回来，到家将近晚上10点。车一停下，就急着想去看娘，看娘房间灯没亮，知娘睡着了。

碰到一位员工，我叫他过来，询问娘的情况，他说，下午还看见她在楼下走，就是这几天天气转凉，好像哮喘厉害起来了。

想去看看，我又怕吵醒娘，不去，又惦记着。犹豫了一下，决定悄悄地去看娘一眼。

娘知道我经常来，常年门虚掩着。我悄悄推门进去，不敢开灯，只打开了手机的手电筒。没想到这么一点光亮，还是惊醒了娘："是富儿吗？"

娘一骨碌从床上爬起来，慌慌忙忙，动作之快，我来不及去扶，她赤着双脚，穿着单衣，过来迎我。

我赶忙上前，扶娘回床上，给娘盖好被子，娘斜靠在床上，我怕娘受凉，拿了一件外套给她披上。

侍母记

从前听说过一个故事，说有位小伙子笃信佛教，弃家别母，千里寻佛，皆寻不着。终于有一天碰到一位得道高僧，高僧看小伙子执迷不悟，暗自叹息：世上哪有佛，父母才是在世佛。他叫小伙子打哪儿来回哪儿去，到日暮投宿，肯为他开门，并且赤着双脚，穿着单衣的那位就是佛……

我听后大为感动，仿佛心灵受了一次洗礼！

而现在，外出才短短数日，娘就急成这样，忘了穿鞋，忘了穿衣，问长问短，细细打量，仿佛久别重逢。想象得出，小别的几日，娘是如何地思念我啊。

在这寒冷的冬夜里，坐在床前，陪着娘，重温着古老的故事，给娘讲这几天游览的名胜古迹，比如"姑苏城外寒山寺，夜半钟声到客船"的寒山寺；比如"旧时王谢堂前燕，飞入寻常百姓家"的乌衣巷；比如背靠灵山、面朝太湖、左青龙右白虎的灵山大佛……一边说一边还将这几天拍的照片翻给娘看，娘双眼放光，看得专注，听得入迷！

娘未老时，为一日三餐累死累活，温饱尚且难以维系，更别说旅游了。而今条件好了，儿女有心想带娘出去旅游，娘却老了，已走不动了，遗憾啊！

——父母本是在世佛，何须千里拜灵山！

本文写于 2020 年 10 月 22 日

岁岁重阳

又见秋风起,又见秋草长,又见百花香(在临海,重阳节百花重开),又见落叶满地黄。

今又重阳,岁岁重阳……

屈指算来,不知不觉间,父亲离我而去已有十八年,娘亦行将九十,留不住的光阴啊,去之何迅!

一大早,我给娘送去一碗八宝粥,娘已经起床,说我送来正好,她还没吃早饭,说今天是重阳节,问我知道不?她还说,早上老年协会有茶话会,等会儿就去。看得出,娘的精神很好。

中午妻早早做了长寿面,叫我赶紧送去。娘已经回来,见我送面来,很是高兴,说早上老年协会准备了很多水果点心,特地把八十五岁以上老人安排在一起,几千人的一个大村,结果八十五岁以上的老人还坐不满两桌,言下之意,是说自己也算是老寿星了,娘满心欢喜。

今年重阳节恰逢星期日,两个女儿,两个女婿,两个小外孙都来了,妻忙了整整一个下午,做了满满的一桌菜,又特地做了娘喜欢吃的红烧猪蹄,还有娘平时喜欢吃的小菜。开席前,我开着玩笑:"晚上谁去给'老太君'送菜呀?"话音刚落,一家大小都争着要去,两个小外孙格外急切,几乎要夺门而出。

为给娘送点小菜,一家大小"浩浩荡荡",到娘家后,娘那个高兴啊,无法形容。娘说,今天茶话会,老人们都羡慕儿女晚辈们对她的好,说这是她前世修来的福分。

看罢娘，晚宴正式开始。每当团聚的时候，我都想对下一代进行"忆苦思甜"教育，说现在的日子多好，多么的幸福，说自己少年时吃不饱穿不暖，十七岁高中毕业，娘借了三十元路费给我外出打工，后来自己创业，到现在有员工几百名，公司年产值过亿，自己也收获了满满的自豪感。他们以为我在编故事，说大话，一个个摇着头，似懂非懂，说老爸又来了，现在都什么年代了，还经常讲这些陈词滥调，有意思吗？说得我无语……

父母辈年轻时，上无片瓦，下无寸土，饥寒交迫，缺衣少食，艰难困苦，到后来能吃饱穿暖，知足常乐，笑口常开；到我们这辈，通过几十年的打拼，积累财富，今昔对比，幸福满满，常怀感恩之心，常思一衣一食来之不易；而下一辈呢，则是生来物质条件就好，只有甜没有苦，从小在温室中长大，吃得好穿得好，看似啥都不缺，实则欠缺很多，到底缺什么呢，现在不知，总有一天会懂的。也许，此时是我赘语了。

> 妈妈给孩子再多，
> 　总感到还有很多亏欠。
> 孩子给妈妈很少，
> 　都说是孝心一片。

这是刘声东先生写给妈妈的一小段祭文，说得格外贴切。

娘越来越老，我自己年纪也越来越大，身体也大不如从前，很多时候都感觉力不从心。上有老下有小，身上的责任好重，肩上的担子好沉。中年男人，怎一个"累"字了得！

本文写于 2020 年 10 月 25 日

给娘添寒衣

入冬了,西北风呼啦啦地刮着,这几天又是冷空气,气温骤降,是给娘添寒衣的时候了。

妻想带娘去集市上买衣服,娘说衣服多的是,不去;两个姐姐想带娘去买,娘说都行将就木了,已经穿不了啦,不去。

说实在的,我们兄弟姐妹现在条件都很好,给娘买衣服的钱,可以说是忽略不计了,更何况老人的衣服本身就便宜。可娘不那么认为,平时花钱,甚至一元两元都在算账。

以往娘的衣服大多是妻还有两个姐姐买的,结果十次有八次不合身,娘实在太瘦小了,很难买到合身的衣服。

这次是我出的主意,叫妻同两个姐姐带上娘,一起去买,让娘当场试。而且出发前还要瞒着娘,说是别的事情要娘一起去,明说买衣服娘肯定不会去。

我事先安排好,叫外甥媳妇开车在楼下等,单纯的娘,信以为真,欣然上车。

结果到集市,一发现是给她买衣服,娘一下子生起气来,立马要回家。

妻同两个姐姐还有外甥媳妇,连哄带劝,说既然来了,先看一看,试一试,有喜欢的就买,不喜欢不买就是了,娘这才无话。

看了很多店,试了很多衣,贵的合身的娘舍不得买,妻同两个姐姐都付钱拿衣服了,娘生气发急,逼着她们退回去,便宜的,又没有合身的。到后来,娘生气了,说要买你们买,你们不回去我自己回去,说完掉头就走。

妻和两个姐姐她们陪娘白白忙了一个上午,结果一件衣服都没买成,弄得哭笑不得。

妻回来后同我一说,我笑着对她说,你们办法欠妥,下个集市我带娘去买,一定能买成。妻笑笑,以为我说大话,不相信。我说你等着瞧。

娘生在缺衣少食的时代,衣服是"新三年,旧三年,缝缝补补又三年",一块钱恨不得掰开当两块用,养成了艰苦朴素的习惯,贵的衣服怎么舍得买呢?妻和两个姐姐恰恰忽略了这一点。

我一大早去娘那边,跟娘说,娘,你的眼光好,陪我去集市上买衣裳,娘谦虚地说,她有什么眼光,衣服你自己去买,我说娘陪我一次嘛,万一以后没机会了,娘犹豫了一下,想想也是,便答应了。

娘不知,我几十年没在集市上买过衣服了,为给娘添件寒衣,诚实如我,才编出这么个谎言来。

到集市后,我假装去男装店转了转,像模像样地试着衣裳,娘深信不疑,帮我参谋着,而且那么认真,一丝不苟。

转着转着,我有意转到老人的服装店里,我对娘说,娘,我帮你挑件衣服,难得一起出来,看看我的眼光,看看我为你选的衣服好不好。我这样说,娘自不好意思推却。

娘在试衣服时,我跟店家说,等会儿我娘问起衣服的价钱,要说低一点,二百说五十,一百说二十,不管多少钱,我用手机扫码支付,不然买不成,店家会意笑笑。

交代好店家后,我又贴在耳背的娘耳边,大声说,这家店的衣服又好又便宜,鼓动娘多挑几件,娘信以为真。

挑了一件衣服,一条裤子,一双鞋,娘问我,要多少钱?我说两百不到，娘说这家店价格便宜，衣服也不错，欢天喜地。

怕娘反悔，我赶紧拿手机扫码付款，还想带娘再去别的店看看，再买几件，娘却说什么也不买了。

接着，娘又说我衣服没买好，念叨着这次来是帮我看衣服的，她买好了，我没买好，样子很愧疚。我说，娘，这次已经走了很多路，怕你吃不消，要不下次吧，下次帮我选，娘说，她也有点走不动了，这样也好。

再过两个多月，就要过年了，过了年，娘就八十九岁了！我们小时候，娘自己饿着，让儿女们吃饱，自己冻着，给儿女们穿暖。几十年了，娘不知为儿买了多少衣服，添了多少寒衣，而今儿第一次陪娘买衣服，第一次给娘添寒衣，还要刻意编出这么个"谎言"来，我心头不禁五味杂陈，泪眼蒙眬……

　　　　　　　　　　　　本文写于2020年11月6日

哄娘吃苹果

娘年纪越来越大了,越来越挑食了,越来越吃不下东西了!

白粥、淡饭、咸菜,几乎是娘的全部饮食。海鲜不吃,肉食不吃,新鲜蔬菜不吃,水果也很少吃,而必须吃的,是一日三餐的药。药吃多了,大便干结拉不出,娘往抽水马桶上一坐就是半小时,看着让人心疼。为了滑肠,医生叫娘无论如何都要吃点香蕉、葡萄之类的水果,医生的话娘果然听,因此,娘每日都会吃一点葡萄、香蕉。

女儿知道我喜欢吃苹果,特地去水果超市买了上好的野生苹果,那苹果果然好,切开里面全是冰糖心,又脆又甜,好吃得不得了。

妻装了一袋,叫女儿给奶奶送去。我说这样送去,娘肯定不要,以往送去的苹果,她都说又硬又酸不好吃,没有一次要的,你得先削好,切成薄片,拿去叫她尝一下,她说好吃再送,不然你白跑一趟。

女儿赶忙削了一个苹果,切成薄片放在碗中,我们仨一起送去,娘见孙女送来苹果,说奶奶老了,咬不动。她无论如何都不肯吃。

两个女儿一边一个贴在娘的耳边,说这个苹果好吃,跟以往的不一样,又脆又甜,奶奶无论如何都要尝一尝。说着大女儿拿起一小片苹果往娘嘴里塞,娘拗不过宝贝孙女,吃了起来。尝过一小片后,娘不由自主地笑了,说这次的苹果真的又脆又甜,太好吃了,等不及孙女送,又自己拿起来吃,吃得津津有味,边吃边笑,夸宝贝孙女好,把我们都逗笑了。

见娘爱吃,小女儿急忙去把那袋苹果提来,两个女儿一边一个贴在娘的耳边,叫奶奶每天无论如何都要吃一个苹果,这样对身体有好处。她俩说,奶奶你一天吃一个苹果,平平安安;一天吃一个苹果,健健康康;一天吃一个苹果,长命百岁。

两个女儿一边一个,左一句右一句,好像说相声似的,变着法子哄娘开心,哄得娘团团转,娘高兴得合不拢嘴。

而这一刻,我仿佛是多余的,晾在一旁没话说,只有心里偷着乐!

本文写于 2020 年 11 月 20 日

看望姨妈

今早，我正准备去上班，娘已站在我的车旁，问我什么时候有空，说姨妈（娘唯一的亲妹妹）身体不好，她想去看看，想妹妹了。话语里有种殷切的思念和期待。

我说，娘，你想去，什么时候都可以。娘说，那就下午去，我说好的。

中饭后，我稍事休息，娘早已在门外等候，手里拿着一小袋苹果，我问，娘，带这几个苹果干什么？娘说，这是我前几天送过去的苹果，她舍不得多吃，特地省下来，这次去看姨妈，带给她尝尝。

我说，娘，苹果有的是，不要省，喜欢就多吃。一旁的妻接过娘手中的苹果，想拿回去。

娘不明就里，急了，想拿回来。我贴到娘的耳边，说，送姨妈的苹果从我家里拿，有的是，这些苹果你自己吃。娘这才无话。

我扶娘上车，开到超市，问娘买什么礼品，娘说买箱牛奶，买把香蕉，买几串葡萄，再买箱饼干。我问娘还要买什么，娘说，够了，多了吃不完，下次看姨妈时再买。

明明是妻扶娘上的车，开出一段路后，娘才突然想起似的，说："雪花呢？是不是刚才上车忘了，把她一个人落在超市里了？你赶快回去接。"

坐在后座的妻"哧哧"地笑了起来，假装不在，逗娘开心。娘耳背，自然听不到。

看我还不开回去，娘更急了，一个劲地催我，我笑着大声叫娘回头看。一看妻在车上，娘哑然失笑："瞧我这记性！"

开车去姨妈家就几十分钟路程。少年时走路去，要两个多小时。那时我家穷，姨妈家稍好一些，碰到饥荒，家里无米下锅，娘就给我一个米袋，叫我跑快点，去姨妈家背几升米回来。

到姨妈家后，她看到我手中的米袋，就知道咋回事了，赶紧盛上四五升米。有时看时间还早，就给我做点吃的，迟了，就给我口水喝，叫我赶紧回家，别耽误了我娘做晚饭。

回来路上，我是紧赶慢赶，半走半跑，夏天大汗淋漓，冬天汗湿衣衫。而此时，娘早已站在门外张望，赶紧接过米袋，生起炊烟……

姨妈家地处平原，土地肥沃，物产丰富，是个名副其实的鱼米之乡，小时候听娘说过两句民谣："开石下洋三年不发洪水，户户人家变财主。"开石下洋指的就是外婆、姨妈住的这一带。

想起来至今仍心有余悸的一次，是初一的一个夏天，放暑假的一个午后，刚发了大水没几天。娘又给了我一个米袋，叫我去姨妈家："小鬼，跑快点，快去快回，等你回来烧晚饭。"

由于姨妈家地处低洼，河道密布，沟渠纵横，尽管雨停了有好几天，可洪水依然没退，到离姨妈家一里路的地方，路上白茫茫一片，犹如汪洋大海，我胆怯了，双脚不由自主地往后退。可想到出门时娘的叮嘱，又马上卷起裤腿，提着雨鞋，小心摸索着路径往前走，结果一不小心踩了空，掉到沟里，水一下没到头顶，我咕噜咕噜喝了一肚浑水。我奋力游到沟边，抓住沟边的垂柳，拼命往上爬……

我再也不敢往前走，落汤鸡似的跑回家。娘看到我这般模样，就全明白了，抱着我大哭。这一晚，全家人饿着肚子，默默无语，没有了往日的欢笑……

往事如烟，拂去还来。一晃四十多年过去了，多少往事涌上心头！

而今两位娘皆已年过杖朝，一位生我养我，养育之恩山高水深；另一位是我的至亲，对我家有大恩大德。娘身体不好，腿脚不便，聋如板壁。姨妈老年痴呆，卧病在床，有时连自己亲儿子都认不得。姐姐说的妹妹听不懂，妹妹说的姐姐听不清。姐妹俩一个说东，一个说西；一个八十八岁，一个八十六岁；说到高兴就笑，说到伤心处就哭。四只手紧紧拉在一起，唠唠叨叨，看似滑稽，实则心酸！

我和妻静静待在一旁，尽量不插嘴，让两个娘待个够，说个够，笑个够，哭个够……

临别，长期患老年痴呆的姨妈，却出奇地清醒，紧紧拉着娘的手不放："姐，你别哭，别难过，我没事，你自己保重身体。"说后轻轻放下娘的手，悄悄侧过身，掩面而泣。而娘则手抹泪水，一步三回头……

扶娘上车后，回想着往事，我不禁感慨万端，潸然泪下……

本文写于2020年12月8日

悼念方妈妈

晚饭后,我去陪娘,正聊着,忽然接到方哲平同学的电话。

他先问我,老娘怎么样,身体好不好,并说,我们这一代的娘,能活到这么大年纪,实在不易,叫我好生照顾,并替他问好。我将哲平的话一一转告,娘嘱我代为致谢。

当我问他娘的情况时,电话那头静默了。过了一会儿,才传来悲戚的声音:"吕富,我娘今天走了,享年九十岁!不说还好,一说起娘,满眼都是泪啊!"说到这里,电话那头传来低沉的哽咽声……

惊闻噩耗,又是那么的突然,我没有一点思想准备,不知说什么好。过了一小会儿,才低声说:"好兄弟,节哀顺变,照顾好自己。"就再也说不下去了。

此刻,语言是多么的空洞和乏力,沉默也许是最好的安慰。

哲平是我高中同学,寝室里我们睡上下铺,毕业后关系一直很好,好到以兄弟相称。

今晚的电话,使我感慨颇多,哲平的娘刚刚去世,他却强忍悲痛,没事人一样,首先问我娘一大通好。

哲平是台州医院顶级专家,每当我的家人生病住院,他都极尽关照。特别是近几年,我娘年年生病,年年住院,哲平对我娘更是关怀备至。我娘生病住院,他百忙中日日看望,以至我娘常挂在嘴边,念叨他的好。他娘生病住院一个多月,直到去世他才告诉我,这使我心里很不是滋味。

侍母记

认识方妈妈是高中的时候，每到假期，我们这些懵懂少年都会相互走访，加深同学情谊。记得那是一个夏天，我走了两个多小时才到哲平家，到时，天空忽然下起了淅淅沥沥的雨。方妈妈见是儿子同学来访，很是热情，拿出家里仅有的一点白面煮给我吃。

哲平家住在两间破旧的吊脚楼里，楼上没有一块木板，屋中央孤零零立着几根柱子，四面是土墙，墙上留着几个小窗，用尼龙薄膜蒙着。屋顶的瓦片残缺不全，透着一个个亮孔。方妈妈煮面时，头上还戴着笠帽，外面下着大雨，屋里面落着小雨，点点雨水落到灶台上。泥土地上一片泥泞，走路的时候都得小心，以免打滑。

面煮好后方妈妈端上来，仅仅两碗，我这碗稍满一些，哲平那碗稍空一些。我们吃的时候，方妈妈坐在一旁跟我们聊着天，并谆谆叮嘱我们要好好读书，用知识改变贫穷的命运，要珍惜同学的纯真友谊，话虽不多，却意味深长。说话间，还有几滴雨水落到碗里……

往事历历，犹如昨日。

而今我尚有娘可侍，我的好同学哲平却没了娘。

此刻，坐在娘的身旁，我默默无言，潸然泪下！

心怀沉痛思念，寄托无尽哀思，天堂路远，祝愿方妈妈一路走好！

本文写于 2020 年 12 月 30 日

红薯干

这段时间娘食欲很差,每次送菜去都说不要,真想不出做什么给娘吃。前几天亲家托人捎来了一大袋鲜红薯,妻想鲜红薯不易存放,因此将红薯削皮后切成薄片,晒成干。

妻想娘可能爱吃红薯干,晒干后第一时间烧给娘尝尝。而且烧得特别用心,放上了冰糖和蜂蜜,烧得软软的,烧好后盛了满满一大碗,第一时间送给娘。

娘见送来的是红薯干,惊奇得双眼放光,问我哪里来的,说自己很多年没吃过了,高兴得不得了。说完马上拿来筷子,急着吃起来。

由于娘吃得太急,以至于拿筷子的手都在颤抖,那模样,仿佛我们小时候嗷嗷待哺,又好像在吃山珍海味,吃得不知有多香。这几年,从没有见娘吃饭这么香过。

和娘一样,我对红薯干有着深深的情结。在那个缺衣少食的年代,红薯干就是家里的救命粮。在我高中毕业前,每餐能吃饱红薯干就很不错了。记得读高中的时候,娘是很"偏心"的,怕我在学校吃不饱,怕我在同学面前没面子,给我带大米,而家里人基本上就吃红薯干,很少能吃上米饭。衣服也一样,尽可能给我穿好一些,让我在同学面前多一些体面。

碰到青黄不接,连红薯干都吃不上时,甚至有些乡下人,为了一家人活命,把在家待嫁的女儿嫁到大山里,换取几担红薯干。为此,山民们还为这些女子起了个辛酸低贱的绰号,叫作"番薯干囡",意思是用红薯干换来的媳妇。

有些山民，儿子大了，实在娶不到媳妇，于是就想出了"调亲"的办法。即双方家庭都有儿有女，年龄相仿，张三把女儿嫁给李四儿子，李四把女儿嫁给张三儿子。若是男女方都还般配，倒也没有什么，有的姑娘，为了兄弟不打光棍，嫁给歪瓜裂枣也只能认命。这种陋俗在二十世纪六十年代至八十年代很是盛行。妻在没嫁我之前，家里也想把她当作筹码为其二哥"调亲"。好在她二哥非常明事理，说宁可自己打光棍，也不愿用小妹"调亲"。有了他这句话，妻后来才有机会与我相识。

记得我上小学五年级的一个冬天，家里揭不开锅，娘同父亲一起去大山里的一户山民家借红薯干。少不更事的我，出于好奇心，很想跟去玩，娘说那里山高路远，来去要一天，怕我走不动，叫我别去。我坚持要去，娘拗不过，只好同意。

早上天蒙蒙亮出发，野地微霜凄凄，天寒地冻。翻过一山又一山，走过九曲十八弯，到夕阳西下才到家，把我累得骨头散了架，可父亲和娘却要挑着一百多斤的红薯干回家。到明年早稻收上来，还得把稻谷打成米，多少斤红薯干借来，还得要多少斤大米送回。好借好还，再借不难，庄户人家讲的就是一个"信"字。

山高坡陡坑深，路窄崎岖难行，往下挑已很不容易了，何况往上挑。我至今都很难想象，娘和父亲是怎样把两百多斤大米挑上山送还给山民的。

如今苦日子过完了，父亲却走了；好日子来了，娘却什么都吃不下了。当年吃腻了的红薯干，现在居然成了娘的美味。

往事像梦一样，萦绕在我的心头！想起那些灰暗的岁月，贫穷的年代，想到父母辈的艰辛，心头不禁隐隐生痛！

本文写于 2021 年 1 月 15 日

给娘理发

今天是2021年的立春，再过10天，就到了传统的中国年。过了年，娘就八十九岁了。

午饭后，娘坐在门前晒着太阳，大女婿看娘的头发有点长，说奶奶，我给你理下发吧，娘起初不好意思，说不用。

我跟娘说，没事的，就叫王辉（大女婿）给你理个发，精精神神过个年，娘犹豫了下，答应了。

我想帮娘洗头，娘不让，非得要自己洗。帮娘调好水温后，娘想自己洗，一旁的我没等娘同意就帮娘洗起来，于是娘不好意思再推。

洗好后，大女婿帮娘剪头发，剪得特别仔细，娘几次三番不好意思，说随便剪剪就行了，不用剪得那么好。

这时，一家大小都下来了，妻、女儿、小外孙，还有弟弟一家，围成一圈，都来看娘理发。

理好后，两个孙女争着给奶奶洗头、吹干，争得不亦乐乎。娘哈哈大笑说，你俩都别争，一个洗头，一个吹干，这样公平。

妻跟娘开着玩笑。"还是不公平，那我呢？"娘说："你扫地啊。"

暖暖的一庭春阳，一家四代，儿子给娘洗头，孙女婿给奶奶理发，俩孙女给奶奶洗头吹干，两小曾孙则蹦蹦跳跳，拍着小手，唱起儿歌，每个人的脸上都洋溢着快乐！

晚饭后，娘告诉我晚上十点五十八分煜春，并千叮咛万嘱咐我别忘记了。大约到十点半的时候，娘还是不放心，拿来樟树片，早早在庭院中点燃，刹那间，樟木的醇香飘满庭院。

　　一年之计在于春。我们临海一带，尤其是乡村，立春是很隆重的节日。据说樟木点燃的香味，能驱蚊避邪，还意味着万物复苏，迎接春天的到来。

　　到十点五十分时，娘看了看表，催我快放烟花。烟花燃放过后，就意味着冬天过去，春天到来了。

　　等仪式结束后，都十一点多了，娘这才放心，于是我慢慢搀扶娘回房休息。

　　新春伊始，万象更新，祝愿娘在新的一年里健健康康，快快乐乐！

本文写于2021年2月3日

压岁钱

今天是腊月二十八,一大早娘就气喘吁吁地送来了两个红包,说是压岁钱,给两个小曾孙的,妻和女儿都异口同声推辞着,娘则坚持要给。看着再推下去娘要生气了,我急忙打着圆场,叫女儿接过,说谢谢奶奶,娘这才高兴起来。

送娘回去后,女儿打开红包,两包一模一样,都是一千零八十元。

女儿一下子感动得落泪,边说边哭:"奶奶都那么大年纪了,连路都快走不动了,还这样心心念念地想着我们,我们无以为报,内心不安啊!"

而我此刻更是五味杂陈,有种说不出的酸涩滋味!

每年岁晏,知道娘要给小辈们发压岁钱,我都会多给娘一些钱。给的时候,怕娘不要,特地不经过娘的手,直接塞到娘的衣兜里。可娘早就识破了我这一招,又从衣兜里拿出钱来,认认真真地数着,拿去平常一样的数额,多一元都不肯要。前几天我下班回家,看见娘在捡矿泉水瓶、饮料瓶等废品,我心有不快,上前跟娘说:"别捡了,这样别人看到,会丢我面子,钱不够用我多给就是……"

还没等我把话说完,娘立即拉下脸:"我一不偷,二不抢,捡点废品卖,靠自己辛苦挣钱,怎么就丢你面子了?!"

呛得我无言以对。娘说完后,气哄哄板着脸,自顾捡着废品,再也不理我。

为了一些生意场上的应酬,我也曾"一盘菜一头猪,一桌饭一年粮"。那天听了娘的话，我惭愧得无地自容，恨不得找个地洞钻进去！

　　从前家里穷，娘不管干啥，我都能理解。现在条件越来越好，也不缺钱，而娘还是省吃俭用，一分钱掰成两半花，这样节省到底为了什么，我难以理解。

　　小时候真不懂压岁钱是啥意思，只知道到岁末的时候，纵使家里无米下锅，无钱买盐，娘变都要变出来给压岁钱。我小时候，娘一分两分地给，够我买颗糖吃；后来我上高中的时候，娘就一角两角地给，那时，我已懂得积攒下来买书和笔……

　　后来我成了家，有了一对千金，娘成了奶奶，尽管一年一年地老去，依旧年复一年地给，直到两个孙女大学毕业……

　　如今，大女儿成了家，有了两个儿子，我和妻成了外公外婆，娘呢，白发苍苍，成了"老太君"，可压岁钱还是年复一年地给……

　　终于到现在，我才明白压岁钱的含义。

　　小时候，娘"压"的是儿女没灾没病，平平安安，快快长大。

　　上学了，娘"压"的是儿女好好学习，天天向上。

　　现如今，娘"压"的是子孙后代兴旺发达，日子越来越好！

本文写于 2022 年 1 月 30 日

谢年

天气越来越冷,墙外的老梅树开得也越来越旺,新年的脚步越来越近了。

今天是腊月二十九,一大早妻跟我说,晚上吃麦油脂,还要谢年,叫我先去告诉娘一声,请娘过来主持谢年,晚上一起吃个团圆饭。

娘听后很是高兴。

家乡一带,谢年的仪式五花八门,不拘一格。虔诚一些的人家,会供上猪头、全鸡、全鸭、全鱼,以及五谷果品、美酒佳肴,有些富裕人家,甚至还供上全猪、全羊。我们家向来简单,讲究心诚则灵。

谢年不管形式如何,都寓意九九归一,辞旧迎新,祈求天地神明保佑,家人平平安安,一年四季风调雨顺,五谷丰登,年年有余。

到下午四点,妻摆好谢年的供品,要我去把娘请来。我们住二楼,娘爬楼梯很吃力,得靠我慢慢扶着。爬到一半,娘就上气不接下气停下来,说歇一歇再爬。我蹲下身想背娘,可娘不让。

对于谢年,娘是多么的娴熟。点亮红烛,焚上高香,朝拜天地,娘肃穆庄严,一丝不苟。

仪式结束后,娘已累得气喘吁吁。接着吃年夜饭,娘想回去,说她没胃口,叫我随便送点,不想跟我们一起吃了,后经不起一家大小齐声挽留,这才留下来。

自从父亲去后,娘就一个人住着,平时跟我们一起吃饭本来就少,逢年过节的时候,我们千方百计请娘一起吃饭,娘每每推却,不肯来,有时实在推不过,才勉强过来,但每次都很不自在,跟做客一样。

背地里,就我们娘儿俩时,娘才道出实情,说自己老了,同晚辈一起吃饭不好,会影响他们。我再三说一家人没事的,可娘却不这么认为。

晚上吃的是家乡的特色美食麦油脂,麦油脂皮是妻亲手摊的,是娘言传身教的。圆圆的饼皮,满月般大小,林林总总十多样菜肴,摆满了一桌,每样夹一些均匀放在麦油脂皮上,卷成筒状后即可食。麦油脂寓意着团团圆圆,美美满满。

开席前,小外孙即兴背起了关于麦油脂的歌谣:食饼筒,两头空,菜头丝,红叮咚,介姆配,豆腐间蒿菜,猪肉连刀块……

娘听后笑得合不拢嘴,连夸小曾孙好聪明。

扶娘上座,娘局促不安,拿筷子只夹自己面前盆里的菜。怕娘吃不饱,我忙帮娘夹好菜卷好,双手递上。娘接过吃了一口,就站起身来,想离开,我叫娘坐下慢慢吃,俩孙女说,奶奶坐下好好吃,俩女婿说,奶奶多吃一点,娘嘴里答应着,但坐也不是站也不是。

这时妻悄悄贴到我耳边说,娘这样吃不饱,还是随她好。

娘又起身想离开,我赶紧扶娘去客厅的沙发上坐下,娘这才自然起来,一个人捧着麦油脂津津有味地吃起来。

看娘这样,我内心涩涩的,很不是滋味,同时,一幕幕往事不由自主地在眼前浮现——小时候每当吃饭的时候,娘总是若无其事地,坐在一把小板凳上编草帽,从不上桌吃饭,好像从来都不饿一样。我们吃饭的时候,餐餐都会听到娘的肚皮咕咕叫。等我们狼吞虎咽地吃饱了,娘这才慢悠悠地放下草帽,往饭桌上瞧瞧,看还有什么可吃的,将就着用剩菜剩饭充饥,吃得饱吃不饱只有娘自己知道。

自从我有记忆起,娘从没有上桌吃过饭,以至于父亲在世时给娘起了一个不雅的外号,说娘吃饭"讨饭相,苦命相",好端端的桌不坐，非得弄点剩菜剩饭，汤汤水水，独自一人蹲在角落里吃。

年少不懂事，亦以为然，现在想想却是无比的辛酸！娘是宁可自己饿着，也要让父亲和我们兄弟姐妹先吃饱。

而今条件好了，什么都有了，娘却老了，越来越吃不下了！多想和娘一起高高兴兴吃个团圆饭，多想让娘吃饱一点，吃好一点，可娘和我们坐在一起，却局促不安，浑身不自在！

写到这里，心里五味杂陈。依稀往事，如烟似梦，缭缭绕绕，拂去还来……

本文写于 2022 年 1 月 31 日

孝和遗憾

去年大年三十夜,吃完年夜饭,我正坐在娘身边,陪娘聊天看春节联欢晚会,忽然接到一位生意场上朋友的电话,他的一番话令我非常感动。他说:"我在外漂泊多年,只有到年底的时候才回家。每年年底到家,心里总空荡荡的,家给我一种似家非家的感觉,而我心里更多的则是莫名的伤感,同时总不由自主地去看你写的那篇《永远的痛——怀念父亲》,还有你写的《侍母记》系列散文,百感交集,想着早早逝去的双亲,我总不禁潸然泪下!当我把你的文章转发给六个兄弟姐妹时,他们都看哭了!

"你的文章把我对父母的思念,把我的情感,把我压在心头的千言万语都写了出来,你写出了我们这代人的共同心声。我现在打电话给你,不是因为你的企业有多大,厂办得有多好,而是因为我敬佩你身为人子对逝去父亲的深切思念,还有你对母亲感天动地的孝心。改天我一定专程去拜访你,我们好好聊聊'孝和遗憾'这个话题。"

这是一位久违的商场朋友,姓王名江,江苏镇江人氏,平时我称呼他为王总。算起来我俩已有好几年没联系了。大年三十接到这么一个特殊的电话,电话那头真情的话语,殷切的告白,忧伤的情感,情真意切,深深打动了我!

其实我和他的交往并不多,只知道他有点不寻常,口才好,素质高,有水平,有修养,是一个精明的生意人。除此之外,我对他的了解并不多。他大年三十特意打这么个电话来,使我感慨颇多!

事情过去已有大半年，我亦渐渐淡忘了此事。

下午忽然接到王总的电话，问我有没有在公司，如果在，他想来拜访。

因有前约，期许已久，更何况有朋自远方来，我内心有一种说不出的喜悦。

不一会儿王总就到了，握手寒暄过后，我们就聊开了。话题都是围绕那次的约定：孝和遗憾！

我和王总是同时代的人，有着相似的经历，共同语言颇多，连平时的爱好都很相似。特别有缘的是，我们是同龄人，我长他两个月，大有一见如故、相见恨晚的感觉。

我说："王总，要不是山高水长，路途遥远，我们一定会成为好朋友。"王总笑笑说："我们已成为好朋友了，屈总，你这位朋友我交定了。再说'海内存知己，天涯若比邻'，我们仅仅隔一个省，不远的。"

说完，我们相视而笑。

而我们聊得最多的就是双方的父母，王总说，他母亲七十六岁去的，而父亲则六十五岁就去了。特别说到母亲，王总瞬间眼泪汪汪。他说，母亲食道癌晚期的时候，吃不下饭，他眼睁睁看着母亲被活活饿死，那种无法用语言表达的痛苦，简直生不如死！

我也说到父亲生病，在医院里仅仅两天时间就离我而去，而且临去，我身为人子，连父亲想喝一口茶的愿望都满足不了！那种生死离别，那种撕心裂肺的痛……说着说着两个大老爷们都如鲠在喉，说不出话来……

当年穷时想养父母，想吃没的吃，想穿没的穿，心有余而力不足；如今富时想养父母，而父母却不在了！子欲养而亲不待，遗憾啊！临别时，王总一边说，一边深深叹息着，一边紧紧握着我的手。

一声长叹一行泪！行行泪水再也换不回亲人的音容笑貌！
　　世事无常，月缺月圆，生离死别，命中注定，孝和圆满，自古难全……

本文写于 2022 年 5 月 20 日

莫名

右眼角息肉长了有十多年了,渐渐变大,似有挡住视线的感觉,同时,还经常发炎,导致眼睛发红。今天我去医院检查,医生说还是早动手术为好。

预约好手术时间,本想一个人悄悄去,悄悄回,不告诉任何人,后来想万一医院有事咋办?于是我告诉了妻,并叮嘱她千万不要告诉女儿、女婿,免得他们担心。

手术很顺利,做了一个多小时。眼睛缝了七针,麻醉过后,又疼又难受,一眨眼,眼泪就往下滴,医生说要十天拆线。如果每天都这样,如何是好?因此,我心情很是低落。

本来每天都要去看娘两三次,这几天眼睛又红又肿,怕娘知道担心,不敢去。只好叫妻多去看看娘,多给娘送些好吃的。娘每次都问我干吗去了,妻都说我出差在外,瞒着娘。

到第五天的时候,眼睛稍好一些,看起来不怎么红肿了,于是我戴着一副眼镜,急忙去看娘。娘的情况不是很好,哮喘有些厉害。看见我来,也没像以往去看她时那样高兴,一副郁郁寡欢的样子。

坐了一会儿,我对娘说:"先给你买点药,过几天再带你去住院。"娘不吭声,似有不悦。

我悻悻而退,去药店买了一些娘平常吃的药回来,没想到娘一下子烦躁起来:"买那么多药干什么!谁知今天明天(死)?"

接下来就再也不理我。我怔怔地坐在一旁,无言以对……

我知道娘生气所为何来。

第二天早上，我刚刚起来，娘就颤巍巍地来到我家，不知听谁说我眼睛动了手术，缝了七针，说她昨天不明事理，冲我发脾气，委屈了我，心里好难受，昨晚想得一夜睡不着。说完老泪纵横……

我忙安慰娘，说没事的，等拆线后我再带你去医院，娘连说不急不急，等我眼睛好了再说，反正都是老毛病，不急这几天。

近几年，娘的身体越来越差，几乎半年就要住一次院，每次住院都是我送。倘若别的兄弟姐妹要送，娘就会马上说自己没事。

娘同我最亲，对我特有依赖感，也许只有我送，娘的心里才会踏实些。

本文写于2022年6月3日

保姆

十天过后,眼睛拆了线,第一时间想着带娘去住院。想到娘年事已高,行动不便,需要专人照顾,我们兄弟姐妹商量后决定请个保姆。

当我把这个意思告诉娘后,娘立马发起火来,说她自己能做饭,走路也没问题,生活能自理,坚决不同意。我们兄弟姐妹左劝右劝,说先请来试试,不好不要就是,娘这才无话。

请好保姆,一起送娘去医院,安顿妥帖已是下午三点,娘叫我回去,这里有保姆就好。临走,我特地将保姆叫出来,私下吩咐,万一我娘问起工资,就说三千,千万不要实说,保姆会意。

第二天晚上去看娘,娘一脸不高兴,侧着头不理我,生着闷气。我问保姆咋回事,保姆笑笑说,阿婆火气好大,菜买这样不是,那样又不是,嫌这个不好吃,那个不好吃,这个说咸了,那个又说淡了,给阿婆洗脸,怒冲冲一把夺过,还处处给她脸色看……

娘平易近人,和蔼可亲,怎么会这样?我笑着劝保姆,叫她别介意,我娘不是这样的人,可能是身体不好心里烦躁的原因。

过了一会儿,保姆去打开水,同病房的另一个陪护阿姨悄悄告诉我,说我娘知道保姆工资要五千元,心疼死了,并说她出院后无论如何都不要保姆,因此故意刁难,好让保姆自己离开。

娘生在缺衣少食的年代,苦惯了,穷怕了,五千元对她来说是个天文数字。

治疗了一个星期,娘出院了,当我去接时,娘第一时间就要我辞掉保姆，我左劝右劝，说先试一段时间，实在不需要，辞掉就是。

娘的火气依旧未消，愤愤地说："你把钱不当钱。我自己有手有脚，自己做饭自己吃，生活能自理，何况一个人又吃不了多少，根本用不着请个人来照顾。你和你弟弟有钱，你大哥可没钱。"

我叫娘放一百个心，绝不叫大哥负担一分钱。并一再劝娘身体要紧，不要老心疼钱，何况也用不了多少钱，娘这才无话。

这边刚劝好娘，那边保姆又打起退堂鼓来，说我娘火气那么大，怕不好相处，还是不去了吧。我再三向保姆保证，我娘绝对不是这种人，我们一家人都很善良，保姆看我诚恳，这才勉强答应。

第一天晚上，兄弟姐妹知道娘出院后，都来看娘。为了让保姆安心照顾娘，两个姐姐很是热情，同保姆说说笑笑，拉近距离。娘看到后很是不爽，拿眼睛白两个姐姐，撇着嘴生着闷气。

第二天晚上，我饭后过去，娘同保姆有说有笑，我问娘怎么样，娘说，保姆人挺好的，菜烧得好吃，性格也好。

第三个晚上，我饭后过去，娘一脸愉快，连夸保姆的好。保姆也开心，说同阿婆好有缘，没想到阿婆人这么好，之前她还一直担心呢。

本文写于2022年7月16日

葡萄熟了，娘老了

葡萄熟了，娘老了！

家乡的巨峰葡萄，乌溜溜的，黑里透着红，个大如杨梅，皮薄肉又厚，甘甜又爽口。

近几年，随着娘的年纪越来越大，吃的饭越来越少，吃的药越来越多，消化功能也越来越差。为了给娘滑肠促进消化，补充营养，我试着让娘多吃点水果，可别的水果一吃，娘不是肚子痛，就是呕吐。唯独葡萄，怎么吃都没事，因此，葡萄可以说是娘的最爱了。

这段时间我和妻去得最多的就是水果店，葡萄要新鲜的才好吃，因此每隔一天就要买一份。而且还要多买些，得给保姆阿姨分一份。

每次买来，娘都会装作生气："又买了这么多，太浪费钱了，下次别买了。"我和妻一齐说："妈，你喜欢吃就好，花不了多少钱的。"叫娘别多心。

放下葡萄，习惯性地，我第一时间就想着剥给娘吃。刚开始，娘有点不好意思，我贴到娘的耳边，笑着对娘说："妈，小时候你剥给我吃，现在你老了，我来剥给你吃，给我个机会嘛。"

于是，娘笑了，再不推辞。

剥好葡萄，往娘嘴里塞，娘想伸手接，我不让。于是娘就像一个听话的孩子，每当我剥好一颗葡萄递过去，娘已早早张开了嘴。

这使我想起小时候，四合院里的小木屋，堂前梁间，年年都筑有二三燕窝。每年春三月过后，燕子就机灵地飞回来，一口口衔着新泥，筑着旧巢。在五六月间，就奇迹般地孵化出一窝窝燕宝宝来。燕妈妈早出晚归，啄来小虫，还没飞到窝，燕宝宝就排得整整齐齐，张开鹅黄的嫩喙，叽叽喳喳叫着，嗷嗷待哺，燕妈妈依次一口一口喂着……

年少的我，懵懵懂懂，觉得观察燕子很好玩，往往一看就是大半天，傻傻地在想着，在等着，在盼着，燕妈妈下次什么时候归来呀……

到了吃晚饭的时候，我不解地问妈妈，小燕子是怎么长大的，妈妈说燕子跟人一样的，是妈妈一口一口喂着长大的呀。

我依然似懂非懂……

你养我小，我陪你老。似水流年，不知不觉间，娘已到迟暮之年。

怕是时光匆匆来不及，怕是子欲养而亲不待，怕是千言万语说不尽，怕是万爱千恩难相报……

葡萄熟了，娘老了……

本文写于 2022 年 9 月 2 日

秋雨

一大早，大女婿打电话来，说昨晚梦见奶奶生病，说我在哭，问奶奶怎样了？我回他说，奶奶好好的，别担心，梦与现实是相反的。我一看时间，才六点多，迷迷糊糊想再睡会儿。

我多么希望梦与现实是相反的，至少以往都是。

可刚睡着一会儿，就隐隐听到敲门声，开门一看是保姆，说你娘生病了，赶快送医院。

我一边吩咐保姆去收拾东西，一边赶紧起床，十万火急地送娘去医院。

娘那么老了，我怕她有个三长两短，我一个人照顾不过来，忙打电话叫二弟也去医院。

娘晕车，到医院早已吐得翻江倒海。医院停车场到急诊室还有一小段路，娘说她走不动，我弯下身来背，才背了一会儿，娘就声音沙哑地催我快放下，说背着好闷，喘不过气来，我叫娘坚持一会儿，马上就到。这会儿，娘已气喘得说不出话来，拿手死命拍打我的背。

自我有记忆起，到现如今娘八十九岁，娘还是第一次打我，而且是在她生病、我背她去看医生的时候，我不禁泪眼婆娑。

我赶紧放下娘，后面的二弟还有保姆一边一个搀扶着娘，娘上气不接下气地喘息着。

见此情景，我急忙去护士站找小推车，护士说，现在是早高峰，病人多，小推车已经没有了。我又赶紧回来，同弟弟一边一个搀扶着娘，走几步又停一下，停一下又走几步，一点点路，走了十多分钟才到急诊室。

医生护士见我娘年事已高，病情严重，很是重视，忙得团团转，很快给娘配好药输上液，推入缓解胸闷和治哮喘的药，一小时过后，娘的病情才稳定下来。

办好住院手续，已是11点多。我怕娘饿着，急忙去买来一碗馄饨，喂娘吃罢，接着送娘去病房。

由于医院规定只能一个人陪护。我送娘去住院大楼门口，贴到娘耳边，说住院只能保姆一个人陪，你安心养病，不要心焦。娘一一答应，挥了挥虚弱的手，示意告别。

我清楚记得，上次娘生病住院是初夏，眼下初秋，仅仅过了一个季节，娘又生病了，不知这次又会怎样？心里似悬着许多个吊桶，七上八下，难以安宁。

回来后我急忙打电话告诉两个姐姐，电话那头，两个姐姐都哭成一团，说娘身体越来越差了，越来越虚弱了！

挂断电话，我大脑一片空白。窗外滴滴答答，下着入秋后的第一场雨。一场秋雨一场凉，每年一到秋冬季节，天气转凉，娘的身体就会慢慢变差，到底是岁月不饶人啊！

恼人的秋雨，纷纷扬扬下个不停。惦念病中的老娘，我心如乱麻，无所适从……

本文写于2022年9月6日

辞退保姆

在医院住院治疗了两个星期,娘今天出院了。这次治疗效果非常好,娘说她呼吸也顺畅了,胸也不闷了,路也能走了,饭也吃得下了,浑身轻松。

到家上楼梯时,我弯下腰来想背她,娘一把把我推开,说自己会走,轻轻松松地上到二楼。住院前,她爬几步楼梯都要歇一歇。

娘住院期间,公司买了十二亩土地,准备建厂房,于是我急着把喜讯告诉娘,想让娘高兴高兴。娘听后那个高兴,简直无法用语言形容。

接着,娘问我要多少钱,我告诉娘,光土地就要四千多万元,建厂房要五千万元左右,加上装潢、搬厂、设备安装等费用,林林总总估计要投资一个亿左右。娘听后脸都吓青了,说要那么多?!她问我,哪来那么多钱,万一生意不好,赚不到钱咋办?

我告诉娘,这几年公司运营状况良好,挣了不少钱,安慰娘没事的,不够向银行贷款,慢慢还。娘依然不放心,说你都快奔六十的人了,还要担这重的担干什么?她很为我担忧,同时也闷闷不乐起来。

娘没读过书,不知道一个亿是什么概念,但一定知道是很多很多钱,一定知道我担子好重,压力好大。

晚饭后我去看娘,正好保姆饭后出去散步。娘说她这次出院身体好了,生活能自理,要我把保姆辞掉,反正一日三餐就喝点粥,煮碗南瓜,炒点咸菜,别的她也吃不下,用不着保姆,再说一个月五千元工资，够我厂里发一个工人工资，够她半年的生活费。娘的态度很坚决。

我劝娘，说保姆可以帮着做饭、洗衣、做家务，还可以陪你聊天解闷，保姆还是留着好。可任凭我怎么劝，娘都听不进去。

翌日下午我下班回来，买了几串葡萄送给娘，见娘自己在做饭，我问娘，保姆呢？娘说，已经叫她回去了。我急着说，工资都没给，怎么能叫人家走呢？娘说，她还有一些钱，反正留着也用不着，就给了保姆。

她再三叮嘱，叫我以后不要买葡萄了，十多元一斤，那么贵。又唠唠叨叨说，建厂房，用钱能省则省，等厂房建好账还清，再买葡萄给她吃。

到此时，我才后悔把建厂房的事告诉娘。原想把喜讯告诉娘，让娘开心，没想到反倒使娘担心。

十多元一斤的葡萄，跟建厂投资一个亿比起来，九牛一毛都算不上，而娘却偏偏纠结着，担心着。

本文写于 2022 年 9 月 10 日

南瓜

春三月的时候,娘在一个邻居那里讨了几株南瓜秧,栽在了门前的菜地里。说是菜地,其实只是三四米宽、七八米长的一小畦旱地。

栽下后,娘浇水施肥,日日呵护,菜地里,从早到晚都能看见娘瘦弱的身影。娘还割来秧草,厚厚地铺在南瓜地上,一来防止太阳暴晒,二来下雨可吸收水分,滋润菜地。娘一辈子种地,对于农耕,经验丰富。

南瓜是一种很好养的农作物,无论土壤肥沃与贫瘠,只要不被暴晒,只要有足够的肥料,都能开花结果。最最神奇的是,南瓜不怕病虫害,春种、夏长、秋实,都不用喷洒农药,是真正的绿色食品。

转眼间到了初夏,长长的瓜藤爬满了菜地,茂密的绿叶,仿佛一把把太阳伞,密密麻麻向阳撑着,黄灿灿的南瓜花,像极了喇叭,成群的蜜蜂,采着花粉,嗡嗡地叫着。

春日早晨,旭日初升,露珠晶莹,娘看着一朵朵南瓜花,听着嗡嗡的蜜蜂声,会心微笑;秋日夕阳西下,娘提着小水桶,浇着菜地,看着一个个鸡蛋大小的瓜果,拖着未凋谢尽的花瓣,心情舒畅。

秋深了,瓜叶黄了,南瓜熟了,瓜地里横七竖八地躺满了一个个大南瓜,娘摘下南瓜,步履蹒跚,气喘吁吁抱着送来,我接过娘手里的南瓜,感动得双眸湿润!

要知道,过完这个秋天,再过一个冬天,娘就九十岁了。九十岁老娘,还种瓜摘果,心心念念想着儿子,这种极尽人世间的温情,不

侍母记

知余生还有几何？

　　近几年娘年年生病，几乎一个季节就要住一次院，一年三百六十日，拿药当饭吃。食欲越来越差，越来越吃不下，唯独南瓜，却是天天都吃不腻。

　　开始，娘吃自己种的南瓜，自己种的南瓜吃完了，哥哥姐姐再送来，后来，哥哥姐姐家的也吃完了，娘就去菜场买。

　　炒着吃，煮着吃，蒸着吃，一日三餐，餐餐不离。小时候闹饥荒，吃南瓜是为了活命，现如今，娘吃南瓜是为了延续生命。

　　假如没有南瓜，娘还能吃什么呢？

本文写于 2022 年 9 月 15 日

视频会见

今天下午,我正在高速公路上开车,忽然接到侄女的电话,说是我小弟下午四点半约我、娘还有她妈视频会见。我一看时间,已是下午一点,有点怪侄女通知太迟,侄女说刚刚才接到短信。

这时候,我已出了省界。算了算现在往回赶,路上顺利不堵车的话,三个小时能到,应该来得及。

于是我在下一个收费站掉头往回赶,一路上风驰电掣,紧赶慢赶,到家刚好下午四点左右。我急忙把视频会见的事情告诉娘,娘高兴得难以形容。

由于喜从天降,娘慌了,忙着去洗脸梳头,换上崭新的衣裳,好像去做客似的。

娘已有两年多没见到小弟了,虽然嘴上不说,内心却是愁肠百结!

下午四点半,视频会见准时开始,当手机打开的一瞬间,只听小弟急切地喊着:"妈、妈、妈……"泣不成声。

娘直勾勾盯着屏幕看,老泪纵横,无语凝噎。

屏幕里的小弟一把一把抹着泪水,一声声叫着:"妈!妈!"

见娘还是没应,小弟更大声地叫着:"妈!妈!妈!你听得见吗?听得见就应一声、应一声啊!"

见娘还是不应,小弟更急了:"妈,你倒是应一声啊!应一声啊!"

说道最后,眼泪直流,声音几近凄厉!

娘还是只顾看着屏幕里的小弟发呆,不知所措,一个字都说不出来。

娘哭、我哭、弟媳哭、屏幕里的小弟哭……

视频会见只有二十来分钟,时间一分一秒地过去,屏幕上时间显示已过半。

我急了,贴在娘的耳边大声说:"妈,你倒是应一声啊!小弟在叫你呢!快跟小弟说几句话。"

娘这才"唉、唉"地应了几声,还是一个劲地哭。

为了缓和气氛,我对着屏幕说:"小弟,妈耳聋,听不到,你有什么话尽管说。"

小弟这才缓过来,擦干眼泪,破涕为笑,装着轻松地说:"没事没事,妈听不见我就不说,就不说,看看就好,看看就好。"

于是我当传话筒,小弟说一句,我对着娘的耳边大声传一句。

"妈,你身体好吗?"

"妈,你要吃饱,别饿着;穿暖,别冻着。"

"妈,你要好好保重身体,等我出来好好孝敬你。"

"妈,你一定要等我回来。"

"哥,你要照顾好妈,妈的事情有劳你费心。"

"媳妇,你要常去看看妈,多买些好吃的送给妈。"

"妈……妈……妈……"小弟还想说什么,视频会见的时间就已经到了。

娘这才回过神来:"咋就这么快呢,我还没说话呢,我有很多话想跟你小弟说。"她好生失望。

接着她问我,小弟后年能不能出来?我告诉娘能。娘低低地说,如果后年能出来,也许她还能等得着,如果后年出不来,只怕……只怕……接着又抹着泪水。

我算了算，小弟在监狱里就算表现得再好，减刑再多，也要五年左右才能出来，不知体弱多病的娘能不能等到那一天？母子还能不能相见？

再过两个多月，娘就九十岁了，且时常生病，身体是越来越差，怎生是好？！

本文写于 2022 年 11 月 20 日

寒冬里，娘皲裂的手

刚写好标题，就泪流满面！

想写温馨一点的标题，又想不出别的词！

窗外北风呼啸，雨雪交加。在这天寒地冻的夜晚，我尤其放心不下娘。不知娘吃饭了没？冷不冷？身体好吗？虽然近在咫尺，日日相见，却是百般牵挂。

于是我匆匆吃过晚饭，来到娘的家。娘也刚吃了饭，洗漱罢，正在把手指上缠着的橡皮膏撕掉，把新的橡皮膏缠上。

仔细看，却是小张止痛膏。我问娘，家里没有医用橡皮膏吗？娘说，去买过了，没买到。

我嗔怪娘，怎么不跟我说一声？娘说，这点小事，麻烦我干啥。

是我疏忽了！

一秒钟都耽误不得，我立即转身去买。娘在后面叫，不着急，明天买来也不迟。

我立马开车去药店买来。娘心疼了，说："这么冷的天，外面又下着雪，看把你急的，害得你辛苦跑一趟，早知如此，不应让你看到。"娘说完后一脸愧疚。

看着娘皲裂的手，我心如刀割。

每年冬天，是娘最最苦难的日子，娘的双手还有双脚总会皲裂开，看上去如被刀割一样，鲜血淋淋，任凭怎么治都治不好。早上起来洗漱后，双手双脚要擦上防裂膏，再在开裂处缠上橡皮膏，到晚上洗漱后，又要换上新的。

我赶忙剪开橡皮膏，一条条帮娘缠上。娘推辞着，要自己来。我坚持，娘再也不说什么，伸出双手。

这一幕，仿佛在医院里，我像护士，娘像病人。

我细心地缠着，娘自言自语着，话语意味深长。她说，以前生我们兄弟姐妹六个，生活是多么的艰苦，想吃没的吃，想穿没的穿，坐月子又没人照顾，烧饭洗衣做家务，一切都要靠她自己，这是月子没坐好落下的后遗症。

"想想那时，苦如黄连啊！"娘说后老泪纵横。

我问娘，疼吗？娘轻描淡写地说，一点点，不要紧，冬天很快会过去，待明年开春，天气转暖，"开筋"（当地方言，指开裂）自然会好，叫我别担心。

娘是在安慰我，装作轻松。

记得小时候，每年冬天，农耕是闲了，可娘却是闲不得。纵使天寒地冻，大雪纷飞，娘也要为我们兄弟姐妹每人做双千层底布鞋，不然我们没鞋穿。

搞好糨糊，寻来旧布，一层糨糊，一层旧布，纳到有一厘米左右厚，再找两块稍新的布料当面子压好，娘穿针引线，在千层底上密密麻麻"切"（缝）着，这一过程用我们当地的方言讲叫作"切鞋底"。

一双千层底布鞋，纵使没有别的事情干扰，娘也要做五六天。纳鞋底要一天，"切鞋底"要两三天，做鞋面到鞋做好，又要两三天。

——慈母手中线，游子身上衣；临行密密缝，意恐迟迟归；谁言寸草心，报得三春晖……

古诗的画面不由自主映入眼帘。

而今娘已年届九十，如烟往事虽远犹近。寒冬腊月娘做鞋的情景至今记忆犹新——娘的双手处处皲裂，还有大大小小淤青的冻疮，手无完肤，缠满了橡皮膏，碰巧有的地方没缠到，娘"切鞋底"时用力过猛，拉线时不小心碰到伤口，一下子鲜血喷涌，看得人胆战心惊。娘却像没事人一般，找块破布擦干伤口上的血迹，缠上橡皮膏布，继续做鞋。

　　一双鞋，到穿破时都还隐约可见斑斑血迹。

　　我们兄弟姐妹六个，加上父亲和娘自己，娘要做八双布鞋，几乎够她忙一个冬天。

　　这么多年，走南闯北，最忘不掉的还是娘的千层底布鞋，冬暖夏凉，冰天雪地不打滑，合脚又好走。

　　都说十指尖尖连心痛，裂在娘手，痛在儿心。条条裂口，是娘岁月沧桑的印记；斑斑血迹，是儿欠娘的辛酸账啊！

本文写于2022年12月6日

九十寿辰

2021年12月21日,是娘九十岁的生日。其实,准确的生日,娘自己也不知道。具体生辰八字,娘说外祖母忘记了,只记得是12月份生。

而对于我们兄弟姐妹6人的生日时辰,娘记得清清楚楚,背得滚瓜烂熟。

娘生日前一天中午,吃过饭后,女婿说,给奶奶理下发,让奶奶精精神神过生日。理的时候,女婿特别仔细。娘不好意思了,说随便剪剪就行了。

两个女儿偷偷去街上,给娘买了新衣服,想给娘一个惊喜。送去的时候,娘急了,说衣服已经穿不了啦,有好些衣服都没穿过,买这么多衣服干什么,浪费钱。她坚决不要,要两个孙女把衣服退回去。弄得她们无所适从,应对不来。

见此情景,我忙打着圆场,说你的两个孙女这么有心,既然买来,就不要拂她们的面子,收了吧。我贴在娘的耳边,劝说着,娘这才无话。

到12月21日,妻一早就张罗开了,专挑娘喜欢吃的菜,从上午忙到下午,做了满满一大桌。我去请娘,娘说,她老了、邋遢,自己儿子没事,下一代年轻人爱干净,何况还有俩孙女婿,要在心里嫌她。我说,都是一家人,他们不会嫌弃的。可任凭我怎么说,娘都不肯来。

没办法,我只好叫女儿再去请。

娘经不起宝贝孙女软磨硬泡，在她俩一边一个的搀扶下，总算来了。我特地安排娘坐在身边，挑娘喜欢吃的菜夹到娘的碗里。我夹一次，娘吃一口，我不夹，娘不吃。一家大小都招呼着："妈，你喜欢吃什么自己夹。""奶奶，你多吃点，吃饱哟。"可娘就是不去盘里夹菜。

知娘莫若子。娘是怕自己邋遢，影响下一辈吃饭。

这时候，眼睛莫名地湿润起来，我忙借故离席，躲到卫生间，拿毛巾擦掉脸上的泪水。

小时候，娘一把屎一把尿地拉扯我们长大，脑海里可曾有邋遢两字？而今娘老了，儿孙们高高兴兴为她老人家庆生，好不容易一起吃顿饭，她却拘谨成这样。

我的眼睛再次湿润起来。

晚餐过后，妻稍事打理，然后隆重捧出生日蛋糕，插上九支蜡烛，寓意娘九十寿辰，我的两个女儿一起给娘戴上寿星帽。

点上蜡烛，关掉电灯，打着节拍，屋里暖暖地荡漾着"祝你生日快乐——祝你生日快乐——祝你生日快乐——祝你——生日——快乐"的生日歌……

这时候，我的两个小外孙猴急了："太婆婆，快许个愿啊！太婆婆，快吹蜡烛啊！太婆婆，我想吃蛋糕了，等不及了！"还没等娘吹，他俩就一齐鼓足劲，一口气吹灭了蜡烛。

娘被两个小家伙逗得哈哈大笑，那满是皱纹的笑脸，宛如春三月盛开的花，又灿烂如落日晚霞。

生日过后，娘就九十岁了。岁月悠悠，不堪回首。逝去的是娘如水年华，老去的是娘憔悴容颜，不变的是浓郁的母子情深！

本文写于 2022 年 12 月 21 日

侍母三日

今天是2022年的腊八节。早上起来，冰冻三尺，严霜似雪。

妻早早做好腊八粥，叫我赶快给娘送过去。

送去后，娘已醒，平躺在床上。看见我来，说她想起来，又好像起不来。

于是我扶娘起床，帮娘穿好衣服，烧好开水，给娘洗了脸，端上腊八粥。

中午，没有一点风，暖暖的一庭艳阳。谚云：三霜抵六月，果然如此。

去娘房间，我对娘说，不要老窝在家里，去外面晒晒太阳，对身体有好处。

娘犹豫了一下，答应了。我搀扶娘下楼，搬了一把小竹椅，叫娘坐下，并跟娘说，天凉了就回房间，椅子放着不要管，等我回来搬。

太阳快要下山的时候，天气转凉，娘起身想搬椅子，没想到这一弯腰，就扭伤了。

翌日早晨，同弟弟一起带娘去医院检查，拍片、做CT，全身检查个遍，最后核磁共振的结果，是骨质疏松引起的轻度扭伤。

医生说，老人家毕竟年纪那么大了，这也是没办法的事，他开些止痛药、止痛膏，回家静养，没必要住院。

回到家已是晚饭时分，妻送来粥和小菜。等娘吃好后，再喂娘吃好药，给娘痛处贴上止痛膏，已是七点多了。娘一个劲地催我回去吃饭,说忙了一天,我早就饿了。

腊八过后,天气越来越冷,新年的脚步越来越近,娘也越来越老,身体越来越差。

今天是2022年1月12日,晴,气温最低零下2摄氏度,最高8摄氏度。

早上七点半起来,太阳刚刚上山,看窗外,严霜凄凄,白茫茫一片。

妻煮好了豆腐粥,叫我给娘送去。娘已醒,看见我来,冲我笑笑,说躺着没事,一起床腰就痛,因此起不来。

我搀扶娘起来,给娘洗了脸,端粥给娘吃。跟昨天一样,娘一个劲地催我回去,说她起来就没事了,能照顾自己,叫我不要担心。

回家后,匆匆吃过早餐,我又去娘那里,帮娘洗碗。娘看见,手按着腰,摇摇晃晃过来夺,要自己洗。我急忙扶住娘:没事的,就这么点小事。

娘眼泪汪汪,喃喃地说:"什么事都要你操心,我心里实在过意不去。"

接着我同娘沟通,说午餐煮手打面给她吃。娘开始说不用,她自己煮点粥就好。我再三劝说,早上已经吃过粥,中午吃点面条,调理下胃口,对身体好。娘答应了,说少送一点,煮软一点,多带点汤。

中午送过去,娘已坐在桌边等了,我忙端过去并递上筷子,问娘,好吃不?

娘说好吃,又催我回去吃饭,说中午不要来了,叫我好好睡一会儿。

等我吃好回转,想给娘洗碗,娘已吃完饭,在急匆匆地洗碗,由于腰痛站不稳,手在颤抖,不小心把碗摔到地上,碎片撒落一地。娘着急，想弯腰捡碎片，又弯不下去。看到我来，一脸的窘相。说就知道我要来，因此想抢先洗了，不给我添麻烦，没想到把碗摔碎了。

我安慰着娘：碎碎（岁岁）平安，碎碎（岁岁）平安！

但愿娘岁岁平安！

"碎碎平安"是近年来流行的网络用语。物质贫乏的年代，小孩吃饭不小心摔碎了碗，父母没钱买碗，心疼碗，往往要用筷子敲孩子的头，教训孩子长记性。而现在，已反过来，不心疼碎了的碗，而是怕孩子受惊吓，于是有人发明了"碎碎平安"这一网络用语，用以安慰孩子。

帮娘收拾好一地碎片，娘再三央求我，每天不要这样来来回回地折腾。她说，我越是这样对她千般好，她心里越是不好受。

娘不说还好，经此一说，我眼眶一下子湿润了！

怕娘看到伤心，我慌忙转身离开……

娘这辈子苦惯了，一心想着子女，想着家庭，想着付出，从没想着享福，想着回报。这段时间娘身体不好，我对娘照顾得细致了点，看的次数多了些，娘就诚惶诚恐，浑身不自在！

——纵使对娘千般好，奈何岁月无情催人老！

本文写于2022年12月25日

慌张茫然

娘的腰扭伤有好些日子了,仍不见好转,止痛膏贴多了,皮肤开始出现了溃疡。林林总总十多种药,吃得娘胃口很差,饭越吃越少。向来要强的娘,开始焦躁起来。

中午的时候,妻做了娘平时喜欢吃的小菜,早早地叫大女儿送去。大女儿送去后,娘连看都不看,连说不要。大女儿想放下,说:"奶奶,求求你吃一点,哪怕吃一点点。"

可娘毫不领情,只一个劲地推着说:"吃不下,放在这里干什么,把好端端的菜浪费了!"

娘放都不让放下,硬要女儿端回来。

大女儿回来后眼泪汪汪,说:"奶奶这样下去可咋办啊?"

我和妻一齐摇着头叹着气,不知如何是好。

这时,怀有身孕躺在沙发上休息的小女儿接过话头,说让她试试,没准奶奶看她怀有身孕,会给她面子,多少吃一点。

小女儿送去后,娘见宝贝孙女挺着个大肚子,还来给她送饭,再不好意思往外推,连说"我吃我吃"。并仔细瞧了瞧小女儿的肚子,笑笑说:"有六七个月了吧,肚脐尖尖的,肯定是个男孩。"

午饭后,我惦记着娘吃得怎样,悄悄推门进去,见娘躺在床上睡着了,刚刚小女儿送去的饭菜,依旧好好地摆在桌上。默默注视着面黄肌瘦的娘,又一阵阵鼻酸眼胀……

近来,娘见我时也没从前的高兴样了,有时头都懒得抬,我叫她,她也懒得应。娘越是身体欠佳，我越是放心不下，去看娘的次数越发多起来。可不知何故，娘看到我仿佛有一百个不顺眼，送去饭菜不是，不舒服给她买药也不是。还时常板着脸，冲我发些无由来的火。想同娘说说话，给她解解闷，小心翼翼地坐在娘身边，可没说两句话，娘就大声嚷嚷，吼着赶我走。娘向来同我心贴心，忽然间变得如此冷漠，我内心如打翻的五味瓶，很不是滋味。

我知道，娘心里有一百个不舒服，一千个不舒服啊，拿自己最亲的人出出气，也许心里会好一些。

晚上大姐和二姐来看娘，我悄悄地进来，坐在后面，不想惊动她们，想让她们母女好好聊聊。娘说着说着就老泪纵横，说好对不起我，我越是对她好，她心里越不安，我每日心心念念，无数次来看，只要她爱吃、吃得下的，"钻天挖月亮"（娘的口语）都要去买。她说，她这段时间故意冲我发脾气，目的是想让我生气，让我不要这么勤地来看她，让我不要对她那么好！

听娘这么一说，我鼻子一下子酸起来，忍不住上前一把抱住娘，泪如泉涌！

小时候尽管缺衣少食，娘仍视我为掌中宝，而今娘垂垂老矣，做儿子的只不过尽到了该尽的责任，娘却是"受宠若惊"，终日不安！

近段时间我日日担心着娘的身体，内心很是慌张茫然，坐也不是，站也不是，一颗心无处安放。夜晚常被幽梦惊醒，醒后，泪湿枕巾，惆怅到天明。

本文写于2022年12月30日

一个麦饼

腊月十五中午,给娘送午餐,较以往稍迟了些。娘已经在吃了,手里拿着半个麦饼,另外半个放在盆里,看样子应该很好吃,以至于我到眼前她才发现。

娘看到我送午餐来,很是惊讶:"不是已经送了吗?怎么又送?"

我更惊讶,明明没送,怎么说送了,难道娘老糊涂了?虽说娘已是九旬老人,且体弱多病,可娘一向条理分明,思路清晰,不像是糊涂了啊。

再三向娘解释,麦饼不是我送的。娘又叫我打电话问问兄弟姐妹,看是不是他们送的。可我逐一问了个遍,他们都说没有。

这可怎么办呀?麦饼都吃了,却不知道是谁送的?娘很不安,放下麦饼,陷入沉思。

娘叫我再想想看会是谁送的。她说,人家好心送来,礼轻情重,不要把人家的恩情忘记了。

娘一生讲究"邻居碗对碗,亲戚篮对篮"。不随随便便吃别人的东西,收了别人哪怕一点点东西,都要记着别人的好。

正月初三上午,我睡了懒觉,起来都十点多了,于是匆匆洗漱了下,就去娘那里,告诉娘,午餐可能要迟些。娘说,没事,她早上也起得晚。

这时候我看窗外,纷纷扬扬,白茫茫一片。我告诉娘,下雪了。娘看了一下窗外,笑了笑说,难怪这么冷。

挨着娘，聊着天，忽然听见有推门声，一个中年妇女走了进来，"娘姨、娘姨"地叫着。娘耳背听不见。我好生纳闷，哪有叫娘姨，我却不认识的人？

我忙起身相迎，用手拉了拉娘，娘猛一抬头，看见中年妇女，立马喜上眉梢。

中年妇女手里拿着一个包裹，里三层外三层包着，打开来是一只麦饼，她双手捧给娘："娘姨，还是滚烫的，你趁热吃。上次送来，你睡着了，就没有打扰。"

原来如此。要是今日不碰到，我都忘了上次送麦饼的事。

我好生感动，同时又非常难为情。娘那么老了，她还这样挂心着娘。

我连忙让座，连连道谢。

中年妇女急着要回去，说怕麦饼凉了，做好就急着送来，她自己还没顾上吃饭。这时我才注意到，她的衣服和头发都湿漉漉的，头上还有几片没有融化掉的雪花。

平白无故冒出了个表姐，我好生惊奇，于是问娘，娘这才道出了七十多年前的一个故事。

那是在中华人民共和国成立前，当时娘还只有十五六岁，到处兵荒马乱，战火纷飞。

表姐的爸爸被国民党抓了壮丁，押去前方打仗，生死不明。"绿壳"（方言，指土匪）把表姐的妈妈抓去当老婆，她拼死不从，他们就把她吊起来打，不给她饭吃。

一个月黑风高夜，她趁看管的"绿壳"睡去，偷偷跑下山，半夜敲门求救，是娘的家里人收留了她，把她藏起来，给她饭吃，给她衣穿。

娘说："当时你外公冒着生命危险收留了她，要是让'绿壳'知道，后果不堪设想。

"那时候'绿壳'横行乡里，经常下山抢钱抢粮，杀人放火，无恶不作。我家祖上曾是富裕人家，有房屋十多间，良田几十亩，可就是最有钱的人家，也经不起'绿壳'隔三岔五的洗劫。他们抢不到钱就把人绑上山，叫你拿钱赎人，不给钱就撕票（杀人）。祖上看老家实在待不下去了，只好就举家逃离。现在你娘舅家住的村庄，就是逃离后定居的客地，不是祖籍。"

娘好有故事，藏得也够深，我之前从没有听娘说起过。到现在才知道娘曾经还是富裕人家的千金。

接着，娘又慢条斯理地往下说："后来她为了报恩，而且又同我年龄差不多，就同我结拜成姐妹，因此她女儿才叫我娘姨。她虽叫我娘姨，其实不是亲的。

"后来国民党被打败了，你表姐的爸爸跑了回来，找到你表姐的妈妈，才生下她。"

娘同她妈妈结拜姐妹时，她还没生，一定是她妈妈告诉了她这段故事。平时她碰到娘，叫娘姨那个亲啊，好像亲外甥女一样，还经常送麦饼来，她做的猪肉土豆麦饼，真的又香又好吃。

——原来如此！

一个麦饼，情暖三春。

本文写于 2023 年 1 月 6 日

2022年第五次住院

担惊受怕中，娘第五次住院。

电视、抖音、微信滚动播放着专家的科普，讲解着感染后的病理特征，专家说，第一天至第三天会发热、怕冷，有可能出现拉肚子的症状，吃些常用的感冒药，绝大部分感染者七天左右就能转阴，并重点提醒保护好老人和小孩，特别是有基础病的老人。

解封后，我每日都提心吊胆，我们兄弟姐妹相互叮嘱，千万别把老娘传染了。而且规定，我和三弟两人轮流照顾，每次见娘都必须把口罩戴得严严实实，其他兄弟姐妹和亲属这段时间都不要来。

我是放开后半个月感染的。公司两百多号员工，只有少数几位身体素质特好的免于感染。比起其他人，我感染后的症状很轻微，就是头两天怕冷，食欲差，其他并无大碍。休息了几天，我以为没事了，依然跟以往一样照顾着娘。

大约过了五天，娘忽然说自己感冒了，一量体温37.5摄氏度。知道娘也感染了，我急忙冲了包感冒灵，喂娘喝下，两天后她体温正常了，症状也不是很严重，就是食欲差，较以往吃得少。

想着电视上专家的科普讲座，结合老娘的病情，我暗自庆幸，期待着五天后会好起来，不承想一天比一天糟。

我急忙联系医生朋友，想送娘去住院，却被告知医院早已人满为患，床位更是一床难求。医生朋友给我出点子，叫我连夜去挂急诊号，先排上队，他帮忙协调。

隔了一天,他终于打来电话,说床位安排好了,叫我赶紧送娘来办住院手续。

出发前,娘平静地吩咐妻和大姐,把她手上的金手镯和戒指取下来,说柜子里还有多少钱,夏冬衣服放在哪里,老照片放哪里,并再三叮嘱,叫我去银行把国家补助的钱取出来,说她这次病好像同以往不一样,不知道能不能回得来。仿佛在交代着后事。

大姐和妻都含着眼泪,一齐安慰着她,叫娘放宽心,说能好的,能好的,坚决不同意取娘的手镯和戒指。

背着皮包骨头的娘上车,一路飞驰到医院,叫大姐先在车上抱着娘,我心急火燎地去住院窗口办手续。办好手续后,我回车上接娘。停车场到住院大楼有几百米路程,娘趴在我的背上呻吟着。我双手揽重一点,娘"哎哟、哎哟"叫着痛,揽轻一点,娘往下滑,轻轻往上托,娘又说难受。而我右腿损伤的半月板偏偏又不争气,又酸又疼,我几乎迈不动腿。

电梯里挤满了人,背着老娘,动弹不得。到了十四层病房,走廊通道横七竖八加满了床,有些家属正在恳求着医生,希望能早些安排床位。

医生声音沙哑,耐心解释着,说已无能为力了,科室里90%的医生护士都病了,还在带病坚持工作,他说,他自己现在还发着高烧,腿都快迈不开了。说完后咳嗽不止。

我好心痛奋战在一线的医生护士,他们真的太辛苦了。他们也是血肉之躯,也有人爱有人疼,也是寻常人家的夫和妻、子和女。

办好住院手续,接下来是繁多的检查。特别是抽血的时候,看得我胆战心惊,娘的两只手都被抽过了,还是抽不出血,最后医生只能从娘的肚皮上抽。一旁的大姐,心疼得呜呜地哭起来。

晚餐娘吃了几口粥,就说吃不下了。输完两瓶液,已是晚上九点,我想留下来陪娘，大姐不让，争着要陪，娘也有气无力地催着我回去，说今天背她走了那么多路，一定累坏了。轻轻的话语里，充满了慈母的柔情和爱意。

看着病床上奄奄一息的娘，我本想安慰几句，当嘴贴到娘耳边，却又无语凝噎。眼泪止不住地流，怕娘看到伤心，我忙转身离开病房，掩面痛哭。

缓了一会儿，擦干泪水，我回转病房，同娘作别。娘挥了挥虚弱的手，示意我回去。临别，又特意叫住我，说再过十来天，就过年了，叫我去问问医生，能不能回家过年。

我坚定地说："能！"娘这才点了点头，说能回家过年就好。

路过医生办公室，正好值班医生在，我上前询问娘的病情。医生打开电脑，给我看CT影像，神情凝重，说老人家肺部严重感染，到底治疗效果怎样，很难确定，叫我要有心理准备，毕竟老人家九十高龄了。还问我万一病情恶化，住不住重症监护室？我心怦怦直跳，难以回答……

每年一到年关，公司都忙得不可开交。今年年底公司新厂建成，企业从老厂搬迁到新厂，大量的工作，千头万绪的事情等着我处理。现在娘又住院了，我是分身乏术啊！

走到停车场，呆呆地坐在车上，大脑一片空白，泪水一个劲地往下淌。我还是放心不下啊！于是又擦干泪水，重回病房……

本文写于2023年1月20日

一篮土鸡蛋

大年三十下午，邻居王婶送来了一篮土鸡蛋。娘百般推辞，说她这么老了，又没什么东西还礼，坚决不收。可王婶说，土鸡蛋是自家养的，不值钱，一点点心意，一定要娘收下。她还说，娘的大恩大德她一辈子难忘，不收的话心里不安。

到底是什么大恩大德，以至于王婶对娘心存感激，还那么情真意切？王婶都把我说糊涂了。

出于好奇，在我再三追问下，娘这才说出一个尘封了差不多半个世纪的秘密。

那是四十多年前，我刚高中毕业，在外打工。那时，国家出台计划生育政策，提倡独生子女光荣。

各级政府为了落实政策，做了大量的宣传工作，温馨的标语口号在墙头报纸比比皆是。

城镇户口，不管是男是女，都只能生一个，农村户口如果是男孩，也只能生一个，如果第一胎是女孩，还可再生一个。

那个时代，特别是农村，重男轻女思想根深蒂固。第一胎是女孩还好，如果第二胎是女孩，就想偷着再生第三胎。

却说那王婶，第二胎生了女孩后，月子没满就躲了起来，铁了心想生个男孩。七大姑八大姨，亲戚朋友躲个遍。到最后眼见第三个孩子在肚子里越长越大，实在没地方躲了。于是就想着平时同我娘关系好，抱着试试看的想法，求上门来。

有道是救人一命，胜造七级浮屠。宅心仁厚的娘，连想都没想就答应了。这在当时得冒多大的风险啊！

王婶在我家一躲就是五个多月，娘日日洗衣送饭，悉心照顾，秘密得连隔壁邻居都不知道，直到男孩呱呱坠地。

这才有了开头大年三十送土鸡蛋的一幕，而且一送就是四十多年。现如今王婶的儿子也已四十多岁，王婶早成了奶奶。

说来王婶也是可怜之人，育有一男二女，丈夫在孩子们很小的时候就去世了，年纪轻轻就守寡，平时靠做清洁工挣点微薄的收入，拉扯三个孩子长大，生活很是艰苦。这一篮土鸡蛋应是她平时从牙缝里挤出来的。

滴水之恩，涌泉相报！一篮土鸡蛋，礼轻情重！

本文写于 2023 年 1 月 21 日

出院后的第一顿午餐

医院里住了半个月,到腊月二十八,娘出院了。

出院时,医生沉重地对我说:"这次好多有基础病的老人都……"当说到"都"字,就喉咙哽住,说不下去了。说我老娘好顽强,这次能挺过去,真的不容易,叫我回去好好照顾。

娘这次出院,跟前几次出院大不一样。前几次出院有人搀扶着她还可以走,这次出院,即使搀扶着也走不动,从病房出来就得靠人背着。

娘出院后,第一个难题就是怎么照顾娘。在车上,我一边开车一边叫大姐跟娘沟通,请一位保姆来照顾。娘对请保姆很排斥,怎么都说不通。最后似乎生气了,说若是穷苦人家,请不起保姆,难道就不照顾娘了?说得我和大姐无言以对,不敢吱声。

公司厂房年底竣工了,办公室也装修好了,辛苦了一辈子,办厂三十多年,终于有了属于自己的厂房,我内心好有成就感,同时也想让娘高兴高兴。

已是午后,我跟大姐商量娘的午饭。我叫大姐跟娘说,午饭去厂里吃,顺便让娘看看新厂房,给娘一个惊喜。大姐贴到娘的耳边一说,娘欣然应允。

我顺道去饭店买了娘平时喜欢吃的小菜,两盒米饭。车一到厂门口,娘抬头看到高大的厂房,立马咧开嘴笑了。

到电梯口,我和大姐一边一个扶娘下车,我蹲下身想背娘,娘好强想自己走。可娘刚迈开步，就双腿发抖走不动。于是我又蹲下身，大姐扶娘趴到我的背上，乘电梯到我六楼办公室。

身后的大姐寸步不离地扶着，直到我轻轻把娘放在沙发上。娘看到我宽大敞亮的办公室，双眼放光："这么好，这么好……"自言自语说个不停。娘再三叮嘱，叫我对厂里员工好一点，工资开高点，说他们都来自五湖四海，背井离乡到这里打工，都不容易，别忘了我们也是穷苦人家出身，我没办厂之前也是打工过来的，应该知道打工人的苦。

我自是铭记在心。

接着打开饭店里买的丰盛小菜，在沙发前的茶几上排开，盛了半碗米饭给娘，大姐和我一边一个坐在娘身边，陪娘吃出院后的第一顿午饭。

听说娘出院了，妻、二姐、三弟都第一时间赶到我办公室，围坐在旁边，陪着娘吃饭。娘今天心情特好，有说有笑，胃口也很好。我清楚地记得，这顿午饭，应该是近几个月来，娘吃得最好最香的一次。

过了一会儿，二表哥和二表嫂听说大姑住院回来，也一起来到我的办公室看娘。聊天中，大姐提起请保姆难一事，没想到二表嫂不假思索，说让她来，大姑对她如同己出，照顾大姑她心甘情愿。

老实说，我们兄弟姐妹虽多，但各有各家，各自奔忙，真正要二十四小时寸步不离陪在娘身边，都有难度。

于是我抱着试试看的态度，征求娘的意见，没想到娘这次笑逐颜开，满口答应，说荷花（二表嫂）来好，她俩有缘，并特地吩咐，自己亲人贴心，叫我工资给高点。

只要娘能同意，能高兴，我自是满口答应。

本文写于 2023 年 1 月 25 日

陪娘住院

今晚写《侍母记》，是在病房里，我又陪娘住院了。

从早上忙到现在，我感觉很累，应该休息，却无半点睡意。安顿好娘睡下，我看了看时间，已是晚上十一点，静静地坐在娘床前，一边写，泪水一边淌个不停。

娘吸着氧，身上插满了管子，床头柜上放着重症监护仪，不停地闪着红黄蓝三种颜色，监护仪嘟嘟嘟响个不停，像是"永不消失的电波"。我问护士，护士说是心律不齐所致。

娘几次醒来，看我还没睡，关心我："是不是医院里环境不好，睡不着，可是苦了你。"

我说睡得着，叫娘安心睡。

娘睡一会儿就要咳嗽，总像有痰堵住喉咙，想吐又吐不出，上气不接下气，很是难受。我怕娘一口气上不来，赶紧上前拍着娘的背，想让娘把痰吐出来，可她又吐不出。

娘看我还没睡，生气了，一把推开我："你倒是睡啊，你这样一整晚不睡，身体怎么吃得消？你再不睡，我明天就出院，死了算了！"

"马上就睡。"我唯唯诺诺。

我扶娘躺下，可止不住的泪水正好打在娘的脸上。借着微弱的光亮，隐隐可见，娘老泪纵横。

时间已过零时。我再也不敢坐在娘的床前了，怕等会儿娘看到要多心。

我迷迷糊糊刚睡去，就被窸窸窣窣的声音惊醒。

我问娘，怎么啦？娘说，她想起来，可起不来，又怕吵醒我。

我赶忙上前扶娘。

这时候，已是凌晨三点，要是在乡下，怕是鸡打头鸣了。

我也想睡一会儿，告诉自己不要累坏了，不然怎么照顾娘？可心如乱麻，泪如泉涌，怎么睡得着？

病床有两张，一张空着，病房就我和娘。我睡这边，娘睡那边；我睡不着，一直看着娘，怕娘有个好歹；娘也不时醒来，朝我这边张望，看我睡没睡。

我赶紧装作已经睡着了，免得娘不安心。

想着下午医生的谈话，又一阵阵心惊肉跳。医生说，娘心脏肿大衰竭，血淤塞在周围，不能循环，呼吸不畅，还有严重的肺炎，情况不容乐观，随时都有可能……毕竟老人家已是九十高龄，要是输液吃药能稳住病情最好，如果不能，就无能为力了……

我顿时双腿发软，头嗡嗡响，再也不敢往下想……

由于医院只允许一个人陪护。黄昏时妻女打来电话，关心娘的病情，我如实相告，电话那头，传来妻女忧伤的哭泣声……

夜，很静，可病房里却很不安宁。娘的哮喘声、咳嗽声、鼾声、梦呓声，还有重症监护仪响个不停的嘟嘟声……

不知不觉，窗外渐渐有了亮光，城市又有了车水马龙的喧闹。

又一个不眠之夜啊！

本文写于 2023 年 1 月 30 日

枉为人子

春雨连绵,春寒料峭,我昨夜无眠,今天自然起得早。娘醒来第一时间就问,大姐今天来不来?轻轻的话语里充满了期待。

恰好这时,大姐打电话来,说她到了。我一看时间,才六点。根据防疫规定,进出医院的人员要做核酸检测。七点半医生上班,给大姐做了检测,等到下午两点拿到报告,大姐才进病房。娘见大姐来,甚是欣慰。

由于来得仓促,娘没带换洗衣物。娘说有大姐在,叫我回去拿。到家后,妻也想去看看娘,我说没有陪护证,进不去,妻说到了再说。

医院里可谓戒备森严,每个科室门口都有护士守着,妻被挡在外面。当我到娘病房后,回头一看,妻已跟在后面。她说,趁护士不注意,偷跑了进来,好想看看娘。我苦笑了下,揶揄着妻,说老实人也有不老实的时候。

倒好温开水,给娘擦身子。当我脱掉娘的衣服,看到娘皮包骨头的身体时,泪水一下子涌了上来!

给娘洗脚时,我看到娘双脚浮肿,脚底有如干旱的农田,条条开裂,却又无半点血迹,温水浸湿后,娘哎哟哎哟叫着痛。我急忙问医生,医生说是娘心脏严重衰竭,供血不足所致。

裂在娘脚,痛在儿心!万般无奈,枉为人子啊!

晚餐时,大姐贴到娘的耳边,问娘想吃什么,娘一脸茫然,不知所云。我们合计着娘可能想吃的菜,赶紧去饭店买来。娘看到我们买了那么多菜，心疼得不得了，说每餐买那么多，又住单间，一天要费多少钱啊！

我贴到娘的耳边，叫娘不要心疼钱，不要多想，病房住得舒服，身体就会好得快。娘弱弱地点了点头。

我们一起喂娘吃饭，娘吃了几口，每样菜尝了尝，就吃不下了。妻哄着："老娘哎，多吃点饭，硬吃也要吃点下去，身体快点好起来，我们早点回家。"

娘低低地说："看到那么好的菜，我也想吃，可是咽不下啊……"

大姐拿勺子舀上饭，递到娘嘴边："妈你再吃一口试试，再吃一口。"娘犹豫了一下，勉强张开嘴，嚼了嚼，想咽，又咽不下，含在嘴里好一会儿，还是吐了出来……

我鼻子一下子酸起来，眼泪止不住地流……

小时候，娘喂我们多吃一口，多吃一口，于是我们渐渐长大；而今我们喂娘多吃一口，多吃一口，想延续娘的生命。怎奈娘年老体衰，多吃一口已是千难万难……

喂娘吃罢，刚坐了会儿，娘就一个劲催我回去，说我昨晚一夜未睡，快快回去休息，还说今晚是十四夜，元宵节（元宵节是正月十五，唯独我们台州是十四），到家后多放几个烟花，叫菩萨多多保佑，今年多赚些钱，顺风顺水，一家大小平平安安。怕我忘记，娘再三叮咛。

我俯下身，捋了捋娘的苍苍白发，抚了抚娘的浮肿脸面，摸了摸娘的如柴双手，含泪告别。

娘刹那眼泪汪汪……

走出病房的一刻，我只觉得头晕目眩，心沉腿重，泪如雨下……

本文写于2023年2月1日

出院

住院治疗了半个月,娘终于出院了。

出院时,医生说娘的心脏、肺部,都已病变,已无根治的办法,输液吃药只能起到暂时稳定,治标不能治本,这样一直住在医院也不是办法,先出院回家调养,如果不好再回来治疗。

背着轻飘飘的娘走出病房,娘趴在背上气若游丝地对我说:"这次出院好像跟前几次不一样,双腿发软,浑身无力。"

我安慰着娘:"回家慢慢调养,会好起来的。"

娘忧伤地说:"年纪大了,怕是好不了,只是这样经常生病,拖累了你们,还不如早点死了好。"

我一边叫娘别多想,一边暗自落泪……

回家后我们兄弟姐妹本想给娘请个保姆,可娘对保姆很是排斥,不管怎样都不同意。最后,我们兄弟姐妹决定轮流照顾娘,一人十天,轮到的二十四小时陪护,从我开始。

晚饭后,给娘洗漱毕,我就着手在娘的房间铺陪护床。娘很不高兴,说她没事,不用我们陪,也不让铺床,说等到她躺在床上动不了,我们再来陪。我们兄弟姐妹再三恳求,说不要陪就不陪,先把床铺上,娘总算答应了。

到晚上九点半的时候,娘看着我还不走,就开始赶我,我说留下陪她,娘急起来,用手推我走。我只好搀扶娘上床,安顿好娘睡下,暂且离开。

晚上十一点左右，我越想越放心不下，悄悄推门进去，娘打着均匀的鼾声，睡得很香。

到零时，我还是不放心，又悄悄来到娘房间，见娘睡得很安详，这才放下心来。

本文写于 2023 年 2 月 12 日

又陪娘住院

出院仅十天，娘又住院了！

出院后前五天娘的情况还可以，后几天一天比一天糟。到第八天的时候，本想带娘去住院，可娘说刚出院没几天，不想去。到第九天的时候，我好不容易说动了娘，连病房都联系好了，可娘又临时反悔，不肯去。

第十天的时候，娘实在支撑不住了，甚至呼吸困难。可娘还是不想去住院，说出院才这么几天，去医院也没用，人老了，总会有这一天，治不好的，不去算了。话语里充满了忧伤和苍凉。

娘似乎隐隐预感到了什么……

可由不得娘，我同弟弟一边十万火急送娘去医院，一边打电话请医生朋友帮忙安排病房。好在娘刚出院不久，不用重新检查，进病房后就可直接输液。

等输好液已是晚上八点，我急忙去买来馄饨喂娘吃，可娘连馄饨里的一点点肉末都咽不下，只吃了一点点皮和汤。

我怕娘饿着，问娘，还想吃点什么？娘皱着眉头，叫我不要再问了，说她什么都吃不下，连回答我的力气都没有了。

她倒是担心我饿着，几次三番催我去吃饭。我哄着娘，不急，等你睡着后我就去吃。娘点了点头。

已是晚上九点，肚子早已饥肠辘辘，却无一点想吃东西的感觉。此刻，我半步都不想离开娘。

给娘稍稍洗漱了一下，我安顿娘睡下，叫娘好好休息。娘叫我赶快去吃饭，吃了赶紧睡，别把身体累坏了。

娘睡睡咳咳，咳咳睡睡，可咳又咳不出来，总像有一口痰堵在喉头。娘一咳我就起来，过去轻拍娘的背，想让娘把痰咳出来，可娘连咳重一点的力气都没有，稍微一咳就呼吸急促……

我急忙去找值班医生，不一会儿护士送来药，从娘手上留置针处推入药水，大约一小时后，娘安详地睡着了。

入院时，我再三恳求医生用最好的治疗方法，不管花多少钱都没关系。医生说，会尽一切努力，这跟钱没关系，毕竟有些病不是有钱就能治得好的。他还说娘的病并不复杂，就是老年病，人好比一盏油灯，都有油尽灯枯的时候，这是自然规律，叫我有思想准备。

医生说得很平静，可我听来却是字字惊心，心头翻江倒海……

现在是凌晨四点，窗外风雨飘摇，春寒料峭。"罗衾不耐五更寒"，娘打着鼾，发出梦呓，梦里是否知自己在住院，且病重？

娘睡睡醒醒，醒醒睡睡，看我一直没睡，气如游丝地催着我，叫我快睡。话语中充满了慈母的无比关爱……

要是在平时，我会倍感温暖，而此刻却鼻酸眼胀，无限悲凉！

夜深沉，难入眠，心如绞，眼蒙眬……

本文写于 2023 年 2 月 20 日

往事依稀浑似梦
——怀念父亲

过完年，娘就九十一岁了。猛然想起，父亲离去已有二十余年。回首往事，恍如昨日，想起父亲，忍不住一阵忧伤涌上心头！而最让人难以忘却，又让人心痛的是父亲的一口剩饭和一碗小吃。

1.父亲的一口剩饭

桃花开满了垄上，菜花黄遍了田野，春风摇晃着麦浪。

春三月的一个下午，我一个人静静地在野外走着，沐着暖暖的春阳，踏着陌上的青草，自由自在，漫无目的。

春耕开始了，田野上一片忙碌的景象，我的思绪也回到了从前。

遥想当年，自己也曾和家人面朝黄土背朝天，日出而作，日落而息，一家大小守着几亩薄田，年复一年。而今弃耕从商，生活好了，父亲去了，娘老了，兄弟姐妹成家立业，各奔东西。

当年辛勤耕耘过的农田，杂草丛生，荒废经年。还是那时的山，还是那时的水，只可惜沧海桑田，物是人非。

碰到同村的一位阿公，年届九十，还在地里劳作，我忙上前打招呼。阿公还算硬朗，耳聪目明，看到我很是亲切，就拉起了家常。

阿公说："你现在条件多好，还开着那么大一个公司，要是你爸在不知有多高兴。想当年我同你爸都是出山人，那时候在生产队挣工分，吃不饱，穿不暖，日子艰难。

"最困难的是'担水库'（那时没有机械化，筑水库的材料全靠肩挑）的三年，那时村里想筑一座干旱时期用于灌溉农田的水库，村里的壮劳动力，不论春夏秋冬都去筑水库，结果把农田都搞荒了。

"每天水库放工，我们累得筋疲力尽，骨头快散了架，路都快要走不动。天早就黑了，我们饿得前胸贴后背，你爸每天中午不管吃什么，都会留一口，到下午放工时把这口冷饭吃了，再捧几口山坑水喝，填一下肚子，去山上砍一担柴回家，不论冬夏，日日如此。

"那时候砍柴都没地方，得等到天黑去邻村山上偷偷砍，上山砍柴穿着草鞋，有时候草鞋破了，双脚磨得鲜血淋淋，砍柴回来往往都晚上九十点钟了。想想那时真的苦啊！那时候你家特别穷，人口又多，要是没有你爸勤劳砍柴卖柴，你们兄弟姐妹都要饿死。你爸实在太苦了，是踩在岩石上吃饭的人。好人一个哪！可惜好人命薄，去得太早……"

阿公边说边感叹，像在讲一个遥远又新近的故事，讲得我眼泪汪汪……

往事依稀浑似梦，一晃二十多年过去，多少往事萦绕心头，多少思念痛彻心扉，更有多少遗憾难以释怀！今天听阿公讲的往事，更加勾起我对父亲的思念。

2.父亲的一碗小吃

那是父亲辞世前两年的一个仲秋下午，我开车经过村老年协会，远远看见父亲正津津有味地吃着一碗小吃，看样子吃得很香。

我看到既高兴又诧异，毕竟平生破天荒看到父亲吃小吃。父亲终于舍得花钱了！

当车开到父亲身旁时，我朝父亲微微一笑，父亲也看见我，一脸局促，忙把半碗小吃藏到背后，样子很不自在。

我当时百思不得其解，以前穷，想吃吃不到，现在条件那么好，父亲又不是没钱，干吗要这样？

随着时光的流逝，渐渐地，我终于明白个中缘由，知道父亲窘迫的原因。

父亲一生节俭，除一日三餐外，从不吃小吃，偏平生第一次吃就被我看到，大概觉得失态。也可能跟父亲的性格有关，父亲平时不苟言笑，沉默寡言，慈祥而威严，认为吃小吃有失体面。至于真正的原因，只有天国的父亲自己知道。

从那以后，每当开车路过老年协会，我都会稍稍留意，看父亲是不是在那儿吃小吃，如有，赶快避开，免得父亲尴尬。可日复一日，再也看不到了，永远看不到了……

弹指间，父亲离去已有二十余年，随着时间的推移，我越加思念父亲，每当想起父亲那次吃小吃，心头便会隐隐生痛。假如那次不被我碰到，也许父亲会吃第二次、第三次，也许会吃很多很多次。

不知天国是否也有小吃，如有，父亲你喜欢就多吃点，钱不够用托梦来。放心吃，尽情吃，别不好意思，儿女们再也看不到了，永远看不到了！

往事如烟云，淡淡的，缭绕心头，拂去还来。多想再看看父亲那种憨厚，津津有味吃小吃的样子，多想再看看父亲慈祥的容颜……

往事莫思量，思量只断肠！

本文写于 2023 年 2 月 26 日

守望

早上醒得很早,妻在旁调侃说:"你一定又是惦记着娘,连觉都睡不安稳,瞧你那焦虑样,娘这时候还睡着呢。"

想想也是。

睡是睡不着了,满脑都是娘瘦弱的身影,我在床上翻来覆去,惴惴不安。

妻看穿了我的心思:"你这么不放心,那就起来,早点去看娘也好。"

这时候,朝阳刚露出斑斓的霞光,野地覆满凄凄白霜。

悄悄推门进去,娘还睡着,打着轻轻的鼾。于是,我轻轻搬了把椅子,静静坐在娘床前,深情看着娘,默默守着。

——越看娘越慈祥。

同时情思在飞扬,遐想自己襁褓中时,娘是不是也一样守着我,唱着摇篮曲:"摇啊摇,摇到外婆桥……"

记得读小学五年级的时候,我得了重感冒,眼冒金星,头痛欲裂,说着胡话,昏睡了一天一夜。当我半夜三更迷迷糊糊醒来时,娘仍守在我身旁。见我醒来,娘喜极而泣!

六十年如一梦,无情的岁月消磨尽娘的青春年华,把娘变得越来越老,也使我心头越来越慌!

时间一分一秒地过去,娘还是睡得很香。中途,她微微睁了一下眼,我以为娘要醒了,急忙想上去扶,可娘轻轻转过身,又睡去。

想了想,还是先去买早餐吧,等会儿娘醒来就能吃。

回来后太阳透过绿纱窗,照到床上,也照到娘满是皱纹的脸庞上。

过了好一会儿,娘伸了伸腰,微微睁开眼,看到我,哑然失笑:"嗨!瞧我,太阳晒到头顶上才醒。"

我轻轻扶起娘,帮娘穿好衣服,倒上温开水,给娘洗好脸,梳好头,贴着娘耳边,叫娘吃早餐。

娘一个劲地催我回去,说她没事,叫我今天都不用来,不要老是两边跑。

我走到娘门口,不经意一回头,娘已放下餐具,靠着椅子,向我的背影挥着手,露出人世间最温馨的笑。娘昏花的双眸,暖暖的满是光芒。

这一刻,一股暖流在心头回荡!

本文写于2023年3月2日

长姐如母

住院出院，出院住院，连接着生病，受苦的娘。

日日夜夜，陪娘住院，辛苦了两个姐姐。

从每年一两次，变成后来三四次，到现在每个月就要住院一次。

一半居家，一半住院，这就是娘的晚年岁月。

都说女儿是娘的贴心小棉袄，这句话在两个姐姐身上体现得尤为充分。

都说长姐如母，这句话用在两个姐姐身上恰如其分。

大姐和二姐本来身体就不好，却还悉心照顾着娘。我这边心疼娘，那边又心疼两个姐姐。

我对大姐说："这段时间真苦了你！"

没想到大姐未讲先哭，眼泪汪汪："不苦！为了娘不管多苦多累都应该。只是看到娘这么痛苦，整夜整夜睡不着，整夜整夜痛苦呻吟着，心疼啊！"

二姐呢，说她离娘远些，平时对娘照顾得少，娘生病了，陪娘是天经地义的事。有的陪是我们的福气，就怕没的陪。

大姐说得感动，二姐说得暖心。

感谢父母，赐给我两个好姐姐。

先说说大姐。

小时候，我们兄弟姐妹多，大姐跟着父母种田砍柴做家务，受尽了苦，连一天书也没读过，但直到如今，我们从没听大姐说过一声苦，道一声委屈。小时候，身上衣裳口中食，无不凝聚着大姐的苦与累，我的成长，有大姐许许多多心血。

因在校读书，大姐放牛砍柴务农这些，我自不知，但每当放学后，总见大姐有干不完的活，编不完的草帽。都说穷人的孩子早当家，这句话用在大姐身上，最恰当不过。

大姐在家苦，出嫁后更苦。婚姻是祖父包办的，大姐是封建思想的牺牲品，夫家一穷二白，大姐不怨天不怨命，千辛万苦，默默操持着。好不容易日子稍好一些，可邻家一场大火，把大姐家烧得一干二净。食无粒米，身无分文，居无片瓦……

我至今都难以想象，大姐一家是怎样熬过来的。

好在天道酬勤，天无绝人之路，大姐和姐夫的勤劳操持，日子过得越来越好。

每当娘生病住院，大姐不但争着陪护，对娘照顾得更是无微不至，还挖空心思给娘买好吃的，想方设法哄娘开心。

最最让我心疼的是娘上一次住院，大姐右脚肿得很厉害，走路一瘸一拐，上下楼梯都很吃力。娘和我都心疼大姐，叫她不要来陪护。可大姐非要陪，说没事没事，不疼不疼，娘都九十岁了，现在不陪，以后想陪都陪不到了。大姐边说边眼泪汪汪。

娘出院后，第一时间就催大姐去看病。医生看了说，腿那么肿，一定很痛。医生面前不说假话，大姐说，实在疼痛难忍，有时一晚上都睡不着。

医院回来后大姐瞒着我，说没事。大姐夫如实相告，说要动手术。真不敢相信，那么多日日夜夜，陪娘住院，大姐是怎样熬过来的？此事足可让我心疼一辈子！

大姐，有父亲的慈祥，娘的善良，她对我们兄弟姐妹爱护有加，虽为大姐，却操着父母般的心，担着父母般的责任，她为了我们共同的家，任劳任怨，历尽艰辛。

再说说二姐。

在我的记忆里，跟大姐一样，二姐从小就帮父母干农活，放牛砍柴做家务，还要带我们几个弟弟，受尽了苦。

我们兄弟姐妹六人，兄弟四个或多或少都读过书，家里就我一个读到高中，二姐跟大姐一样，也没读过一天书。很多时候我都为两个姐姐惋惜和不平，觉得父母重男轻女。但在那个贫穷的年代，如果我们兄弟姐妹个个都读书，恐怕家里连饭都吃不上，父母也实在没办法。现在每每想到两个姐姐，我总觉得好对不起她们。

二姐一生多灾多难！

在我很小的时候，二姐也不过十多岁，白天随父亲下地干农活，晚上跟母亲一起编草帽。每逢集市，二姐把编好的草帽拿去卖，自己连一颗糖都不舍得买，攒下钱为我付学费。

记得二姐十五六岁那一年，双腿肿得很厉害，家里没钱给她看病，她就这样在床上躺了一个多月，父母终日以泪洗面，却又无可奈何。也许是好人有好报，一个月后二姐的腿居然自己好了。现在每每想起灰暗的童年，想到二姐少女时代的苦难，真的好心疼。

出嫁时，别人家的女儿有嫁妆，可二姐什么都没有，娘东借西借凑了一点钱，给二姐买了两床被。那天下午二姐出嫁，抱着父母和我们兄弟姐妹大哭，难舍难分。至今记忆犹新。

婚后没多久二姐又大病一场，动了大手术。那时我正在遥远的异乡打工，父母捎信来说二姐病得很厉害，叫我赶快回来看看。我十万火急地赶回家，看着病床上奄奄一息的二姐，我心痛如刀割，抱着二姐哭个不停。病床上的二姐像娘一样，用手摸着我的头，小心宽慰着我，叫我别哭别哭……

在我五十岁那一年，二姐五十三岁，她经常说自己肚子疼，干活没力气，去医院一检查，已是癌症中期。当检查结果出来后，我们兄弟姐妹全都崩溃了。一面瞒着二姐，说是小病小手术，叫她不要担心；一面同医生讲，用最好的治疗方式，不管花多少钱都没关系。后来还是没瞒住，到化疗时二姐还是知道了。

  尽管身患绝症，可二姐的心态，简直不是一般地好。为了同病魔作斗争，她自己上山采野灵芝，采中药调理自己。每日坚持锻炼，像没事人一样，笑口常开。

  最让我感动的是，二姐每遇亲朋好友，都忍不住夸我们兄弟姐妹的好，说她生病全靠兄弟姐妹照应，她没花一分钱，说她家里的一切全靠兄弟姐妹帮衬，感激之情溢于言表。

  这辈子，除了父母，最值得我感恩的就是大姐和二姐。在这里，我由衷地说一声：大姐、二姐，你们辛苦了，谢谢你们！

本文写于 2023 年 3 月 8 日

走山

这是一个晚春的下午,我一个人坐在办公室有点闲暇,忽然想起以往经常去走的那条林间小道,何不趁着绿肥红瘦时节,再去走一遭?

从公司开车去小道,十多分钟就到了。记不清走过它多少次了。有时候与朋友结伴而来,有时候同妻一起,而今天下午就我一个人。

一场新雨过后,小道的水洼倒映着蓝天白云,不小心踩上一脚,犹如踩上凌虚的太空,吓人一跳。山岚轻轻缠绕着小道,如薄雾,如轻烟,点缀着丛林,笼着远峰。

这里曾经是通往邻县和省城的古道,依稀还可寻得长亭的遗迹。少年时我经常随父母和哥哥姐姐走这条山路,那时是来砍柴,为了营生。而现在呢,则是为了休闲和锻炼身体。

父亲在时,经常讲古道的传奇故事。他说:"新中国成立前经常走这条古道,帮商贩去华宁海一带(今宁海县)挑私盐,来回要走两三百里,日暮就宿在长亭里。那时兵荒马乱,战火纷飞,加上古道附近山高林密,沟壑纵深,除了有猛兽出没,还有盗匪拦路抢劫,过路客商早晚都不敢走,得在日中心等到人多势众时,才敢结伴而行。一些落单的商贩,轻则货物被洗劫一空,重则性命不保,现在太平盛世多好。"

记得读中学的时候,我假期经常约小伙伴们来这里摘松果卖。穷人的孩子早当家,一为贴补家用,二为攒点学费,家里柴火不够时,松果还可以当柴火烧。

记忆最深的,是初夏的一天,那天我吃过早饭约了几个玩伴去摘松果。早上七点出门,到下午三四点钟还没回家,娘不放心,怀里揣着一个饭团,走了两个多小时来找我们。找到我们后,饭团还热的,娘赶紧拿出来分给我和小伙伴们吃。看我摘松果爬树时,被松树皮割得鲜血淋淋的肚皮,娘心疼得流下了泪水……

穷人的孩子基本上都是自生自灭。父母苦累,日子苦如黄连,能够让我们兄弟姐妹六人吃饱穿暖,已经难于上青天,哪里还顾得了那么多。

最为惊心动魄的一次,是仲夏的一个下午。台风季节,雨后初晴,我爬到高高的松树上摘松果,忽然一阵大风刮来,整棵树都在摇晃,我顿觉头晕目眩,蓝天白云都在旋转,几乎要从树上掉下来,赶紧抱紧树干闭上眼睛……

现在每当回想起那一幕,仍然脊背发凉,隐隐后怕。

这里的一草一木是那么地令人熟悉,蕴藏着深深的少年情结,承载着太多的苦涩与辛酸。只可惜岁月悠悠星月移,春去秋来老将至。

我沿着古道的石阶,慢慢地走着,听山泉叮咚,看游鱼戏石,逗枝头鸟雀,赏山花烂漫。峰回路转,如入仙境。累了,坐在长满青苔的石阶上歇一歇;渴了,捧起清清的山泉喝一口,优哉游哉,好不惬意。

我不喜群居,大部分时候喜欢独处,对许多世俗的事物都没兴趣,朋友们都说我是一个无趣的人。像下午这样一个人静静地在山上散步,是我的最爱。一个人想我所想,乐我所乐,避开纷繁的世界,忘却烦心俗事,乐山乐水乐人,淡定从容自在。

不知不觉间,已走到了毗连邻县的一个小山村,这里曾经有我许多少年时的同学。现在整个村庄空无一人。小木屋爬满了青藤,小径上长满了杂草,田园荒芜着。鲁迅笔下的"闰土",秋雨笔下的"红英"——我的小伙伴们都去了何方?惹得我深思……

东边坡上，那里曾经是我们笑谈梦想的地方。那时恰同学少年，"闰土""红英"们都曾信誓旦旦，相互鼓励，一定要好好读书，将来走出大山。如今他们真离乡背井地走了，而我却形单影只，似闲云野鹤般来了！

坐在高高的山岗上，看长烟落日，看峰峦叠嶂，看宿鸟归飞，看万家炊烟，我浮想联翩……此时，什么荣华富贵，什么是非恩怨，都成了过眼烟云！

人就是奇怪，明明离家不远，相隔也不过数重山，这时却有种淡淡的乡愁涌上心头，我忽然想起家来。

这时候，恰巧妻打来电话，说做好晚餐等我回来吃饭，饭后一起去陪陪娘。

刹那间，一股暖流涌上心头——原来幸福的定义这么简单：有家，有人牵挂着。

该走回去了，踏着薄暮，沐着晚霞……

本文写于 2023 年 4 月 2 日

寒食

今天是寒食节,我在医院里,陪娘住院。

相传寒食节是为纪念春秋时期的介子推。晋文公重耳访求介子推为官,介子推孝母,隐居绵山,誓不为官。晋文公遍寻无踪,命军士放火烧山,逼迫介子推背母而出。大火熄灭后,晋文公发现介子推抱母死于树下。晋文公后悔不已,下令以后这天全国禁烟禁火,吃冷食,以示纪念。

古老的传说凄美感人,令人怀古伤今,追远思亲。

这是老娘九十一岁时第一次住院,离上次住院只有一个来月。

为这次住院,娘颇纠结。看娘吃的饭一天比一天少,双腿一天比一天肿,我心急如焚,天天催娘住院,娘却是天天推。这几年经常住院,娘是住怕了,加上出院没多久,娘真的不想去。而且她百般惦念着我大姐的肾结石手术做了没多久,还有我腿痛。娘怕增加子女们的负担。

下午大姐过来看娘,才说几句,娘就掩面而泣,说她这次本不打算医治了,人都有一死,横竖都医不好,何苦让我们每年花那么多钱,她为的是挣扎着一口气,想等我小弟出来见最后一面。

我听后无言以对,心里说不出的悲凉。

照这样下去,怕是……

娘这次住院,较以往大不同,以往要是输三四天液,都会明显好转,这次却一点都不见好。娘每餐只吃一点点,吃完又说肚子痛,膝盖以下冰凉冰凉的,双腿又酸又痛,而且还抽筋。强力CT出结果后,说娘动脉硬化,血管闭塞,要动手术安装人造血管,打通动脉,不然血液无法循环,双腿会坏死。

由于市医院医疗条件有限,手术要请省城专家来做,专家明天早上能到,晚上我在医院陪着娘。

娘一直叫着痛,止痛药、止痛贴、止痛针,凡是能用的药都用上了,还是不顶用。躺着不是,坐着不是,站着不是。我不停地抚摸着娘冰冷的双腿,想用自己温暖的手,减轻娘的痛苦,可一切都是徒劳。

也许是痛麻木了,也许是累了,娘的呻吟声渐渐地轻下去,她时不时睁开昏花的双眼,叫我去睡,说完又迷迷糊糊地睡去,梦里依然断断续续地呻吟着。我怕惊醒娘,双手的抚摸轻了许多……

娘深更半夜如梦呓的叫声,很是凄厉,叫得我心头隐隐生痛,泪水止不住地流。黑漆漆的夜,时间仿佛凝固了一样,盼不到天明。

下半夜的时候,娘说自己躺久了难受,想下床坐到椅子上,这样双腿往下放,可能会好些。我抱着娘坐在椅子上,帮娘披好衣服。娘叫我去睡,我不放心,怕等会儿睡着了娘自己跌倒,起来到洗手间用冷水洗了几把脸,洗去睡意。静悄悄地站在娘身后,双手轻轻搭在娘的肩上,守护着睡梦中的娘。

娘忽然醒来,马上寻我,我在身后,娘自然看不到。我双手按着娘的肩头,弯下腰,嘴贴到娘耳边,叫娘安心睡。

娘急起来,抬起虚弱的手推我,叫我快去睡,说她不会有事。

怕娘不安心,我赶紧去陪床躺下装睡,等娘发出轻轻的酣睡声,又悄悄起来站到娘身后……

拂晓的时候,娘说她坐累了,叫我扶她到床上睡,然后叫我也去睡。实在太困了,我和娘一躺下就睡着了。睡梦中,我被一阵推门声惊醒,是护士来给娘抽血化验。我一看时间,才清晨五点。

天已蒙蒙亮,窗外纷纷扬扬,下着毛毛细雨。

清明节到了。

本文写于 2023 年 4 月 5 日

清明节陪娘住院

早上省城专家过来,准备八点半给娘做手术。

虽说娘体弱多病,经常生病住院,但每次都是输液吃药,动手术平生还是第一次。

七点的时候,大姐、二姐、妻还有侄女,都过来看娘。七点半医生找我谈话,告知利弊。我问,要装几根动脉,手术要多少时间,局部麻醉还是全麻?

医生说老人家毕竟年纪那么大了,动脉都已硬化,手术难度会大一些,具体装几根动脉,是局部麻醉还是全麻,难以确定,到时候看实际情况,手术时间预计要两至三个小时。

医生模棱的话语,让我忐忑不安。签字时,我拿笔的手在抖。

八点半的时候,娘进手术室前,我嘴贴到娘耳边,安慰着,说是小手术,跟打针一样,没事的,很快就好,叫娘别担心。娘听后点了点头,进去前还不忘吩咐,叫我去买点早餐吃,别饿着了。

手术室外等待的时间很漫长,我心里慌慌的,不停地来回踱着步,隐隐听到娘凄厉的喊痛声,紧张得心头怦怦直跳。问两个姐姐是否听到娘喊痛,她们都说没听到。难道是我昨夜未睡,神情恍惚?难道是我过于焦虑,产生幻听?

娘手术期间陆陆续续来了很多家人,都在等着娘出来。我们家人丁兴旺,娘的一脉就有四十多口人,平时聚餐要坐满满四桌。在娘的教诲下,我们的家风讲求忠孝礼义,敬老爱亲。娘生病住院举家关切,排着队来看望。

  大约三小时后,手术室的门终于缓缓打开,医生出来,告知手术成功,动脉已经打通,装了进口的人造血管,血已能够正常循环,她的双腿也慢慢变暖了。当护士把娘从手术室里推出来时,一家大小看到病床上奄奄一息、瘦骨嶙峋的娘,都心疼得流泪。

  为了让奶奶高兴,从小由娘一手带大的侄子,精心安排,特地带来了刚刚交上的女友,来看望奶奶。尽管刚刚做完手术,输着液,吸着氧,虚弱地躺在病床上不能动弹,但娘却无比欣喜,消瘦的脸庞,情不自禁地露出久违的笑靥。

  清明时节雨纷纷,路上行人欲断魂。清明节没去扫墓,陪娘住院,请父亲及列祖列宗原谅吧。

本文写于2023年4月6日

落红时节娘病危

本以为年过了,春天来了,天气暖了,花儿开了,娘的身体会好起来。

本想等娘好起来后,带娘去灵湖看樱花,去田野看麦浪,去天涯看梨花……

可等来了春天,等来了花开,等到了花谢,等来的不是娘身体安康,而是娘生病住院。

早上七点半的时候,二弟打电话来,说老娘又生病了!我心急火燎地同他一起送娘去医院。

根据规定,早上八点半做的核酸,到结果出来,娘住进病房,已是下午两点。

娘几次嗳嚅,这么慢,还要等多久?娘心情很是焦虑,说自己好难受。眼巴巴盼着医生能早点来,终于盼星星盼月亮,盼来医生开好药,护士给她输上液。

输完两小瓶,娘稍稍好一些。可晚饭吃一口白粥都要在嘴里含三含,喘三喘才能咽下去。娘一边吃一边叹息着:咽弗(不)下啊,咽弗(不)下啊!

看邻床阿婆大口吃饭,大块吃肉,娘好生羡慕,馋得直咽口水,说别人都这么会吃,她咋就这么吃不下呢?言语中颇多伤感。

"邻床阿婆只八十多岁,妈你都九十岁了啊!……"

还没等我说下去,娘就抢过话头:"是的呢,我八十五岁的时候,都能下地干农活,能活到九十岁,那是因为你们待我好,营养补得多,还有生病医得好。这几年住了多少次院,花了多少钱,换作一般人家,我恐怕早已不在人世了……"

经娘这一说,我的鼻子一下子酸起来,内心深处,百感交集!……

小时候,娘待儿女万般好,在娘看来都是应该的,一辈子只字未提。现在娘老了,生病了,儿女们只是尽到了应尽的责任,可娘说出的都是感激话,就差把"谢谢"两字说出口。

好不容易喂娘吃了几口,结果到夜间十二点的时候,娘肚痛腹泻,一晚上拉了无数次。娘睡不着,我没合眼。

娘特自觉,每次起床,都悄悄地想自己去,怕吵醒我。

其实我压根没睡,娘每次起来我就急着上前扶。娘每次都说没事,叫我安心睡,她自己能走。

可早上五点的时候,扶娘上卫生间,意外还是发生了。忽然听娘"哎哟"一声,只见娘整个人往后倒,昏了过去。

我心提到嗓子眼,吓得魂飞魄散,双腿发软,急忙抱娘到病床,抚摸娘胸口好一会儿,娘才缓过来。娘老泪纵横,边说边哭,以为自己要去了。

看着病床上奄奄一息的娘,我心痛到极点,想忍住不哭,可泪水又止不住。怕娘看到难受,我忙躲到洗手间,打开水龙头,一个劲地洗着脸上的泪水……

这时候手机响起,接起来一看是高墙里的电话。跟以往一样,小弟第一句先叫哥,第二句就急切问娘身体好不好,问我有没有在娘身边,要是在,就把手机递给娘,他想跟娘说两句。

我喉头哽住,说不出话,过了好一会儿,才说:"不在!……"

电话那头,小弟静默了很久,一样说不出话。我隐隐感觉小弟好失望……

小弟说很长时间没见到娘了，很是想念，叫我安排个时间，视频看看娘，我一边"嗯嗯"应着，一边无语凝噎……

早上七点的时候，我喂娘吃饭，娘说吃不下，我嘴贴到娘耳边，问娘有什么想吃的东西？娘直摇头。再三问，娘烦躁起来，叫我别问了，没力气回答我。

呆呆坐在病床边，看着迷迷糊糊、有气无力的娘，我六神无主，心慌意乱……

娘猛地惊醒，一睁开昏花的双眼，就寻我，问我是不是没吃早饭！

我以为娘在梦呓，可娘的眼睛分明直勾勾地看着我，不像是不清醒啊！

我由于昨晚一夜未睡，大脑昏昏沉沉，一片空白，连现在是什么时间都不知道，亦无半点饿的感觉。娘突然一问，我还真回答不上来。

娘仍惦记着我："早饭吃了没？要是没吃，赶快去。"昏花的双眼里满是关爱。

如一股暖流漫入心田，我的双眸顿时热起来。娘自己病入膏肓，危在旦夕，却还心心念念惦记着我的早餐，怕我饿着……

春来住院，花开住院，现在花谢了，娘又住院了。不到一个季节，就住了三次院。苦难的老娘啊！

落红时节娘病危，愁情万种心破碎……

本文写于 2023 年 5 月 10 日

父亲一口茶，儿子痛一生

一口茶，对于常人来说，是最平常不过了。可是对于重病的父亲，却是一种奢望！

记得那是父亲住院的第二天，也是生命倒计时的前一天。父亲每天吊着点滴，一点儿都不见好。医生说什么都不能吃，甚至连茶都不能喝。为了治好父亲的病，我们兄弟姐妹严遵医嘱。父亲几次三番提出想喝茶，都被我们劝止。

我当时觉得好残忍，眼含着泪水，心痛到极点，可又百般克制着自己，怕父亲伤心，不敢哭出来。看得出，父亲很是不快，无奈地轻轻叹了一口气，舔了一下干裂的嘴唇，欲言又止……

过了一会儿，父亲从昏迷中醒来，微弱而吃力地说："儿啊！爸真的口渴得不行，想喝茶，哪怕喝一口也好！"

"爸，医生说不能喝，你再忍一下，等病好了再喝好吗？"我们像哄小孩一样哄着父亲。

父亲也像一个听话的孩子，吃力地点点头，又迷迷糊糊地昏睡过去。

又过了一会儿，父亲从昏迷中醒来，又提出想喝茶，怕我们不让喝，颇犹豫了一会儿说："要不就含一口止止渴，滋润一下嘴巴，再吐出来行不？"

这时，大姐再也忍不住，含着泪赶忙端来茶，扶起父亲喂他喝。父亲迫不及待地喝了一大口，含在嘴里好一会儿，看得出父亲是多么想把这口茶咽下去。

父亲默默地看着围在身边的儿女，犹豫了好一会儿，还是吐出了那口茶。

见父亲气色好多了，我赶忙去告诉医生，医生检查后神色凝重，遗憾地说他们尽力了，说那是一种回光返照，并问我现在出院回家要多长时间，如果一小时左右能到，估计还来得及，如果路途长，恐怕就来不及了。农村老人都有个想法，要留着最后一口气回家，好有张床位。

当时我听后只觉双眼发黑，天旋地转。

父亲劳苦一生，也没享多少福，没承想临去连一口茶都没能喝到。每每想到这一幕，我都忍不住想哭，心中有一种撕心裂肺的痛！没想到父亲忍着饥寒交迫，含辛茹苦地把我们兄弟姐妹养大，到最后连喝一口茶的愿望我都满足不了！我是世界上最不孝的儿子，我愧对父亲！

二十年如一梦，我为父亲临终前没能喝上一口茶而痛一生！悔一生！

本文写于2023年6月5日

娘活一百岁，犹忧八十儿

岳父生病住院，岳母又卧病在床，妻要去陪护。明天我打算一早送妻去宁波，怕长途开车辛苦，所以昨晚较以往睡得稍早了些。

可睡到凌晨一点的时候，右肩膀忽然又酸又痛，而且越来越痛。我想睡又睡不着怕影响妻，也不敢开灯，悄悄起来吃了片安眠药，又悄悄躺回床上，努力想睡着。

但安眠药好像一点儿作用都没有，我越是想睡，越是睡不着，同时肩膀越来越痛，仰着睡不行，侧着睡也不行。我怕吵醒妻，于是又悄悄起来，独自坐在客厅里，左手使劲捏着右肩膀。可是越捏肩膀越痛，豆大的汗珠一阵阵从额头上冒出来。那种痛如剜心刮骨。

考虑到明天一早妻要去看父母，我想悄悄一个人开车去医院，又怕妻醒后不见我，更加担心。于是我叫醒妻，告诉她一声，明天叫女婿送她去宁波看父母，我一个人去医院看病。

妻一下惊醒，看我额头上满是汗水，惊呆了。她斩钉截铁地说："不行！我陪你去医院，你一个人去我不放心，晚几天回宁波看父母。"

我劝着妻，叫她放心去，没事的，再说父母年纪大了，身体又不好，我们平时离得远，照顾得少，现在生病住院，应该多去陪陪他们，好好照顾他们。妻说什么都不肯。

这时已是凌晨三点，窗外传来此起彼伏的鸡打鸣声。妻想叫女婿开车来接，被我劝止。我说，一只手慢慢开，能行。我还特地吩咐妻，叫她不要告诉女儿女婿，免得他们担心。

到了医院，去看急诊，医生说我的病要挂骨科，做核磁共振，现在没办法做，只能开点止痛药止痛，叫我天亮再来。

回来后吃了止痛药，还是没用。又吃了片安眠药，想睡一会儿。虽然大脑晕眩，眼皮都快睁不开，但还是难以入眠。肩膀越来越痛，妻在旁边用手帮我按摩着，陪我到天明。

早上七点半，我开车去医院，挂上专家号，医生开了核磁共振的单子，可拿到服务台，护士说，今天已经排不上号了，得到明天下午才能做。

这可怎么办？怎么受得了？

于是我打电话叫医生朋友帮忙协调，好不容易排到下午一点做。等到报告出来已是下午五点，检查结果出来是肌腱损伤、肩周炎、关节积液、肩锁关节、肱骨大结节退行性病变，要住院治疗。

家有九十岁老娘要照顾，岳父生病住院，岳母卧病在床，加上公司在建厂房，诸事繁多。如果住院，妻要陪我，娘长时间不见我，不得急死？这是万万不行的。

于是跟医生沟通，开最好的药，先吃几天看看，没效果的话再来住院。

医生说吃药效果不是很好，最好输液，如果实在不想住院，就在医院输好液再回去，每天来回，要连续输一个星期的液。

医生开好药输上液已是下午六点。输液的时候，弟弟有事打来电话，问我在哪里，当时我没多考虑，说在医院。

每天晚上，我只要在家，晚饭后第一时间都要先去看看娘，给娘问声好，看娘吃得怎么样，陪娘看会儿电视，聊会儿天，还得给娘洗脸洗脚擦身子。

当输到第三瓶的时候，弟弟又打电话来，说老娘还坐在门口等，从六点开始一直等到现在，已经等了三个多小时了。他说，娘非得要等我回来，叫她回房去，她说什么都不肯，要看到我才放心。

我问弟弟，娘怎么知道的？弟弟说，晚上去看娘，娘问他，说我平时每天晚上都要来的，怎么今天晚上没来？他不小心说漏了嘴，并叫我输好液尽快回来。

输完四瓶液，已是晚上九点，我顾不上吃晚饭，急忙开车回家，到家后刚停下车，娘一个人坐在黑灯瞎火的家门口，望眼欲穿，默默注视着我回家的路。看到我车驶来，她拄着拐杖，急急忙忙、跟跟跄跄地向我"扑"来……

看到这个场景，我的泪水一下子夺眶而出！……

熟梅时节半阴晴。

是夜，电闪雷鸣，大雨倾盆，我和妻都来不及撑伞，打开车门，飞也似的上去扶，结果娘还是淋得一身湿漉漉的。

还没等我开口，娘就急着问我怎么样，还疼不疼，好点了没？她说，肩周炎痛死人，她自己前年也生过这个病，住院治疗了十多天。说着说着就泪水涟涟。

我左手撑开伞，妻背着娘，送娘回房间。娘叫我赶快回去休息，说如果明天还痛的话就去住院。她怕我不去，不放心，千叮咛万嘱咐，叫我这段时间不要管她，她没事，身体也越来越好，有我姐姐弟弟照顾，叫我安心把病治好。娘吩咐妻，等我病好后，赶快去宁波看看岳父岳母，好好照顾他们，他们都快九十岁了，不容易啊！娘唠唠叨叨，说我压力大，好劳碌，公司、家庭、小弟一家，什么事情都要我操心，说我好苦。娘边说边拿手抹着泪水。

今年以来，娘接连着生病，饭都快吃不下了，路也快走不动了！娘是怕增加我的负担，在故意装轻松，让我宽心。

我安慰着娘，说没事的，输了液已经好多了，叫娘安心睡，不要担心。娘点点头，说我昨晚一夜未睡，一个劲催我回去睡觉。

当我和妻起身告辞时，娘拼尽全力，气喘吁吁，双手急急提起两箱牛奶，说牛奶有营养，给我补身子。娘说，她提不动，走不动，送不到，非要我拿去，我和妻极力推辞着，娘又伤心地哭起来。看实在推辞不了，妻只好双手接过……

　　出了娘的家门，我和妻都心情沉重，默默无语。想我堂堂七尺男儿，六十岁的人，还要九十岁的老娘操心着，情何以堪啊！

　　这时，没读过一天书的妻，忽然自言自语道："娘活一百岁，犹忧八十儿啊！……"

　　借着微弱的灯光，我看看妻，早已扑簌簌泪流满面……

　　妻看看我，同样扑簌簌泪流满面……

本文写于 2023 年 6 月 12 日

高墙拜母

盛夏七月，骄阳似火，热浪滚滚，我推着轮椅，带着娘，等在高墙外。为这一天，娘朝盼日出，暮等日落，夜半梦醒，掰着指头，数着日子，等了一个多月。

中午一点，正是太阳最毒辣的时候，我一边为轮椅上的娘打着伞，一边汗流浃背。伞下，娘衣衫尽湿。烈日下，心情忐忑，半是焦虑，半是期待。

天气又闷又热，没有半丝风，空气仿佛凝固了一样，几乎让人窒息。湛蓝的长空没有半片云彩，树上的知了叫个不停，叫得人心烦意乱。

不知等会儿母子相见又是何等模样？娘受得了刺激吗？

一个多月前，小弟打来电话，说政府为体现关怀，举办"亲情帮教"活动，家属可以进去面对面相见，类似于座谈会。他说，他好想见见娘，叫我无论如何带娘进去一次，如果娘走不动，我多多辛苦，背也要背来！

晚上我去看娘，第一时间告诉了娘，刚开始，娘听后很高兴，但刚过了一小会儿，就犹豫起来，说还是不去了吧，耳朵听不见，路又走不动，相见两行泪，与其相见，还不如不见。

我劝着娘，还是去见一见吧，小弟特想见见你，走不动我可以背，可以用轮椅推，再说这次不见，以后不知道还能不能……

才说到能不能，我就喉头哽住，声音低得连自己都听不见，再也说不下去……

过了一会儿，在我再三劝说下，娘才勉强答应。

在高墙外等了一个多小时，到下午两点，监狱的大门才缓缓打开，我排着队推着娘进去。

监狱很大，去会见大厅的路很长。烈日当空，娘热得气喘吁吁，我推着娘，不好打伞，一位民警见状，马上跑过来给娘撑伞，而他自己则热得满头大汗。当推到台阶或门槛时，又马上跑过来两位民警，一边一个，小心翼翼地帮我抬着轮椅。我内心暖暖的，感激民警的同时，更感谢党和政府对服刑人员及家属的关怀。

这使我想起前几天看到的一个网络视频。西安交大2023届研究生毕业典礼，当王树国校长在台上演讲时，天空忽然下起了淅淅沥沥的雨，校党委书记连忙上前为王校长撑伞。两位在台上礼让着，校长谦谦君子，书记翩翩绅士，一对有情怀的好搭档。这暖心的一幕，感动了无数人，评论区有一条经典的评论："撑伞教做人，演讲教做事。"没想到才过几天，这温暖的一幕在我身边重演。

会见大厅设在舞台上，桌凳摆得整整齐齐，每张桌子前都单独坐着一位服刑人员，在怯怯地、惴惴不安地等待着亲人们的到来，有的踮起脚尖，手遮额头，伸长脖子，远远张望。我老花，还没看到小弟，小弟眼尖，远远就站起来向我招手，急急地从舞台上冲下来，双手紧紧抱着轮椅上的老娘，泪如雨下，激动得一个字都说不出来。

过了好一会儿，小弟才一声声叫着娘："妈你咋就这么老了呢？咋就老得这么快呢！怎么坐着轮椅？腿走不动了吗？生病了吗？身体要不要紧？饭能吃得下吗？晚上睡得好吗？……"

小弟一连串焦急的问候，犹如开闸的洪水……

娘泪水涟涟，对小弟的问候，一个字也答不上来，只是看着小弟哭。小弟一边哭一边给娘擦着泪水，娘一边哭一边拿手摸着小弟黝黑的脸庞。

我怔怔地呆在一旁,泪眼酸楚,肝肠寸断……

缓了一会儿,小弟这才和我一起扶着娘坐下。娘坐中间,我和小弟一左一右挨着,桌上摆放着香蕉、杨梅、葡萄、矿泉水,还有一枝玫瑰花,花是服刑人员手工做的,很是精美。

小弟把葡萄和香蕉剥给娘吃,娘推着,叫小弟自己吃;我把葡萄和香蕉剥给小弟吃,小弟推着叫我吃;天气太热,小弟怕娘渴着,打开矿泉水,小口小口地喂娘喝。此刻,仿佛家的感觉,很是温馨……

两小时的会见时间很快就到了,临别,娘叮嘱小弟,叫他在里面好好改造,争取减刑,早日回家团聚;而小弟则叫娘保重身体,等他出来,说他这辈子都没有养过娘,想抱下娘,尽一下孝。娘好像一个听话的小孩,双手挽在小弟的脖子上。小弟轻轻地抱起娘,轻轻地将娘抱到轮椅上,端端正正地扶娘坐好。退后一步,跪下便拜,边拜边哭,边哭边说:"妈,儿子不孝,没能养您,对不住您,儿子给您磕头了!今生没能尽孝,下辈子还做您儿子,再好好报答……"

拜完后,小弟跪着匍匐向娘爬去,扑到娘的怀里,抱着娘号啕大哭!

由于事发突然,娘和我都没有心理准备,娘哭我也哭。

娘想扶小弟起来,可小弟死命抱着。

娘没力气,扶不动。

我想扶小弟起来,可小弟死活不肯起来。

娘边哭边用拳头捶打着小弟的背:"我现在还在,你就这样哭,等以后我不在了,到那个时候,你才真正要哭死!年轻时我日上夜落(娘的口语,意思是每天)教你,你都听不进,现在哭迟了!"

我怕这样下去,小弟情绪会失控,娘受不了刺激,用尽全力,连拉带抱扶起小弟……

按刑期推算，小弟在高墙里还要待三四年，不知体弱多病的娘，能不能撑得到那一天？会不会一别千秋，今生今世难相见？

这一拜，母子情深，难舍难分！

这一拜，肝肠寸断，魂牵梦萦！！

这一拜，泪水止不住地流，是为人子对娘没有尽孝的愧疚和悔恨！！！

  寒帷拜母河梁去，白发愁看泪眼枯。

  惨惨柴门风雪夜，此时有子不如无。

此情此景，怕是比清朝诗人黄景仁写的《别老母》还要凄惨！

相见时难别亦难。从高墙出来后，娘一直在哭。我扶娘上车，慢慢开着车，大脑一片空白。手机蓝牙连着车载音响，许是巧合，一打开就轻轻传来小外孙在小学毕业典礼上演唱的《送别》。

小外孙稚嫩的声音使我陶醉，歌曲凄美的旋律使我忧伤。当听到"一壶浊酒尽余欢，今宵别梦寒时"，我鼻子一酸，悲从中来，眼泪不由自主地掉了下来！……

九十一岁老娘，手抹泪水，见儿坐轮椅，残忍哪！

五十五岁儿郎，哭天喊地，拜母高墙内，心酸啊！

小弟年少气盛时，冲动犯错，教训太惨痛了，为此付出了一生的代价！

劝世人，争强好胜切莫为，遵纪守法记在心，博爱包容勤守德，让人三尺又何妨。

本文写于 2023 年 7 月 20 日

草帽

今年夏天，我们台州的"热"，冲上了热搜。自有"热搜"这个网络用词以来，这还是首次。

入伏以来，连续干旱，又闷又热，最热的几天，最高气温达到43摄氏度，可以同号称"三大火炉"的上海、武汉、吐鲁番有一拼。这也是新中国成立以来，台州最热的一个夏天，因此，台州的"热"，妥妥地上了热搜。

这段时间娘的状况很不好，食欲又差，老说自己头晕，我想带她去看医生，她又说她没有病，不肯去。因此，我日日不放心，时时牵挂着。

中午的时候，午睡后去看娘，娘睡着了。房间开着空调，清凉如春秋，娘没盖被，我怕她受凉，轻轻为她盖上空调被，静静地坐在床前，默默地看着娘，思绪一下飞越到四十多年前……

我高中毕业的第二年，娘向亲戚朋友借了三十元钱，给我做盘缠（后来才知道娘还了两年的债），托人带我去遥远的异乡打工。那一年生产队一个壮劳力一天记十工分，一工分折成人民币一角五分钱。那是刚满十八岁的我外出谋生的第一个夏天。我清晰地记得一个三伏天的正午，赤日炎炎似火烧，汗流浃背如蒸烤，正当我累得筋疲力尽，眼冒金星时，忽然听到一位老乡在喊我，说爹娘托他带来了几顶草帽，还有一封信（其实就是折叠起来的一张纸）。

如沐冬日暖阳，如享盛夏清风，如久旱逢甘霖，如沙漠见绿洲，我顿时疲惫尽消，精神抖擞。

我急不可待地从老乡手中接过草帽和信，立马戴上娘编的草帽，还给老乡戴上一顶。沾满泥灰的双手也顾不得洗，颤抖着打开信。

信中写道："我儿：见信如面，家里穷，没有什么东西好带，寄顶草帽遮烈日，盼儿早日把家回。"

爹娘不识字，信自然是请人写的。爹娘不善言辞，自是说不出更多的话。

寥寥几十字，我反反复复地看着，一字一句地读着，正面背面地找着，看是不是还有别的什么字。结果，字没多找出来一个，泪水和汗水却滴滴答答洒满了信纸。

父亲种的席草，由娘编成草帽，它虽古朴土气，却饱含着多少父情母爱……

记得幼时，家境贫困，我们兄弟姐妹又小，父亲一双厚实的手，远不能解决一家的温饱。娘白天下地干农活，晚上点着盏豆黄的油灯编草帽（那时候家乡还没有通电）。每当夜深人静我从梦中醒来，总听到娘编草帽的噼啪声，还有娘胃痛的呻吟声。

娘编好草帽，拿到集市上去卖，赚的钱换来柴米油盐，解决了生活上的不足，同时也为我们提供了学费。而娘却积劳成疾，过早苍老了。打那时起，我便暗暗发誓，以后一定要好好报答爹娘。

时光飞逝，往事依稀，而今我们兄弟姐妹都长大成人，爹娘总是牵肠挂肚，操碎了心！

刚出校门的我，由于营养不良，面黄肌瘦，身单力薄，搬了一天砖，十只手指就磨得伤痕累累，钻心地痛。有时我累得鼻血直流，晕倒在地，工头以为我死了，过来用脚踢踢我，用手试探着我的鼻息，看我还能动，还有气，就无事人一般离开……

打工的异乡是个大平原，一眼望不到山，每天放工后，多愁善感的我，怀乡之情无处宣泄，就一个人爬上还未竣工的大楼，暗自流着泪，借着夕阳余晖，默默地向故乡方向遥望……

娘啊，年老的母亲，受尽了生活的逼迫，命运的嘲弄。当时，我离家近千里，离乡好几年，托身于矮矮的工棚，挣扎在社会的底层，做着最苦最累的活，拿着最低的工资，吃着寒酸的饭。每当我彷徨无计、徘徊迷茫、孤独痛苦、疲惫不堪时，我总想起白发苍苍的爹和娘，想起娘编草帽的那份情，那份意。那份情意顿时使我力量倍增，刚毅如铁！

盛夏里，草帽犹如清泉一泓，犹如凉风缕缕，有爹娘深情，有淡淡乡愁……

四十年弹指一挥间，转眼我也到了当年爹和娘的年纪；四十年前日子穷，爹娘怕儿热着，寄顶草帽遮烈日；四十年后苦日子走了，好日子来了，爹却走了，娘也老了。九旬老人，身衰体弱，日薄西山。身为人子，我寝食难安哪！

房间开着空调，温度调高，怕娘热着，调低，又怕娘冷着……

痴痴地坐在娘床前，我看着瘦骨嶙峋的娘，心痛如绞，想着四十年前的往事，不觉怆然而涕下……

一顶草帽一生情，一顶草帽一世恩！……

本文写于 2023 年 7 月 30 日

上梁

开厂三十多年,奋斗了一辈子,六十岁的人,这回终于有了属于自己的厂房。世态百相,人情冷暖,创业艰难,酸甜苦辣,个中滋味,只有自己知道。

我戴上老花镜,找来万年历,细细查找,择定黄道吉日。日子确定后,我第一时间告诉娘,一来让娘高兴高兴,二来请教娘上梁仪式的有关事宜。

娘那个高兴呀,无以复加。

我们家有个规矩,但凡重大喜事,婚姻嫁娶,动土上梁,都由娘做主。这回可要好好听听娘怎么说。

我坐在娘身旁,听娘慢条斯理地道来。

老话讲:"待千待万,老师工匠不可怠慢,老酒在东家刁,力气在老师腰。"娘嘱咐我,上梁日请工匠师傅可要客气一些,大鱼大肉管够,而且工资还要发双份。

"祭梁仪式要隆重,全鸡全鸭全猪头,各类水果买八盘,五谷杂粮拼一盘,各种糖果糕点多买些,大红蜡烛买一对;让大师傅讲吉祥话要给双红包,两个八百八十八;大烟花,买八对,小鞭炮,买四双,吉时一到放起来……"

对于传统仪式,娘如数家珍。

说完仪式事宜,娘轻轻地叹息着:"只可惜我老啰,走不动了,不能替你们操心啰,往后的日子只能靠你们自己了!"

转眼到了上梁日，上梁吉时择的是早上太阳初升的时候，我没有请娘过来，一来太早，怕娘辛苦，二来仪式又在厂房楼顶举办，娘也上不去。下午四时，我特地把娘接到工地，带娘参观一下新厂房。我想背，娘不让。于是我同妻一边一个搀扶着娘，乘电梯到顶层。看着高大的厂房，娘惊奇得双眼放光，简直不敢相信，问："这么多厂房都是你的？"我回答是。娘仍旧将信将疑，连问了好几遍。

接着，娘问我厂房有多大，我告诉娘，厂房共有两栋，一栋五亩，另一栋四亩，土地面积十二亩。娘惊讶得合不拢嘴，说："只可惜你爸不在了，要是在的话，不知他会有多高兴，现在咱们家那么好，做梦都想不到。"

小时候我吃不饱穿不暖，后来通过几十年的打拼，事业有成，现如今又有了属于自己的厂房，内心的喜悦自是无法用语言来形容，娘更比我高兴千倍万倍。

可刚高兴了一会儿，娘马上忧心忡忡起来，说我都是六十岁的人了，搞那么大规模干什么，万一生意不好咋办，万一借银行钱还不上咋办？万一……万一……娘再三嘱咐，叫我能稳则稳，不要太劳碌了。

晚宴六点半正式开始，看着黑压压三十多桌的工匠师傅，娘不知有多高兴。娘很挑食，我怕娘吃不饱，一心想让娘多吃一点儿，专挑娘平时喜欢吃的菜往娘碗里夹。娘看我只是照顾着她，怕怠慢了工匠师傅，一个劲地催我，叫我别管她，照顾好工匠师傅要紧，好好去给他们敬酒。

平时滴酒不沾的我，这回喝得酩酊大醉；平时淡定内敛的我，这回高兴得几乎忘形。

醉眼蒙眬看着娘，越看越慈祥。娘笑眯眯上前假装嗔怪，我东倒西歪去扶娘，娘笑我亦笑……

本文写于2023年8月8日

但愿人长久

晚饭后，我带着一个月饼，想掰开来同娘一起吃。娘已好几年不吃月饼了，说自己吃"破气"了。我对娘说，今晚是中秋节，陪我吃半个好吗？娘笑着接过月饼，咬了一小口，在嘴里嚼了嚼，可就是咽不下。我说，咽不下就不吃。于是，娘把含在嘴里的一口月饼吐了出来。

接下来帮娘洗澡。说是洗澡，其实就是用温开水帮娘反复擦身子。随着娘的年纪越来越大，身体越来越差，去卫生间洗澡已吃不消了。但娘爱干净，皮肤易过敏，如果一晚不洗，就浑身难受。特别是背上，娘的手不利索，无论如何都够不着。因此，这是近年来我晚上必做的，也是最重要的一件事。

帮娘洗好澡，我坐在娘的身边。可只坐了一会儿，娘就催着我回去。今晚是中秋夜，真想多陪陪娘，多同娘说说话。可娘耳背得厉害，即便我大声说娘也听不到。何况，夜夜陪着，其实也没有那么多话可讲。

想着前几天看电视，看到北京，看到天安门广场，看到电视里的毛主席，娘无比感慨，说她要是年轻二十岁，就让我带她去北京看看，去参观毛主席纪念堂，瞻仰他的遗容。说，她现在能过上好日子，全靠毛主席。

我听后鼻子酸酸的，无言以对，内心仿佛有千百个罪过！

以前条件差，为了生计，我疲于奔波，对于旅游，连想都没想过。而今条件好了，娘老了，已走不动了。

想着近几年自己也曾去过不少地方，拍了很多照片，于是急着打开手机照片，权当带娘去领略祖国的大好河山，弥补内心的那份缺憾。

看着手机里的一张张照片，一幅幅画面，娘整个眼神都亮了。有的一经我介绍娘就懂，有的刚滑出来娘就知道，说自己电视看到过——天安门、故宫、毛主席纪念堂、万里长城；大草原、雪山、冰川……

看娘兴致那么高，我有心想让娘多看些照片，可娘说她想睡了，叫我回去。娘特自觉，不想占用我太多的时间，在变着法子赶我走。

近段时间我有点小忧伤，先是查出肩肌变形损伤，肩周炎积液，后又查出双腿半月板变形磨损，医生说人的关节，就好比车的零部件，都要磨损的，目前也没有好的办法，建议我多休息，少走路。

向来生活单调的我，走路散步是我这辈子最大的爱好，一下子叫我少走路，怎么适应得了啊？

今晚月亮特别圆，清辉普照着大地，凉爽的秋夜，如梦幻般迷人。医生的建议早已抛在脑后，我不由自主迈着有些酸麻的双腿，一个人在月下慢慢地走着，静静地想着。

奋斗了一辈子，辛苦了四十多年，苦够了，苦怕了，实在不想苦了！原本想这两年，卸下担子，放下俗务，好好为自己活几年。想出去多走走，多看看祖国的好山好水，可现在条件有了，腿却不争气了，这样下去又能去哪里呢？

走了不一会儿，就双腿酸痛，有点走不动了，同时心里也有些闷闷不乐起来，于是回转家，洗漱后倒头便睡。

今早天刚蒙蒙亮，一打开门，只见一小篮青菜放在家门口，水嫩水嫩的，带着泥土的芬芳，带着晶莹的露珠。我惊奇了！谁送的？抬头一看是父亲，我惊呆了！父亲可是将近二十年没回来了呀，今早怎么突然就回来了呢？怎么都不事先说一声呢？儿子好去接您啊！

只见父亲满头白发，穿着青灰上衣，米白裤子，黑色皮鞋，上下一新。记忆中只有走亲戚时父亲才舍得这样穿，莫非父亲去哪儿走亲戚回来，路过家里，顺道来看看我们？也不对呀，天才蒙蒙亮呢！

　　我赶忙招呼着父亲："爸快进来呀，快进来坐呀！"可父亲任我怎么叫都不应，任我怎么请都不进。只是默不作声地站在院子里，深情地看着我，等着我提走那一篮青菜。

　　我哪里顾得上那一篮青菜，急着上去拉——倏忽一下，父亲咋就不见了呢？

　　我惊恐万分，一下子醒来，原来是南柯一梦！……

　　再也睡不着了，起来打开窗，看着满月在云彩里匆匆地穿梭着，清辉如水的月光泻下来，蟋蟀在"嚯嚯"地叫着，一阵阵蛙鼓敲得心潮此起彼伏……

　　这时候，忽然想起苏东坡的那首千古绝唱："人有悲欢离合，月有阴晴圆缺，此事古难全，但愿人长久，千里共婵娟。"回想着刚刚的夜半幽梦，思念着早早逝去的父亲；牵挂着体弱多病、耄耋之年的娘，我忍不住悲从中来，怅然而泣！……

本文写于 2023 年 9 月 30 日

南瓜饼

住院治疗了半个月，娘今天出院了。

出院的时候，娘的脸、双腿都是浮肿的。医生说得回去慢慢恢复，两个月左右才能消肿，回去要好好调理，多补充营养，多走走。

这些看似简单的医嘱，对娘来说，却是千难万难。

今天是出院后的第三天，娘还走不动，每天躺在床上。吃饭、喝水、吃药都要人喂。有时候躺久了腰酸背痛，我便偶尔扶娘起来坐一会儿。我想扶娘起来走走，娘说她自己也想走，可是浑身无力，双腿酸痛，走不动啊！

最大的问题是吃不下，娘每餐只就着豆腐乳喝点粥，不管什么菜都咽不下，一点儿有营养的食物都吃不下，真令人焦心哪！

今天中午，这是我给娘第三次送饭了，前两次送去的饭菜都不怎么合胃口，娘只吃了一点点。妻放心不下，特地去菜场买了南瓜，煎好南瓜饼，叫我立即送去。

娘见又送饭来，皱起眉头，甚是烦恼，不搭理我。我哄着，叫娘吃一口试试。娘拗不过我的面子，勉强地张开了嘴。我用筷子把南瓜饼分成细条，小口小口地喂着，娘慢慢地嚼着。

吃了一会儿，娘不肯再张嘴，好像想起什么来，叫我夹一块放她手上，她自己慢慢吃，叫我赶紧回去。

我知道娘是怕我没吃饭，忙说，吃过了，吃过了。

看着娘一口一口香香地吃着，我甚是欣慰，嘴贴到娘耳边，问好吃不？

娘一边慢慢咀嚼着，一边弱弱地点了点头。

得到娘肯定的瞬间，似有一股暖流漫过全身，我顿时高兴得双眸湿润，娘终于吃下去了！

遥想孩提时代，娘正当年，每年南瓜熟的时候，心灵手巧的娘，总能把一个个金黄的南瓜利用到极致。土豆烧南瓜、南瓜粥、南瓜饭、南瓜馒头、南瓜糕、南瓜汤、南瓜面，林林总总，能变出十多种吃法，其中最好吃的当数南瓜饼。

挑来鲜嫩的南瓜，擦成丝，装到杉木桶里，添上面粉，切点腊肉，撒上小葱，放点盐和料酒，有时娘也会打上一两个自家鸡下的蛋（这算是奢侈了，很少有），兑上适量的水，拿一根小擀面杖，使劲地搅拌均匀，搅拌好后，叫我们烧起柴灶。锅烧热后，娘在锅底放上油，将和好的南瓜粉一勺一勺舀到锅中，拿锅铲摊开，煎到两面金黄，直到透出浓郁的南瓜香……

正当我回味着孩提时代的南瓜饼，咕噜噜咽着口水时，妻悄无声息地来了，站在我身后，轻轻地说饭菜凉了。我怕娘听见，忙"嘘"了一声，示意打住。

这时候，娘已明白过来，马上说自己吃饱了，一声声催着我回去。

一辈子顽强的老娘，这次一定要挺住，度过劫难，重新站起来哟！

本文写于 2023 年 10 月 8 日

那年那月那日

晚饭后,我去看娘,给娘洗了澡,跟娘聊了一会儿。娘忽然问起弟弟什么时候能出来,由于问得突然,我不知道咋回答,于是支支吾吾,只说快了。

娘继续追问,说我之前告诉她,弟弟刑期是四年的,现在都六年了,怎么他还出不来,到底是咋回事?非得要我说个明白。

之前娘从没有这样问过,今晚的问话很是反常,看着娘昏花却威严的眼神,我心里发慌,不敢面对,看着敷衍不下去了,只能含含糊糊地说,还有一年多。

娘焦急起来,拿手抹着泪水:"之前说是四年,现在都六年了,还说要一年多,一年多?一年多?要等到什么时候?!……"

这么多年过去,对弟弟的事,娘从没流露出半点情绪,把忧伤和痛苦埋在心底,掰着指头,数着日子,默默地等。我说什么,娘信什么。现在娘终于失去了耐心,不相信了!

此刻,我的心提到嗓子眼,忙赔着小心,想着措辞,想给娘一个好的解释和安慰。可我刚一开口,娘就"吼"了出来:"别说了,说多了难过!都是因为你妻舅,害得家里七颠八倒!"说后,娘呜呜地哭起来,再也不理我。

娘向来疼我,从没这样过,今晚的愤懑和抱怨来得那么突然,容不得我有半点思想准备。刹那间,我心情沉重,喉头哽住,不知说什么好,呆呆地坐在娘身旁,留也不是,去也不是……

娘忧伤地哭着，哭得我心乱，哭得我心碎，也把时光哭到三十多年前的那年那月那日……

那是二十世纪八十年代，刚刚改革开放，国家也摸着石头过河，许多新生事物从无到有。

彼时港澳台的武打片好像是一场刮过来的港风，席卷神州大地，许多年轻人崇拜片中的人物，热血沸腾，争相模仿。

我1979年高中毕业，1980年出去打工，文弱书生一个，社会险恶，实在适应不了。很多时候都想逃离，回转老家。可想想贫穷的家境，年老的父母，咬咬牙还是坚持了下来。

历尽千辛万苦，尝遍酸甜苦辣，一心想为父母分忧，把家庭责任往自己身上揽，让风雨往自己身上刮，尽可能使父母家人日子过得好一点，苦与累独自承受，顶天立地，做个好男儿。

后来，我学了一身手艺，带着老家的一帮兄弟，其中也包括我两个亲弟弟，包起工程。那时的社会，弱肉强食，恰似电影里的"上海滩"。加上工程不稳定，做完这个项目，不知道下一家在哪儿，我们常年天涯海角漂泊。世道艰难，江湖凶险，实非久留之地。在外打拼了十来年，我积攒了一些钱，1989年回到老家，看民营企业越办越好，红红火火，遂带领兄弟几个一起办厂。

却说我那妻舅，生在大山，由于贫穷，三十岁出头，仍是光棍一个。都说穷则思变，他东挪西借凑了一些钱，于1987年在我老家开了一个小饭馆。

彼时的老家，工厂如雨后春笋，外地商贾云集，因此饭馆生意倒也可以。社会上一些小青年，看我妻舅是山里人，好欺负，时有吃霸王餐，不付钱，他若讨要，还要打他，惹恼了甚至还要敲锅砸碗。因此，辛辛苦苦开了两年饭馆，妻舅非但没挣到钱，还欠了一屁股债，再也开不下去了。

我回老家时，妻舅向我哭诉，说开饭店尽被人白吃，想叫我帮他要些钱回来。我向来谨小慎微，胆小怕事，宅心仁厚，万事讲究退一步海阔天空，劝妻舅讨不回来就算了。后来，小弟知道此事，火冒三丈，说吃饭付钱天经地义，哪有不付钱的道理？于是义不容辞，答应帮忙要钱。

我那小弟，人豪爽，好仗义，武松的性格，张飞的脾气，爱打抱不平，敢为朋友两肋插刀。都说上山打虎亲兄弟，这句话用在小弟身上恰如其分。倘若老虎来了，他会第一个冲上前去，宁可自己葬身虎口，也要把生的希望留给兄弟。正因这种性格，才给以后的悲剧人生埋下伏笔。

哥哥的妻舅，嫂子的弟弟，被人欺负，小弟自是咽不下这口恶气，一心想把钱要回来，是担当道义。结果好要歹要，要了一年多，欠钱的人非但一分钱不给，还爆粗口，遂起争吵，小弟激愤之下，失去理智，酿成大错。

小弟出事后，浪迹天涯，而家里犹如天塌下来一般，全都压到我头上。法律、道德、社会舆情，如波涛汹涌，一齐向我袭来。内忧外患，有苦难言，百口莫辩，真正体会到人情冷暖，世态炎凉。

人世间不如意事常八九，可与人言无二三，如今是真正体会到了。今晚娘的情感流露，使我有如打翻了五味瓶，酸甜苦辣咸，样样俱全。娘一向深沉隐忍，纵使万分危急，也会从容淡定。今晚娘的反常情绪，使我倍感压力。娘知道自己年纪越来越大，身体越来越差，时日越来越少，怕是等不及了，等不起了，才把心头的烦恼和苦闷往我身上发泄。解心头千结，舒胸口郁闷！……

第二天晚上，我依旧没事人一般，笑眯眯地一声声叫着娘，去给娘洗脸洗脚擦身子，娘说她昨晚说完那些话后就知道错了，委屈了我，后悔死了，因此一夜未睡，说后老泪纵横。我安慰着娘，说没事的。

人世间的许多事情，往往都是阴错阳差，命运像是开了一次次玩笑，开得人无可奈何。想想，又能如何？怨谁去？

世事无常，造化弄人，做人难，难做人！

本文写于 2023 年 10 月 10 日

司机阿牛

阿牛,是给我运了十多年货的货车司机。据阿牛自己讲,母亲给他起这么一个名字,是想他像牛一样平凡,一样健康,无灾无病。

随着公司的转型,原先的产业已转到外地发展,现在公司的产品主要在本地销售,无须外运,因此,我同阿牛没有业务上往来差不多有十来年了。尽管如此,阿牛每每从外地运货回来,都会带一些地方的水果、海鲜等土特产送给我,顺便来我办公室坐坐,看看我。我也顺便送些茶叶、烟酒之类的给他。

有时碰到手头紧,阿牛也会开口借钱,说好什么时候还,就什么时候还,从没失信过,是绝对有诚信的一个人。

我们俩是朋友,是好朋友。

可近几年来,我们忽然失去了联系,我亦渐渐淡忘了阿牛。

今天下午,我和妻子带娘去医院看病,回来后已近六点,就顺便去面馆里吃晚饭。

刚一进门,就听有人叫我"董……董……事长",声音有点耳熟,但讲话口齿不清,很不连贯。我循着叫声看去——原来是阿牛!失联了一年多,居然在面馆碰见,好巧!

还没等我点餐,阿牛就急忙放下正在吃面的碗筷,摇摇晃晃地站起来,右手快速从衣兜里取出一百元钱,对面他妻子几乎也在同时取出一百元钱,要为我付面钱,阿牛人在颤,手在抖:……董事……长,我……我……中风了,有……有……一年多了。

由于事发突然，我甚至还没缓过神来是怎么回事。曾经健壮如牛的阿牛，怎么会变成这样？！

看得出，阿牛见到我，亲切得犹如见到亲人，不知有多高兴！

见此情景，我赶忙扶住阿牛，坚决不让他付面钱，一只手拉着阿牛的手，另一只手压住阿牛的肩膀，示意他坐下。我赶紧拿出手机叫老板娘来扫码，想帮阿牛付面钱，老板娘说阿牛的面钱已经付过了。

在小面馆无意间碰见阿牛，我惊喜，而更多的是感慨！就这么短短几年没见面，多么好的一个人，怎么就中风了呢？我和妻子都为之心疼，为之惋惜！阿牛自己都变成这样了，还那么迅速地放下碗筷，那么迅速地要为我买单，实在让我感动！

虽然多年没见面，娘还认得阿牛，说阿牛确确实实是一个好人。于是我顺着娘的话头，将阿牛悲惨的童年一一讲给娘听。

阿牛为我跑运输的时候，我还是个小老板，我看重他人品好，又勤快，所以常照顾他的生意。这么说吧，他一年有四分之一的生意都是我支持的。我算是大客户了，因此阿牛对我心存感激。

那时候，我是"老板和员工一肩挑"，满满的一车货运出去，自己跟车，自己装卸，累得精疲力竭。加上我有腰痛的毛病，痛起来的时候，别说卸货了，站都站不直，豆大的汗珠一阵阵冒出来，痛得要命。

多亏了阿牛，每当我腰痛发作时，他都叫我休息，他一个人装货卸货，一车五六吨的货卸完，阿牛汗湿衣衫，累得半死。我很感激他，有意想多给些运费，可阿牛多一分都不要。多么硬气的一个人，一个好人！

阿牛个头不高，一米六出头一点，身强力壮，话不多，嘴很牢，特别可靠的一个人。

运输路上，我们有时聊天解闷，时间长了，感情深了，不知不觉间成了好朋友，甚至推心置腹的话都讲了出来。阿牛的一生中，最让我为之可怜为之辛酸的是他那悲惨的童年！

阿牛很小的时候，母亲因病去世了，阿牛的父亲，文盲且愚昧，偏信算命先生的话，认定阿牛克母，把阿牛当作出气筒。小时候，阿牛挨打骂饿肚子是常有的事，连哥哥姐姐们也信父亲的话，心里恨死了阿牛，同样不待见他。在这个家庭里，阿牛就是另类的人。小学没上完，父亲就不让他读书了。

十多岁的时候，由于长期的怨气积累在心头，阿牛开始叛逆起来，父亲骂他的时候有时顶嘴，父亲不让吃饭的时候，他等父亲外出劳作去了，偷偷吃些剩饭，还有跟邻里孩子们玩耍淘气，这些都成了父亲打他的理由。有时打狠了，阿牛忍不住要还手，结果是遭到父亲更凶狠的毒打。

每当被打得疼痛难忍时，阿牛就跑，有时躲在山里一整个晚上，家里没有一个人来找他。有次到了第二天，他饿得受不了，偷偷跑回家找吃的，结果被父亲抓住，父亲怕他再跑，就把他绑在柱子上打，连木棍都打断了。

有时晚上睡梦中痛醒，发现被父亲严严实实地用绳子绑在床上打。我问阿牛怎么会这样，天下哪有这样的父亲？！阿牛说父亲怕我跑啊……阿牛讲到伤心处眼泪直流，说那个时候父亲想把他活活打死，以报克妻之恨！

到十五岁那一年，看着在家已无生路，有一天阿牛趁父亲外出，气恨交加，偷了父亲的全部积蓄，坐车到少林寺，想学一身武功，刀枪不入，免得被父亲打死。结果刚到少林寺，钱就被偷了。

他流落街头，碰巧遇到一位在那边包工程的老乡，老乡看他可怜，因此带他到工地上打工，又看他勤快诚实，对他多有关照，因此几年下来他攒下了一些钱。

后来，他回家学了车，买了货车，跑起运输，自己建了房子，找了一个外地媳妇，有了一儿一女，日子过得还可以。

有一次，我曾试探着问阿牛，现在还恨不恨你父亲，待不待你父亲好？阿牛说当时确实很恨，想去少林寺学武功，目的就是回来找父亲"报仇"，现在想想都那么多年过去了，父亲老了，身体也不好，而且也知道当初对不起他了，还有什么好恨的？他说，现在兄弟姐妹中数他对父亲最好。

说完阿牛憨厚地笑了笑，完全忘记了父亲当年对他的种种不好。

都说虎毒不食子，阿牛的遭遇如果是出自别人之口，我是说什么都不会信，可出自阿牛口中，由不得我不信。

听我讲完阿牛的遭遇后，娘同情得眼泪直流。我跟娘说想去看看阿牛，娘问我带没带银行卡，如果带了，叫我取些钱送给他。娘说，几千元钱对我来说算不了什么，对他可是雪里送炭，饥中送饭（娘的口语），以后万一他遇到什么困难，叫我再帮帮他。

娘朴实的话语，道出了我和妻共同的心声。

我从银行取出钱后，打电话给阿牛，打了四五个电话，始终没人接。已有十多年没去阿牛家了，我忘记了具体位置，只记得大概方向，于是一路打听，才找到阿牛家。

阿牛看到我们来，非常激动，呼吸都加快了，口齿更加不清："董……董……事长，你对我太……太好了，这么有心来看……看……我，我实在……实在不……不好意思。"当看到妻拿出一沓钱给他时，更是激动，而且死活不肯要。他说，来看他已经感激不尽了，钱是万万不能要的。

我再三跟他说，这点钱务必要收下，否则我们就不当朋友了。他这才和他妻子两人一起千恩万谢地把钱收下了。

临别，阿牛妻子搀扶着摇摇晃晃的阿牛，一定要送我上车，我摇下车窗，挥手告别，阿牛仍依依不舍，并说他去年刚刚还完债，日子刚刚好起来，没想到自己身体变成这样，以后不知该怎么办？说完，流下了泪水……

车开动后，娘挥挥手与阿牛作别，我和妻子则默默无语，陷入沉思。阿牛这么好的一个人，命运咋对他如此不公呢？

本文写于2023年11月16日

看望二表哥

我早上去看娘,娘问我有没有时间,如果有,送她去看看加良(娘的侄儿,我的二表哥)。

今年以来,娘接连着生病,除了去医院,就是待在家里,别的地方哪儿也没去过。我清楚地记得,娘今年一共才出过五次门,其中四次是去医院,一次是叫我送她去看侄儿。这次娘又叫我送她去看侄儿,我好生纳闷,要知道娘在家里都拄着拐杖,都快走不动了!

我回答娘,什么时候都可以。娘说那就早上去,并叫我在门外等候。我回答说我等会儿扶你一起出去。娘急了:"叫你去门外就去门外,咋那么多话呢!"

我不明就里,纳闷地走出门外,静静地等着。大约过了一刻钟,娘拄着拐杖,颤颤巍巍地走了出来。她穿着崭新的衣裳,白发梳得齐整,两鬓略带水迹,看样子刚洗了脸。

上车后,娘就唠叨起来。她说,加良人好,小时候是她一手带大的,所以对他特别有感情,现在他家里困难,过得很苦,嘱我好生照顾。"穷的人你对他好他会记一辈子,富的人你对他好他一会儿就忘记了。"娘说,"你公司那么大,多发他一些工资也没什么,对他家可是雪里送炭。"

娘还说:"你刚出生的那一年(1963年),家乡遭遇大旱,田里庄稼颗粒无收,国家虽下拨了一些救济粮,但只是杯水车薪,家里常常要靠挖野菜充饥,你大娘舅从几十里外挑来谷米粗粮接济我们,帮我们渡过饥荒。做人要懂得知恩图报，你现在条件好了，亲戚中有遇到困难的，要多多帮衬。"

二表哥长我六岁，育有一儿二女，人忠厚老实，说话带点口吃，做事勤快，人品特好。由于大娘舅去得早，家里困难，二表哥小时候没读过一天书，长大后迫于生计，在码头上当挑夫，力大无比，两三百斤重的货物担在肩上健步如飞。年轻时，他靠干体力活攒了一些钱，日子倒也过得去，现在年纪大了，而且年轻时劳累过度，落下一身病，重活已干不动了，常年吃着药。加上子女们都自顾不暇，两个孙子还得靠他抚养，因此生活很是拮据。

今年公司正好建厂房，需要门卫和清洁工，二表哥和二表嫂就投奔了过来，还带着两个上小学的孙子。我亦有心照顾他们，除了工资开得高些，还叫他卖工地里的一些废品，可二表哥特硬气，说工资高点给他已过意不去了，其他照顾坚决不要。

当我的车一停下，二表哥就看到坐在副驾驶座上的娘，一声声叫着大姑、大姑，快步上来扶。娘看到侄儿后立即眉开眼笑，二表哥落座后，娘就立即挥手叫我去外面转转，说她想同侄儿单独聊会儿天。

我又纳闷了一下，但笑着走开了。大约过了半个小时，我从工地转了一大圈回来，远远地看见娘手里拿着一个红包往二表哥手里塞，而二表哥则极力推辞着。

我赶紧避开装没看见，同时刚才的纳闷终于得到了答案。

其实娘大可不必这样的，想给钱跟我说一声，多给点也没关系，不知道娘是咋想的。

我又去工地转了转再回来，这才扶娘上车。娘上车后再三叮咛，叫我一定要照顾好二表哥一家。

翌日，我把娘的话同二表哥一说，二表哥感动得落泪。

本文写于2023年12月2日

小曾孙周岁礼

今年，我们大家庭好事连连，喜事多多。先是公司厂房喜结金顶，后我的女儿、侄儿新房装修好迎来乔迁之喜。孙女孙儿乖巧孝顺，三番五次地邀请奶奶去做客，目的是想让奶奶高兴高兴。可娘每次都说身体吃不消，晕车，一概推辞。

这次小曾孙办周岁礼，小孙女去邀请娘，娘先说她身体不好，不想去。后经不住小孙女再三恳求，总算答应去。

孙女孙儿位于市区的新房娘没去过，小孙女嫁到什么地方娘也不知道，我想，何不趁此机会，带娘都去看一看。如果这次不去，以后娘越来越老，怕是更没机会了。

下午一点的时候，我来到娘的家，跟娘沟通。娘又是期待又是担心。期待的是去看孙女孙儿位于市区的住房；担心的是路途远，坐车吃不消。我哄着娘，说他们三家挨得近，路也不远，叫娘放宽心。

孙女孙儿得知奶奶要来他们家，既高兴又有压力。高兴的是奶奶难得来他们家一次；有压力的是担心奶奶身体不好，胃口又差，想着也许这是奶奶最后一次来做客怕招待不周，留下遗憾。

我叫他们都别费心，有待奶奶好的心意就行，至于吃的，随便准备一点就好。

娘今天可谓是精心打扮，身上穿着一件崭新的玫红外衣，脚穿黑色皮鞋，白发梳得锃亮，精神焕发。等娘梳妆打扮好后，我这才小心翼翼背着娘上车，慢慢地向城市开去。

侍母记

俩女儿还有侄儿都住同一个小区，挨得也近，户型也一样，住的都是叠拼别墅。我带着娘一家一家看过去，娘哪里见过这么好的房子，惊喜得眼睛发亮。当到小孙女夫家时，看到他们住的独栋大别墅，娘更是高兴得合不拢嘴，说她做梦都想不到。她连说，菩萨保佑，祖上积德，才使我们家子孙后代的生活那么好。

下午三点半，抓周仪式正式开始，我的小女儿在客厅中央铺上一块圆形的大红地毯，上面放着书本、毛笔、尺子、算盘、铜钱、印章、布头等抓周物品。

抓周主要是测试孩子的兴趣爱好，寄托父母对孩子未来美好生活的期望和祝福，蕴含父母对稚子的舐犊情深。

抓周时，父母及所有亲人都希望孩子先抓书和笔，希望孩子聪明伶俐，读书上进。小曾孙在抓的时候，娘在旁边比谁都急，鼓着劲喊：小鱼儿（小曾孙乳名），抓书和笔、抓书和笔！她叫小孙女把书和笔往前面挪，便于小曾孙先抓。

抓周仪式结束后，我的小女儿抱来小鱼儿递给娘，说让太婆婆抱抱，拍张照片，留作纪念。说来也怪，本来有点认生的小鱼儿，这回一点都不怕，一见太婆婆就笑，伸出小手扑过去。娘接过白白嫩嫩的小曾孙，笑得乐开了花。

一旁的妻，悄悄走过来贴到我的耳边说："看来娘能长命百岁。"

我问："何以见得？"

她说："有句老话说，小孩子见到老人如果笑了，说明这个老人会长寿。"

妻的话好中听，说得我心里暖暖的。

但愿借妻吉言，娘长命百岁！

本文写于 2023 年 12 月 8 日

最后一个故事

2023年腊月二十五,漫天大雪,从天空飞扬而下,第二天早晨起来,银装素裹,千树万树,梨花盛开。这使我们这些生活在南方的人,着实惊喜了一回。许多人冒着严寒,踏着雪地,打着雪仗,堆着雪人,享受着大自然赐予的欢乐。

据气象部门播报,这是中华人民共和国成立七十五年以来,我们台州的第二次大雪,距上次大雪已有五十余年。平原积雪有一尺多厚,高山积雪有两尺多厚。

早餐后我去看娘,娘正同保姆聊着天,见我来,叫我坐到她身边。笑看着窗外厚厚的积雪,同我说:"这么大的雪已有四五十年没下过了,上次下这么大雪的时候,你们都还小,怕雪压倒家里的老房子,整日提心吊胆,你父亲拿着谷耙,小心翼翼地把瓦片上的积雪往下推。"

那时候,我们一家挤在一间老屋里,四处漏风,碰到下雪天,外面有多冷,屋里就有多冷,衣服又单薄,整个冬天全靠烤火取暖。现在的生活条件多好,即使滴水滴冻(娘的口语,意思是滴水成冰)的天气,坐在房间里,开着空调,一点都不冷。

记得也是个腊月天,雪晴后的第二天,娘和我父亲各自挑着一担柴,去十多里外的集市上卖。挑柴的时候用力,身上暖暖的,全身出汗。可卖好柴回来路上,脚上穿的解放鞋全湿透了,内衣里都是冰凉的汗水,冷得使人直打哆嗦。那刺骨的寒风,吹得宛如刀割,双手双脚，两只耳朵，冻得麻木，好像都不是自己的。

最使娘难忘的是，一次卖柴回来，路过一个村庄，碰到一个十四五岁的小姑娘，穿着单衣薄衫，冻得瑟瑟发抖，右手拿着一根打狗棍，左手拿着一只破碗，蓬头垢面，走东家串西家讨饭。当走到一户富裕人家门口，一条大狗蹿了出来，张开血盆大口朝小姑娘扑来。小姑娘手疾眼快，抡起棒子朝大狗打去。此时小姑娘吓得脸色煞白，喘着粗气瘫坐在冰冷的雪地上。

狗负着痛夹着尾巴溜走了，可比狗更可怕的事情却来了。

正当小姑娘暗自庆幸逃过一劫，想起身逃离时，屋里冲出一富婆，拿着一把扫把，恶狠狠地朝小姑娘扑来，二话没说，劈头盖脸一顿乱打。

可怜那小姑娘，尽管声嘶力竭地呼救着，却喊不出声。左手抱着头，右手打着手语，意思是说狗冲出来要咬她。

娘这才知道她是个哑巴。

"好你个哑巴，心肠如此歹毒，敢打我的狗，还有理呢，叫你打，叫你打！我打死你个哑巴鬼！"富婆见小姑娘打着手语申辩，越发咆哮如雷，打得更狠了。

小姑娘见这样没用，又打着手语，意思是说她错了，请求富婆饶恕。

"现在知道错了？要我饶你？我偏不饶你！"

富婆还是不解气，继续打着。

阵阵打骂声引来了很多看热闹的人，他们都偏听富婆的话，认定小姑娘打狗不对，有的还帮着腔向富婆示好，高声叱责着小姑娘。

可怜小姑娘已是鼻青脸肿，咬着牙，忍着痛，嘴角挂着血丝，左手抱着头，右手打着手语，意思是"各位大伯大婶，大哥大姐，饶了我吧，饶命啊！下次再也不敢了"。

娘说："当时我和你父亲实在看不下去，明明是狗冲出来要咬小姑娘，她这才拿棍打的。这样欺负一个小姑娘，天理何在？我和你父亲气不过，遂上前理论，把刚才看到的真相，当着那么多人的面说出来。富婆自知理亏，这才悻悻退去。"

接着娘扶起瘫坐在雪地上的小姑娘，从衣兜里拿出卖柴来的五毛钱，塞到她手上，叫她去小店里买点吃的。小姑娘打着手语，死活不肯要，最后娘硬塞到了她衣兜里。

突然小姑娘扑通一声，跪在雪地上，朝娘和我父亲磕了几个头。娘忙扶她起来，接着小姑娘一边哭一边擦着泪水，踏着雪地离去了。也不知道这冰天雪地的，小姑娘去了哪里。

那时候一担柴才一元多钱，鸡蛋才三五分钱一个，给小姑娘的五毛钱，等于是半担柴钱。那时候我们家里很穷，过年全靠这点柴钱。

"我们自己可怜，人家小姑娘也是父母生的孩子，又聋又哑，比我们更可怜。

"所以啊，人活在世，要积善行德，仁心宽厚，多做好事，好人会有好报的。

"像现在我们家多好，我的一脉下来就有四十多口人，家家幸福美满，日子红红火火，家人平平安安，真是老天保佑。"

娘说着说着就咧开嘴笑了，而且笑得是多么地开心，多么地由衷。

娘用朴实的语言，讲着平淡的故事，教我简单易懂的人生道理。

（没想到这是娘给儿讲的最后一个故事，上的最后一课！）

本文写于2024年2月6日

子欲养而母不待

昨天是大年初十，大姐过来，我们一左一右陪着娘。娘有说有笑，神清气爽，明明好好的。

今早过去看娘，娘说自己吃不下，小腹胀痛，呼吸困难，浑身不舒服。

相隔仅仅一个晚上，怎么会这样？

我急急跟娘沟通，说送她去医院治疗，娘说还是不去了吧，只怕这一次有去无回。

怎么可能！我断然不会相信！

这么多年过来，娘无数次生病，每次都惊心动魄，每次都有惊无险，一次次从鬼门关里跑回，奈何桥边逃生。

一边和妻简单收拾娘的换洗衣服，一边打电话叫来大哥陪娘去医院，再打电话给大姐、二姐和三弟。

我小心翼翼地背着娘下楼，娘气若游丝地对我说："不知能不能到得了医院？还是不去了吧。"

我坚定地回答："没事的，能好的。"

我风驰电掣地开车去医院，车窗外，冷冷的雨，在不停地下……

到急诊室门口后，我飞也似的冲进去，大声喊着医生护士来抢救。医生简单询问了一下情况，马上给娘打了强心针后又输上液，接着是一系列复杂紧张的检查，等所有结果出来已是下午两点。娘一边输着液，一边在弱弱地叫着痛，大姐二姐一边一个，轻轻揉着娘的小腹，以缓解娘的痛苦。

怕娘饿了，我急急地去饭店买了一碗薄粥，拿着小勺子，一点一点舀着米汤喂娘，不小心带了点米渣进去，娘就咽不下，用舌头艰难而吃力地把米渣挑出来。吃了四五口，娘就摇头说咽不下去了。

我噙着泪水，想忍又忍不住，怕掉到娘脸上，忙放下粥碗，走向窗口，背对着老娘，默默地流着泪。

心碎地看着窗外，冷冷的雨，还在不停地下……

稍平静了下，擦干泪水，又来到病床前，端起粥碗，舀起米汤，继续喂着。娘有些不想张嘴，我贴到娘耳边说："老娘哎，硬吃也要吃点下去，这样身体才会好起来。"

娘听进去了，微微点了点头，犹豫了片刻，不是很情愿地半张着嘴，我又硬喂了两口，当第三口喂进去的时候，娘含在嘴里好一会儿，想咽又咽不下，还是吐了出来……

娘怯怯地看着我，弱弱地嗫嚅着，说她浑身不舒服，还是回家去吧，现在回去还来得及，怕回迟了到不了家。

我哪里相信，忙把嘴贴到娘耳边，哄着娘："医生检查后说你各项指标都还好，住院治疗几天能好的。"

娘听后再不吭声，眼角顿时流出了泪水。

刚刚还在轻轻揉着娘的大姐二姐，忍不住躲进洗手间，号啕大哭！

这时手机忽然响起，一看是小弟的电话，我整个人都慌了，接还是不接？接了怎么说？如果不接，这可是小弟一个月才一次的电话！

犹豫了一下，还是接起。

跟以往一样，小弟第一句先叫哥，第二句就问，娘最近好不好？他说，他昨晚梦见娘了，因此就急着打电话问。当小弟叫我哥的时候，我还勉强应了下；当他问娘好不好的时候，我六神无主，喉头哽住；

当他说起昨晚梦见娘时,我泪如泉涌,无语凝噎。

电话那头,小弟在急急地叫着:"哥,信号不好吗?听不见吗?"

我缓了片刻,嗯嗯地应着。小弟见我只应不语,以为手机信号不好,大声地叫着"哥""哥",并千叮咛万嘱咐,让我替他照顾好老娘,等他出来后再好好来侍养。最后,他又特地吩咐我,等春暖花开,娘身体好时,我带娘进去与他一见……

树欲静而风不止,子欲养而母不待,命运多舛的小弟,你可知娘正病入膏肓,奄奄一息地躺在病床上,今生今世再难相见!

到底是输液起了作用呢,还是累了,娘不叫痛了,只轻轻地叫着:"妈、妈,我要回家、我要回家……"

渐渐地,叫声越来越轻,越来越弱,叫着叫着就睡着了!而且睡得那么的安详,那么的深沉,纵使我们兄弟姐妹千声血万声泪,娘再也没有醒来……

泪流干了,孝尽完了,娘去了!

可冷冷的雨,还在不停地下……

从此天人永隔,再也没人叫我儿子了!!!

本文写于 2024 年 2 月 25 日

霜冷长河

送走了娘，应酬完吊唁的宾朋，心身疲惫，肝肠寸断！独自一人关在房间里，泪水止不住地流。看窗外，一弯冷月静静地挂在天宇上，幽幽游离在暗淡的云海里，若隐若现映照着苍茫的夜。

想必是上天垂怜，怕娘去西天路远，夜行路黑……

二十年前送走父亲时，我悲痛欲绝，无法接受；二十年后送走娘，我同样悲痛欲绝，却无可奈何！

人生自古谁无死，娘毕竟安详地走完了九十二个春秋。

跌跌撞撞，磕磕碰碰，大病小病无数次病，娘居然活到九十二岁，堪称奇迹。

只是该尽的孝还没尽到，该报的恩还没有报完，母子的情缘远没够啊！！！

往事一幕幕，在眼前浮现，在心头萦绕……

隐约记得七岁上学那个夏天，我肚子痛得很厉害，在床上打滚，眼冒着金星。娘背着我去十多里外的医院看病，来回五六个小时。

去的路上，娘背着我，我肚子痛得实在受不了，大哭大闹，双手使劲抓着娘的头发，两只小拳头拼命打着娘的头，可娘不吭一声，不哭一声。等背我回到家时，娘又累又饿，晕倒在地。

长大后，我曾几次三番想为这件事跟娘说声对不起，可一直没说。

现在想说，娘却去了！

记得读初中的时候，有一天，大风大雨，娘不放心，送我去学校，给我穿着家里仅有的一件蓑衣，自己却戴着一顶破笠帽，衣服全湿透。

等我放学回来，娘躺在床上发着高烧，看见我来，急急忙忙，跟跟跄跄硬撑着起来，给我做饭，几次差点跌倒……

每每想到这些，我都会忍不住有一种锥心的痛，总想说一声娘你辛苦了！可一直没说。

现在想说，娘却去了！

高二的时候，准备着高考，记得一个大雪纷飞夜，我夜自修待晚了些，娘不放心，冒着风雪，摸黑走了一个多小时，到学校时，冻得瑟瑟发抖，都成了雪人。

高考后，我名落孙山，感觉好对不起娘，可娘一点都没责怪我，说人生道路千条万条，是靠自己走出来的，没事的孩子，想开些，尽力就好。

为这件事，我一生愧疚，总觉得辜负了娘，想对娘说声对不起，可一直没说。

现在想说，娘却去了！

高中毕业的那一年，我喜欢上写作投稿，可没钱买邮票。于是上山砍柴摘松果卖，攒下几毛钱。

记得有一天，娘像是做错了什么事似的，惴惴不安地看着我，低下乌黑的头，轻声说："儿子，家里没钱买盐，我把你的几毛钱拿去买盐了。"

我当时真是浑，好像被驴踢昏了头，气得同娘大吵大闹。可娘依然笑笑，说，儿子，对不起，等妈以后有钱了加倍还给你。

为这件事，我心头滴血，一生悔恨，以至于写到这里就忍不住泪流满面，真想补抽自己三巴掌，好想跟娘认个错，可一直没说。

现在想说，娘却去了！

高中毕业的第二年，我刚满十八岁。娘向亲戚朋友左邻右舍借了三十元钱（当时生产队一个壮劳力一天记十工分，一工分折成人民币一角五分钱，我在工地打工一天挣五角钱），给我当盘缠外出谋生（后来才知道娘还了两年的账），步行送我到十多里外的车站。年底回家时，娘又到车站接。去时帮我背着行囊，回时又帮我背着行囊。可我好没用，衣兜里空空如也。感觉好对不起娘。可娘却笑着说："儿子，没事的，回家就好，有你饭吃！"

最不能忘的是1993年，那一年是我人生最至暗的时刻。小弟出事，内忧外患，家里的钱都花光了。当时大女儿还不到两岁，营养不良，甚至连买奶粉的钱都没有。家里经营着一家小厂，时常没钱买材料，有时连出差的路费都没有。

到年关，家里几乎揭不开锅，正当我和妻愁眉苦脸，望着窗外的漫天大雪发呆时，父亲和娘一前一后，冒着风雪，悄无声息地，迈进了我的家门。娘左手提着一大块腊肉，右手提着一大篮蔬菜，而父亲则左肩扛着一袋大米，右手紧紧抱着一个大冬瓜。放下后，娘又急急地从衣兜里拿出几百元钱塞给我，同父亲一起轻声细语地安慰着我，说天无绝人之路，苦日子会过去，往后日子会慢慢地好起来，叫我别多想，高高兴兴过个年……

为这件事，我一生一世想报答都报答不完，现在想报答，娘却去了！

最让我泪流满面的是娘八十八岁那一年，那一年我五十八岁。一个寒冬夜，妻生病住院，我怕娘担心，瞒着她老人家，不知道娘怎么知道了。深夜零时过了，我安顿好妻子回到家，看见娘还在家门口徘徊，冻得嘴唇发紫，双腿直打哆嗦，看见我，急得哭成了泪人！

我禁不住一下子扑簌簌流下泪水，更加深深体会到"娘活一百岁，犹忧八十儿"这句话的含义。

那时候，好想好想拥抱一下娘，可犹豫了一下，还是没抱。

现在想抱，已抱不到了！……

特别是最后几年，娘的身体越来越差，生病住院的次数越来越多，我越来越放心不下，因此每日看娘的次数越发多了，照顾娘越发细心了。娘怕拖累我，耽误我工作，故意不给我好脸色看，有时甚至烦我赶我。怕影响娘情绪，以至于有时想去又不敢去，悄悄走到娘门口，偷偷躲着看，看娘安好后这才把脚缩回。

现在想看，已永远看不到了！

而今有好多好多话想跟娘说，娘却去了！永远地去了！

怎能忘数九寒冬娘纳的千层底？

怎能忘娘一口一口喂的小米粥？

怎能忘娘做的细软弹滑的手擀面？

怎能忘娘赤日炎炎千里寄草帽？

怎能忘逢年过节娘为儿做的新衣裳？……

往事一幕幕，思来彻骨痛！夜深难入眠，流泪到天明！

月挂中天，霜冷长河。娘，他年去哪儿寻您啊？！……

（这篇纪念文章写好后的第二天，我特意先拿给十四岁的大外孙看。他看到一半的时候就抱头大哭，再也看不下去了！说从此以后再也看不到太婆婆了！）

本文写于2024年3月3日

同一个梦

夜已深了,可我还是清醒得很,无论睁着眼,闭着眼,都有娘的身影在脑海中晃动。春寒料峭的夜,窗外在不停地下着雨,时间已是深夜两点多。

半个月前,也就是这个时刻,娘静悄悄地与世长辞,离我而去。

一切来得是那么的突然,仅一天不到的时间,娘去得是何其匆匆,匆匆得使我没有一点思想准备,匆匆得使一家人都无法接受!

一切都是那么的不真实,又是那么的真实!

娘去,仿佛带走了我的灵魂,挖去了我的心。日日浑浑噩噩,夜夜睡不着,每晚吃着安眠药。

今晚看来又是睡不着了,于是我起来吃了片安眠药,迷迷糊糊地进入了梦乡……

娘离家出走已有时日了,可总不见归来,寻遍了所有地方,还是寻不着。时间一天天过去,心头一天天发慌。

今晨大雾弥漫,分不清东西南北,得去哪里寻啊?寻还有一丝希望,不寻连希望都没有了。我一个人如幽灵般,在茫茫的雾海里行走,也不知走了多远,寻了多久。前面隐约可见一排似曾相识的老屋,犹如海市蜃楼般耸立在缥缈的雾海里。走近一看,这不就是我小时候住过的,经常梦到的老屋吗?

我神情恍惚,怯怯上前。见柴门敞开着,不由自主地走了进去——日日追寻,夜夜思念,原来娘竟在这里,同父亲一起。害我找得好苦!

娘和父亲见我进来,很是诧异。忙迎上前来,满脸堆笑,问我怎么找到这里的?

沉默寡言的父亲,还是老样子,不自在地站在一边,只看着我憨笑,不说一句话。还是娘先开的口:"我走得匆忙,未曾带钱,到你父亲这里,想给他添件衣服,还想买点日常用品,你取两千元钱给我。"

我自是满口答应,钱多取些给你没关系,就是想问问你什么时候回去?家里人都急死了!

我怯生生地问。

没想到娘回答得很干脆:"不回啦,已经陪你们那么多年了,现在该是陪陪你父亲的时候了。原先就想好了的,等你们高高兴兴过完年,再过上八(正月初八),特地选下半夜,等你们兄弟姐妹熟睡后,就悄悄地走,免得你们伤心。没想到你们兄弟姐妹还是把我围成一圈,哭成一团,拉着我不放。特别是玉燕(我大姐),死哭会哭(娘的口语,意思是哭得厉害),把我都哭伤心了。你们兄弟姐妹现在个个成家立业,日子过得红红火火,生活幸福美满,下面子孙满堂,娘放心了,高兴了,该回家了。"

娘无事人一般,说得很平静。

我心一沉,人一惊,娘说的不正是正月十二夜离别的情景吗?

我突然好像想起什么事,心犹如被针刺样痛,瞬间号啕大哭,又哭不出声,急得伸手去拉,娘和父亲却瞬间双双不见!

猛然惊醒,原来刚才是在梦中。

我穿上睡衣,悄悄起来坐在客厅的沙发上,想着娘和父亲,独自流着泪。

早起的妻见我坐在沙发上,整个人像被霜打了一样,过来探我的额头,以为我生病了。我告诉她昨夜的梦中情景,妻亦怆然。

吃早餐的时候，大姐打来电话，未讲先哭，说昨晚梦见娘同父亲在一起，住在我们小时候住过的老屋，衣服穿着，家具物件，屋里摆设，跟我们小时候时一模一样。

我愕然！随即也把昨晚的梦中情景跟大姐一说，电话里，我俩都泣不成声。

同一个晚上，姐弟俩做同一个梦，同样的梦中情景，是娘和父亲双双托梦？是姐弟情深，心有灵犀？还是巧合？我陷入了无穷的思念……

本文写于 2024 年 3 月 11 日

清明

今日和风煦日

野地草青花香

茔旁山明水秀

缅怀着父母

清明来祭扫坟茔

摆上佳肴，倒上酒浆

献上花篮，插上高香

来吧，父母

去会叙列祖列宗

且消受儿女们的祀祭

天上人间原本遥遥无期

今日咫尺天涯

岁月无痕，人生如梦

多少伤痛与思念

化作清明纷飞雨

本文写于 2024 年 4 月 4 日

永远的爱
——怀念母亲

娘的名字叫吴文花，生于1932年，卒于2024年2月21日（农历正月十二日），终年九十二岁。具体生辰不详，外祖母只记得大概的日期。

跟大多数老一辈父母一样，娘平凡得不能再平凡了。没读过一天书，不识一个字，一米五不到的个头，八十多斤的体重。就是这样一位母亲，挑着千斤重担，撑起一片天空，遮风挡雨，一生苦如黄连，无怨无悔，拉扯着我们兄弟姐妹六人长大。

听娘说，嫁给父亲时，上无片瓦，下无寸土。

那时候，四合院里有一个孤寡老人，有一间破屋，还是祖父做主，把父亲顶嗣（过继给别人当儿子）给那位老人，并请族里有威望的长者出面立字据画押，待养老送终后，那一间破屋就归父亲所有。对于这段辛酸而不堪回首的往事，父母从没有在我面前提起过，长大后还是一位阿公告诉我的。

当时我听后，简直难以相信！为了证实此事，晚饭后小心翼翼地向父母提起。只见父母双双低下了头，欲语泪先流。我顿时一切全明白了，后悔自己不该在父母伤口上抹盐，于是立马打住。

后来，那位孤寡老人去世了，我们家才有了房子。

中华人民共和国成立后，村里分了田地，才使耕者有其田。

再后来就有了我们兄弟姐妹，我们家人丁日益兴旺，日子却一贫如洗，往往食不果腹，衣不蔽体。

晴天还好，碰到下雨下雪，破房子外面下大雨里面下小雨，外面下大雪里面下小雪。娘白天做饭要戴笠帽，晚上我们睡觉床上要盖尼龙薄膜。黄土夯实的地面，雨后打滑，一不小心就会摔倒。唯一的好处就是晚上睡不着时，能透过瓦片上的方方亮孔，看星星月亮，想少年心事。

尽管如此，娘从没在人前人后流露出半点伤心和委屈。

至今，都很难想象，娘瘦小的身躯，又体弱多病，哪来那么大力量，在那个饥寒交迫的年代里，养活这么大一个家。

至今，我都想不明白，娘没读过一天书，不识一个字，如何教会了我们那么多人生道理。

至今，我都想不明白，娘良好的修养和品德来自哪里。

有时想想，自愧不如，相形见绌，高山仰止。

每天，娘都随父亲一起去生产队做农活挣工分，放牛砍柴，凡是男人要做的事情娘都要做，男人不做的事情娘也要做。回来还要给我们做饭洗衣。晚上还要编草帽。

而今想起娘编草帽的情景，仍记忆犹新，心痛得忍不住潸然泪下！

每当夜深人静，我一觉醒来，总会听到娘编草帽的噼啪声。有时，娘胃病发作，疼痛难忍，头撞着墙壁，呻吟着，哭泣着，还伴随着一阵阵呕吐，可吐出来的都是清水和菜叶，不见一粒米渣。吐空后，娘饥饿难耐，却只能咕噜噜喝碗凉开水，聊作充饥，依旧坐回小板凳上，借着豆黄的油灯，继续编着草帽……

尽管娘的胃病如此严重，可家里穷得叮当响，有时连买盐的钱都没有，更谈不上买胃药。

由于我们家人口多，兄弟姐妹年纪小，尽管父母一年苦到头，不落一天，但还是工分不够。到年底生产队分粮食时，别家是余支，有粮食分，我家是超支，没粮食分。父亲空谷箩担去，依旧空谷箩担回。

忠厚老实的父亲，无奈偷偷地抹着泪水。

幸好，有一好心的邻居，看父亲可怜，有心帮衬。说自己家是余支，有谷分，匀了一半给父亲。父亲才担回一担谷，不至于一家大小喝西北风。

为此，娘心存感激，时常教育我们，做人要懂得感恩，要记得别人的好，滴水之恩，涌泉相报。

二十世纪六十年代，碰到青黄不接时，往往要挖野菜充饥。那时逃荒要饭的人特别多，我们家常常吃了上顿没下顿。尽管如此，每每碰到逃荒要饭的，娘都毫不吝啬，力所能及地施舍一些。

我们兄弟姐妹对此都不以为意，父亲也颇有微词："自己家都快要饿死了，还要充好人！"

娘说："人哪能无三灾六难，帮人等于帮自己，我们至少还可以挖野菜充饥，那些逃荒要饭的人，不是万不得已，断不至于离乡背井，流落在外，能帮一点是一点。"

有一年冬天，大雪纷飞夜，一对逃荒的夫妇，天晚没地方投宿，怯生生地向娘求助，想借宿在我家门外屋檐下。娘说，这怎么行，外面天寒地冻的。于是把他们迎进家来，在地上铺上干稻草，打地铺给他们睡。我清楚地记得，那一年，我们一家八口人，住一间小木屋，一家三张木板床，三条破棉被，常常吃了上顿没下顿。

翌日早上，娘早早起来做好米粥、咸菜，叫逃荒夫妇吃了，临别，这对夫妇含泪拜谢。

那时邻里街坊借柴米油盐是常有的事，记得小时候娘经常向邻居借米煮饭。碰到邻居来借，娘宁可自己家断炊也要把仅有的一点米借给人家。

有一次，一近邻在同娘拉家常时，说家里已无米下锅了，也没有开口相借。娘马上说自己家有。当邻居来借时，看到娘拿着量米桶在米缸舀米，结果连半升米都舀不上来，米缸几乎见底。邻居见此情景，再也不好意思要。直到现在，那位邻居还常常提起此事，感念娘的好。

娘不识一个字，不懂"先天下之忧而忧，后天下之乐而乐"的大道理，但一生都在用一点一滴，一言一行践行着。

由于父亲去得早，我们兄弟姐妹来不及尽孝，都想把那种遗憾从娘身上补回。可娘穷时什么样，富时还是什么样。

想给娘买好吃的，可娘很挑食，胃口也不好，好吃的东西根本不吃；想给娘多买些衣服，娘说她年纪那么大了，穿不了；想多给钱，她又说用不了。

娘收下的钱不多，可她还把这些钱攒了起来，碰到亲戚中有谁家添丁进口的，有谁家碰到困难，娘去得比谁都早，红包给得比谁都多。

年年岁晏，孙辈玄孙辈，娘一个不落地发压岁钱，小辈们懂事，推却不要，娘还不高兴，也不知道她怎么能攒下这么多钱。

娘八十九岁那年，妻遭遇车祸，两个月脚不能落地，娘自己都快走不动了，可还是天天给我们洗菜，天天陪在妻的身边，陪妻解闷聊天，安慰着妻。现在每每想到这个场景，我就忍不住泪眼蒙眬！

尤其是娘九十岁这一年，身体是一天不如一天，几乎是月月生病，月月住院。每次住院，她首先想到的是儿女们陪夜辛苦，几次三番都想放弃治疗，说人总有一死，这是早晚的事情，横竖都医不好，还要我们花那么多钱，那么辛苦干吗，不医也罢！……

往事历历，犹如昨日，娘的音容笑貌宛在眼前耳畔，而今已是天人永隔！

铭心的痛，无尽的思念，淌不尽的泪水，永远的爱！

八年前，为了照顾老娘，我从城市搬回乡下，日日侍奉在娘的身边，内心是多么的充实和快乐；八年后，又从乡下搬回城里，内心空落落的,说不出的空虚和忧伤。

八年前住在城市的最后一个晚上,梦见父亲嘱我好生照顾娘;八年后住回城市的第一个晚上,梦见娘嘱我常回乡下看看,不要忘了叔伯邻居,乡里乡亲,说城市虽好,那是异乡,乡下虽差,那是生你养你的地方,是你的根……

没想到生于斯长于斯,住了一辈子的老屋,生活了一辈子的乡下,最后竟是我最伤感的地方!

碧海沉沉,长天寂寂,娘,再相见会是何时?

红尘潇潇,天路迢迢,娘,你在哪里啊?儿子想您了!

从来不信有鬼神,而今但愿天道有轮回。

料得年年肠断处,明月夜,短松岗!

本文写于 2024 年 5 月 20 日

夜来幽梦忽还乡

今晚住在城里，思念着娘，暗自流着泪。躺在床上，看着房顶上黑黑的天花板，娘的容貌在眼前时隐时现。回想着一幕幕往事，恰似一集集电视连续剧，在眼前播放。

人过六十岁，特别爱怀旧，自娘去后，住在城里，总觉得一颗心无处安放，总有一种淡淡的乡愁涌上心头。想儿时的玩伴，回忆同学少年，怀念过往岁月，还有小时候吃不饱穿不暖的贫穷日子。

已是凌晨三点了，我还是睡不着，于是起来吃了片安眠药，喝了杯开水，静静地躺回床上，不知不觉中睡去……

娘离去已有半年多了，忽然间我想起小时候住过的老屋，好想再去看看。

月明星稀夜，蒙蒙眬眬中我不知不觉来到了老屋，隐约看见小弟一个人坐在家门口，悲戚地看着苍茫的夜色发愁。我好生惊讶！老屋早已拆除了几十年，小弟明明还在高墙里面，怎么就不声不响地回来了呢？

我心头疑惑，急急上前，责怪小弟回家都不说一声。

小弟说："前几天给聪红（弟媳）打电话时，她说娘现卧病在床，危在旦夕，于是我三番五次打报告申请。相关部门体恤我一片孝心，说子犯罪，母无故，特批给我一个星期的假，让我回家尽一下孝，见娘最后一面。"

娘明明离去已有半年多，我不信，想进去看个究竟。小弟拿食指放在嘴上"嘘"了一声，拉着我不让进，说娘刚刚睡着，怕我进去吵醒娘。

我急了，一把甩开小弟，闯进屋去，只见一间老屋里，外面一间，空空荡荡立着一个柴灶，一张破旧的饭桌，几把凳子，里面一间铺着两张硬板床，一个旧衣柜，我角角落落寻了个遍，哪有娘的影子？

我急着责问小弟。小弟惊恐万状，说刚刚明明照顾好娘睡下，怕娘有个好歹，他都不敢睡，还时不时地进去看了好几回，怎么就不见了呢？他吓得脸色发青，说不出话来！……

妻见我"啊啊"说着梦话，还泪流满面，她吓着了，就急忙叫我，拿手推我。

骤然醒来，瞬间不见了老屋和小弟的踪影！

夜来幽梦忽还乡，小弟和我还有娘。

人世间的悲欢离合，生死离别都是注定，纵然魂牵梦萦，夜夜思念泪千行，又能如何呢？

本文写于2024年6月5日

附录

万年青

王江

  我外出数日归来，惦记着家里的花花草草。

  近日，镇江高温不下，也不知道庭院里的植物怎么样了。幸好有姐姐每天来浇水，花儿们虽历尽酷暑，倒也无事。我忽然想起，另一处闲置的房子里，还有一盆植物没有叮嘱姐姐去浇水，顿时心里不安，立即前去探望。

  这是一盆万年青，种在一个不大的盆里，是二十世纪七八十年代，母亲从老家扬州带回来的，具体哪一年却无法记清了。

  时光匆匆，父亲、母亲先后离开了我们。老屋也随着城市的发展而成为房地产开发商大显身手的沃土。我们大家也分解成六个小家庭。而母亲钟爱的万年青，也随着我来到现在的家。

  父亲、母亲都是勤劳朴实的劳动者，没有给我们子女留下多少物质财富，而这盆万年青，是我从父母那里得到的，为数很少的几件物品之一。

  我是一个比较懒惰的人，对养花种草也没太大兴趣，这盆万年青自从跟着我以后，基本是想起来就浇浇水，想不起来它只好自己挺住。

  在此期间的二三十年，我搬过三四次家，每次搬迁，也记得把这盆万年青带着。后来，我有了第二套房子，这盆万年青就独自坚守在闲置的房子里，只能依靠自己生存了，我偶尔记起来也来浇一点水，但从没有专门放在心上。

今年夏天高温几十年未有过，我在上周三去云南旅行避暑。其间正逢七月半，我独自在中国最西南的边陲小镇，思念故去的父亲母亲，怅然而泣。努力回顾父母留下的一切，也就想起了这盆万年青。真的问心有愧，这是父母留给我的念想，跟随我几十年，我却一直怠慢，更谈不上倾心养护。而它却顽强地生存着，正如它的名字一样。在此，我深深地忏悔。

刚刚来到闲置的屋子，看见它，我差点掉下眼泪。四十多摄氏度的高温，在我离开的五六天里，它依靠顽强的生命力，依然存活着，虽然所有叶子都耷拉着，但是还活着。

我赶紧给它浇足水。我发誓，今后一定尽心去养护，到了能松土换盆的时候，一定去松土换盆，再施肥，让它永远陪伴着我，让我永远陪伴着它。

也不知道，等我不在的时候，我的孩子会不会也像我这样，有一盆万年青，也不怎么去照顾。

（此文为王江先生怀念父母的随笔。王江先生为作者的朋友）

诗七首

章小伟

读吕富兄《侍母记》感怀三首

一

百篇絮语声声娘,
句句言来实感伤。
触到人间心底处,
男儿铁血亦柔肠。

二

养育深恩未敢忘,萱花浓郁吐芬芳。一头白发愈苍苍。
慈母护儿忧冷暖,孝儿侍母记寻常。昭昭天地是光芒。

三

侍母行文百余篇,一字一句记流年。
读来俱是深情语,唯愿孝心代代传。
播撒春晖似有根,华年一去了无痕。
纵然撷取洪荒力,难报深深怙恃恩。

母爱无声胜有声，含辛茹苦见情深。
慈心朗朗如明月，照亮漫长儿一生。

惊闻吕富兄母逝寄悼诗四首

一

俱言冬去有春风，怎料春来梦竟空。
吾失父兮君失母，相看凝噎觉悲同。

二

凄风哀号雨婆娑，岁首相较冷更多。
痛矣无谁问来处，清香三炷一悲歌。

三

江河是泪尽哀伤，何药才能疗断肠？
信母年高行未远，娘儿不过隔阴阳。

四

风雨频催白发新，夜来梦恶醒成真。
一言惴告天止母，小子从今变大人。

我的发小屈吕富

单式关

二〇二四年二月二十二日上午八时左右,和吕富同村的大姐打电话,告诉我他母亲去世的消息。我二十六年前经历了难以言说的丧母之痛,也知道他母亲在他心中的位置。打他的电话,忙音。

一会儿,吕富回拨了电话。我问,老娘什么时候走的,后事怎么安排……他的回答很简短,话音是从未有过的低沉凝重。

又有人打他的电话。我说:"这是无法抗拒的自然现象,你已经尽心尽孝了,节哀顺变。"说完就挂了电话。

我和吕富同龄,他比我大几个月,初中同届不同班,老家相距不到两千米。

我们的相识源于我们的父亲。当年,三个大队联合建造一个水库,我们的父亲经常一起干活。他父亲是为数不多能和我父亲说说话的人。我父亲那时戴着"富农"的帽子,能同他说话的,他都认为是好人,心存感激。

一天夜里,我父亲同我说起他父亲和他。我没见过他俩,但记住了他俩的名字。

不久后的一天上午,我去大姐家里。路上有人喊我,我惊疑地抬头寻找。一个和我一样黑瘦的少年提着竹篮,从田埂上走过来说,他是屈吕富。

我们就这样认识了。四十六七年过去了,我俩一直保持着联系。

大姐多次嫉妒地说，你同吕富比同我好。

一九八三年，我师专毕业，分配到仙居县当初中教师，吕富去了异乡的建筑工地打工。后来我也曾停薪留职在建筑工地上苦熬了一年，知道那是什么样的生活。但他坚持了好多年，还成了"包工头"。

一九八五年暑假，他来信约我去游普陀山。这是我第一次见识台州以外的世界。原本木讷寡言的我回单位后，同事开玩笑说："你暑假吃了什么药啦？话多起来了。"

二十世纪八十年代末期，老家掀起了办工厂的热潮。吕富也回家乡生产彩灯灯泡。从家庭作坊起步，一步一个脚印地发展，至今工厂有几百名员工，年产值过亿。

我后二十年的工作单位基本没变，单位的工作职责是与企业打交道，对创业的艰难、市场竞争的残酷有所了解。

吕富没有受过高等教育，没有背景靠山，白手起家，是真正的草根，能把企业办成这样的规模，是何等的不易！

我曾问他有什么诀窍。他说，总结起来就八个字：诚实做人，诚信经商。

吕富在市区买了房子安了家。母亲年纪大后，他放心不下，又搬回老家，侍奉在母亲的身边。

他母亲晚年，浑身都是病，药当饭吃，经常要去医院住上十天半月。每次见到她，她总对我说："我能活到今日，全靠我家吕富。没有他，我早早陪他爸去了。"

我大姐也经常说，吕富待他娘真好，附近三村都有名气。

悉心侍候母亲之余，他还以日记的方式，翔实地记录了他跟母亲之间日常生活的点点滴滴。每篇写好后都第一时间发给我看。他朴实无华的语言，真实细腻的情感，深深地感动了我。他说："我的记录想作为家书，使'慈孝'成为家风，同时能影响更多的人，让更多的老人能安享晚年。"

同他相比，我羞愧难当。

一九九五年，我回到临海工作，每次回到家里，母亲的第一句话总是："你今天有空啊？上次是某月某日来的。"那时，我不仅没有理解她的话中话，还认为她"潮腻"（当地方言，指"老糊涂"）了。三年后，母亲去世，我才明白过来。这成了我这辈子心中永远的痛。

我俩上学的年代，从小学到高中共九年。除了课本，我俩没有别的书可读。当下是信息化时代，给我们这代人出了难题。我在师专读的是中文专业，当教师教的是语文，拼音还算过得去，但打字只能使用"一指禅"，常被年轻人嘲笑。而吕富仅农中毕业，打字全靠"手写"。他是一家规上企业的掌舵人，每天要处理很多事情，还要照顾年迈的母亲，如果没有责任心和毅力，不可能写下十多万字的《侍母记》。

八年侍母，百篇日记；字字句句，感念娘恩；尽心尽孝，细致入微。吕富真的难得，更难得的是他写《侍母记》的目的。

于寻常处迸发的人性光芒

杨红枫

每每提及师哥屈吕富,我脱口而出的一句话总是"他真的是农民企业家中的一股清流"。师哥比我年长十岁,我们不算同龄人,我之所以喊他师哥,是因为我的初中英语老师李幸福以前也教过他,但仅凭这一点,恐怕无法让我打心底里敬他一声"师哥",真正让我动容并感佩的,是他在笔触里流淌的真情实感,是他于寻常处迸发的人性光芒。

记得与师哥初相识,是在李老师组的饭局上。他给我的第一印象,貌不惊人,一副敦厚良善的模样。虽比我年长十岁,他却对我持礼甚恭,究其原因,无外乎是他对"文化人"群体发自内心的欣赏和尊重吧。但显然,第一次照面,我并没有把眼前这位话语不多的农民企业家和执着且赤诚的写作者画上等号,直到有一天,师哥腼腆地说:"小师妹,我写了篇文章,能否帮我看看?"

于是,循着师哥朴实而真挚的笔触,我注视着他写的《侍母记》开篇,回到他日夜牵挂的那个家,那个有"娘"在的家,那个四代同堂、充盈着欢声笑语的家。一口气读完他的那篇《回家》,身为本地报纸副刊编辑的我,已经眼眶微湿。朴实无华如口语般的文字,至孝温良的赤子之心,跃然纸上,让人心有戚戚。稍作改动,我把这篇文章发在了《巾子山》副刊里。师哥看到报纸后,激动地说:"比谈成一笔大生意还开心!"

自此以后,师哥开启了他的笔耕岁月,他的初心是"趁着母亲还在,好生侍奉、尽心尽孝,免得将来留下遗憾,再写一些文字,当作他年的念想与追忆"。而我,也成了他忠实的"第一读者"。不知不觉,几年光阴在他的字里行间打马而过,这几年光阴,可谓五味杂陈,既有"岁月催娘老"的无可奈何,又有"娘又病危了"的提心吊胆,也有"娘今天多吃了几口"的欣慰喜悦,更多的则是"子欲养而亲不待"的忧虑,还有"尽孝膝下万事足"的竭心竭力……

我一直在想:师哥并没有受过高等教育,在生意场上摸爬滚打几十年,如今也算小有成就,但财富的与日俱增,并没有改变他的心性分毫。这些年里,他始终以人子的本真姿态,侍奉在老娘身边。这是多么难能可贵的品格!这也是当今社会珍贵且稀缺的精神养分!他用长达八年时间,饱含深情一字一句写就的《侍母记》,也许总有一天会成为无人问津的故纸堆,但我深深知道,那于寻常处迸发的人性光芒,定当代代相传,永不熄灭!

后　记

没有华丽辞藻，没有刻意雕饰，没有虚情假意。

有的只是发自内心的真情；有的只是生活的真实；有的只是那颗纯朴的赤子之心。

何况，那十月怀胎，一朝分娩；那含辛茹苦，舐犊情深；那比天高比海深的养育之恩，岂是文字能写得全？

我不是文人，商人也只算半个，唯一完整的身份就是人子、人父。尽管做得不够，但我是尽力去做了；尽管写得不好，但我已尽己所能了。

乡邻们都说我对父母好，其实真没什么好的。父亲早早地走了，我来不及尽孝。娘又体弱多病，好一点的东西根本吃不下，看病吃药的钱，比吃饭的钱多。唯一能做的就是早中晚多看看娘，多陪娘说说话。平平常常，真没尽多少孝道。

天下最苦的是爹，人间最累的是娘。这辈子我不欠任何人，唯一欠的就是父母。尽管如此，我亦问心无愧了。

我本才疏学浅，文章写得不好，请各位读者不要当文学作品来读，就当是品味生活的真实。

清清泉水，至纯无味；平平淡淡，方显真挚。

至少，文中字字句句，发自肺腑。

羊羔跪乳，乌鸦反哺；寸草之心，报三春之晖。

侍母记

寄希望于后辈们，茶余饭后，闲暇之时，读几篇《侍母记》，或许不经意间能从中得到些启发，而后倍感人性温暖，潜移默化，当作一种家风，传承下去，使慈孝美德源远流长。

《侍母记》是我日记的浓缩，写娘的晚年岁月，写和娘朝夕相处的点点滴滴，写和娘一起的互动情景，感念娘的养育之恩，讲娘平凡而伟大的故事。从娘八十五岁开始写，到娘九十二岁谢世，我前后写了八年。

随着娘的年纪越来越大，身体越来越差，吃的饭越来越少，吃的药越来越多，越来越有种紧迫感压在心头。

娘一天天老去，内心一天天不安。陪娘的每一天，都弥足珍贵。每一个画面，每一件有意义的事情，都想记录下来。于自己，当对娘百年后的追忆；于下一代，当孝悌礼义的家庭读本；于公司，当作一种企业文化；于社会，起到正面积极的作用。

百善孝为先。一个人做人做事，品德好不好，首先，要看他对父母好不好，不容父母，何以容天下人。人，都有老去的时候，我们今天敬老爱老，做好榜样，等我们老了，下一代才会敬你爱你。善待至亲，就是善待自己，敬老爱亲，就是最好的家风。

能在娘的晚年，侍奉在娘的身边，端水送饭，早晚相顾，细心呵护，陪娘慢慢变老，感受娘的喜怒哀乐，极尽人子之心，是人生一大幸事。娘多吃一口，胜过我千口万口；娘多一次笑脸，胜过我千次万次；能多看娘一眼，胜过看万里江山。

世间有多少为人子女，想尽心尽孝，却无可奈何。为民的，苦于生计，背井离乡，抛妻弃子，舍却爹娘，留下伤悲；为官的，宦游四海，为国为民，忠孝难两全，留下遗憾。我庆幸自己做到了为人子的责任。

然孝思不匮，亦寸草春晖！

人世间本来就是过眼烟云，一张单程票。再多的金钱，再多的荣耀，到头都是空。与其留下家财万贯，不如留下家书一本。子强，给他钱干什么；子弱，给他钱又有什么用。物质上的财富迟早有用光的一天，精神上的财富却能永恒传承！

我有幸生在一个千年难遇的变革时代，见证了祖国由弱变强，国民由贫变富，山河日新月异，社会翻天覆地。年少时，中华人民共和国刚成立，灾难深重的祖国历经战乱，积贫积弱，物资匮乏。我们往往是食不果腹，衣不蔽体；而我们的前辈，更是餐风饮露，披星戴月。后来又碰上了"文革"，鼓吹读书无用论。

后来，想看书无书，想写字无笔。晚上漆黑一片，火烛当灯照，树枝当棉袄，野菜吃肚饱。

随着社会越来越进步，物质生活越来越好，我们的下一代，从小在温室中长大，娇生惯养，衣食无忧，他们以为自己生来就命好，看似啥都不缺，实则欠缺很多——缺少生活历练，缺少顽强毅力，缺少苦难历程，缺少珍惜拥有，缺少感恩回馈。

娘一生知足常乐，随遇而安。穷时，不卑不亢，乐观向上；富时，不显摆，不张扬，事事平常心。真正的穷不气馁富不骄。

娘是一个平凡得不能再平凡的女性。娘虽没读过书，却教会我做人做事，教会我千千万万人生道理，教会我坚强和勇敢、责任和担当、博爱和宽容。饿了娘管饱，冷了娘管暖，病了娘管好。娘的深恩，我今生报不完。

今生有幸为母子，假如来世能选择，下辈子还是你为娘亲我为儿，生生世世报娘恩！

《侍母记》写母爱的无私，母性的伟大，亲情的温暖，很多时候，写到动情处，我泪流满面。文虽粗浅，胜在真情流露。倘若能抛砖引玉，影响一代人，则是一件很值得欣慰的事情。

有道是"在家孝敬父母，胜似远地烧香"。世上哪有佛，父母才是在世佛。

"老吾老，以及人之老；幼吾幼，以及人之幼"——这即是我写《侍母记》的初衷。

值此拙作面世之时，衷心感谢临海市原市委书记陈广建先生为本书题写书名，台州市宣传部原副部长吕新景先生为本书作序。

在本书出版过程中，我得到了台州市人大常委会原秘书长许世斌先生、台州市作家协会主席金岳清先生的关心与指导，还有社会各界朋友对慈母生前及我本人的厚爱。在此，一并致谢！

本文写于2024年8月2日